LE PARCHEMIN DU DÉMON

DANS LA MÊME COLLECTION

LES ÉPINES ET LE SERPENT
Les Enquêtes de Crispin le Chevalier déchu
par Jeri Westerson

•

LE VOILE DES MENSONGES
Les Enquêtes de Crispin le Chevalier déchu
par Jeri Westerson

•

LE CALICE EMPOISONNÉ
Les Enquêtes de John de Wolfe
par Robert Knight

•

LE CHASSEUR DE SORCIÈRES
Les Enquêtes de John de Wolfe
par Robert Knight

•

LE TRÉSOR DE SAEWULF
Les Enquêtes de John de Wolfe
par Robert Knight

•

MEURTRES AU BORD DE LA TAMISE
Les Enquêtes de John de Wolfe
par Robert Knight

•

LES CROIX SANGLANTES
Les Enquêtes de John de Wolfe
par Robert Knight

•

LE CRIME DE LA RUE DE L'AUMÔNE
par Nicole Gonthier

JERI WESTERSON

LE PARCHEMIN DU DÉMON

Traduit de l'anglais (États-Unis)
par Jacques Guiod

Pygmalion

Titre original :
THE DEMON'S PARCHMENT

Sur simple demande adressée à
Pygmalion, 87 quai Panhard-et-Levassor 75647 Paris Cedex 13,
vous recevrez gratuitement notre catalogue
qui vous tiendra au courant de nos dernières publications.

ISBN 978-2-7564-0585-8

Pour Craig, mon chevalier,
pourfendeur de tous mes démons

Personnages récurrents

CRISPIN GUEST

Son physique avenant ne laisse pas de marbre les dames. Pourtant, avec sa cape et ses chausses mal ravaudées, qui pourrait imaginer que ce personnage famélique était jadis un jeune chevalier promis à un brillant avenir ? Sept ans auparavant, pour avoir participé à un complot contre le roi, Crispin a été condamné à mort : gracié sur la demande de son suzerain, Jean de Gand, il a toutefois été privé de ses titres, ses terres et ses biens. Depuis, il ne vit plus que d'expédients, mais a un certain don pour retrouver des objets perdus et résoudre des énigmes : il est maintenant celui que tout le monde surnomme le Limier.

JACK

Gosse des rues d'une douzaine d'années, petit voleur à la tire promis comme tant d'autres à la potence, Jack s'est pris d'affection pour Crispin qu'il considère comme son maître, même si celui-ci déclare n'avoir pas besoin de serviteur. Jack et Crispin partagent un maigre logis au-dessus du commerce des Kemp. Crispin a entrepris de le remettre dans le droit chemin et, pour ce faire, il lui apprend à lire et à écrire.

JEAN DE GAND, DUC DE LANCASTER

Ce personnage de grande importance embrassa très tôt la carrière militaire et son mariage lui permit d'agrandir ses possessions. Il épousa sa cousine, Blanche et, à la mort de son beau-père, hérita de son titre, devint duc et comte de Lancaster et se retrouva ainsi l'homme le plus riche de toute l'Angleterre. Constance de Castille est sa seconde épouse. C'est auprès de lui que Crispin a gravi les marches lui permettant d'accéder au titre de chevalier, c'est grâce à son intervention qu'il ne fut pas mis à mort pour avoir comploté contre le roi. Il est pour Crispin le père que le jeune homme n'a pratiquement jamais connu.

NICOLAS DE LITLYNGTON

Le supérieur de l'abbaye de Westminster est l'ami et le protecteur de Crispin. Il ne compte plus les années, pourtant son visage n'est pas aussi ridé qu'on pourrait s'y attendre. Ses pommettes, hautes et marquées, et son menton puissant le font davantage ressembler à un chevalier qu'à un homme de Dieu.

GILBERT ET ELEANOR LANGTON

Le couple tient la taverne du Sanglier, où Crispin a l'habitude de venir se restaurer et surtout boire. Ces gens simples sont pour lui des amis sincères, toujours prêts à lui rendre service et à oublier aussi qu'il leur doit beaucoup d'argent.

Personnages du « Parchemin du démon »

JACOB DE PROVENÇAL

La présence à Londres de ce personnage est assez étonnante : les Juifs ont été chassés d'Angleterre un siècle plus tôt, mais ce médecin français y est pourtant revenu, appelé par le roi en personne pour soigner la reine. Son air austère et sa barbe poivre et sel évoquent un personnage de l'Ancien Testament.

JULIEN, SON FILS

Jeune homme mince et pâle, richement vêtu, il se livre à toutes sortes d'expériences pour devenir médecin, comme son père. C'est un personnage méfiant et impulsif dont l'agressivité à l'égard de Crispin se manifeste dès leur première rencontre.

NICOLAS EXTON ET JOHN FROSHE

Ce sont les nouveaux shérifs de Londres et ils succèdent à Simon Wynchecombe. Personnage dégingandé, Exton est poissonnier. Il a le visage long, un nez crochu, des yeux indolents. Froshe, pour sa part, est un marchand de drap courtaud plutôt timoré. Comme leur prédécesseur, ils n'ont accepté ce poste que dans l'espoir de devenir un jour Lord Maire de Londres.

LE PARCHEMIN DU DÉMON

GILLES, LORD DE RISLEY

Crispin connaît depuis longtemps ce grand personnage de la cour d'Angleterre et il n'arrive pas vraiment à lui en vouloir si le roi lui a permis de racheter tous les biens ancestraux des Guest.

MATTHEW MIDDLETON

Il se cache peut-être quelque chose derrière ce commerçant aisé qui exerce la profession d'orfèvre.

RADULFUS ET CORNELIUS VAN DER BROOGHES

Respectivement cousin et astrologue de Risley. Ces deux personnages plutôt douteux ont sur lui une influence certaine qui déplaît fortement à Crispin. Et leur présence à la cour n'est pas toujours souhaitée.

L'INCONNU DU CARROSSE

Ce mystérieux personnage dont on ne sait rien et dont on ne voit même pas le visage – ce qui laisse la place à bien des fantasmes – croise souvent le chemin de Crispin et leurs rencontres ne sont pas toujours des plus aimables.

JOHN RYKENER

Cette vieille connaissance de Crispin, qui s'habille en femme, l'a aidé il y a plusieurs années de cela lorsqu'il s'est installé dans le quartier de la Boucherie. Malgré leurs différences de vue sur bien des points, Crispin lui en sera toujours reconnaissant.

I

Londres, 1384

— IL EST ENCORE LÀ.

Jack Tucker avait la tête et les épaules penchées par la fenêtre.

— Ferme-moi ces fichus volets, grommela Crispin. Il fait trop froid ici.

— Pardon, maître, dit l'enfant dont les cheveux rouquins étaient parsemés de neige, mais c'est qu'il n'arrête pas de nous regarder. Ça me donne la chair de poule.

— C'est le froid, oui.

Accroupi devant un maigre feu, Crispin tendit une main vers les flammes. L'autre se refermait sur un bol de mauvais vin.

— C'est peut-être un client.

— Peut-être.

— Vous ne voulez pas vérifier ?

Crispin but le liquide amer. L'hiver lui apportait moins de clients que la belle saison. Peut-être commettait-on moins de crimes en hiver, peut-être aussi les finances familiales ne pouvaient-elles se permettre de faire appel à un « shérif privé ».

La petite pièce n'offrait qu'un piètre confort et son pitoyable mobilier – une chaise, un tabouret, une table branlante – se dressait au centre de murs nus. Le grabat de Crispin était installé près de l'âtre ; de l'autre côté de celui-ci, s'étalait le tas de paille sur lequel Jack s'allongeait chaque nuit. En quatre enjambées, Crispin pouvait rejoindre la porte et le coffre où il remisait ses braies et ses chausses de rechange ainsi que de quoi écrire. Il avait la chance d'avoir deux fenêtres, l'une donnant sur les cours intérieures et l'autre, celle par laquelle Jack se penchait, sur la rue de la Boucherie. En vérité, « chance » n'était sans doute pas le mot qui convenait le mieux, alors que Londres ressemblait à un lac gelé et que deux fenêtres ne pouvaient que favoriser les courants d'air.

— C'est bon, je viens voir.

Crispin se leva en soupirant et repoussa son bol. Il rejoignit Jack près de la fenêtre, mais au lieu d'ouvrir le volet il regarda au travers d'une fente du bois d'ordinaire bouchée avec un chiffon.

Et juste en dessous, dans la rue blanche de neige, il aperçut un homme vêtu d'un long manteau noir. Sa barbe ainsi que ses sourcils broussailleux avaient pris avec le temps des reflets poivre et sel. Sa tête était recouverte d'un bonnet de feutre dont les rabats lui masquaient les oreilles. Il ne quittait pas des yeux la fenêtre de Crispin comme s'il attendait quelque chose, indifférent aux rares passants.

— Effectivement, il a l'air résolu, dit Crispin.

— Pourquoi il ne monte pas alors ? demanda l'enfant qui serrait sa cape contre lui.

— Voilà une excellente question. Et j'en ai une autre, tout aussi bonne : pourquoi ne descends-tu pas la lui poser ?

— Moi ?

Résoudre ce mystère ne lui paraissait plus aussi urgent.

— C'est peut-être un fou, voilà plus d'une heure qu'il est là sans bouger.

— C'est aussi une raison pour voir ce qu'il désire. Vas-y, Jack, commence par obéir à ton maître puisque tu veux être mon apprenti.

— Je savais bien que ça allait me tomber dessus, bredouilla le garçon.

Il referma sa cape et marcha jusqu'à la porte puis il serra les doigts sur le manche de son poignard et regarda Crispin dans les yeux. C'est dans ce genre de situation que Jack révélait toute sa jeunesse. Il avait douze ans, mais ses joues étaient encore rebondies telles celles d'un enfant et sa voix n'était pas devenue plus grave même s'il lui arrivait par instants de se casser.

— En tout cas, si je ne reviens pas, ce sera votre faute.

— Vais-je donc devoir ouvrir l'œil ? Ce vieil homme a-t-il l'air si menaçant ?

— Bon, j'y vais ! lança-t-il d'un air maussade avant de filer par la porte.

Crispin regarda tout de même entre les volets et vit Jack sortir avec prudence dans la rue. L'homme détourna les yeux de la fenêtre pour les porter sur l'enfant. Le grincement d'une carriole et le sifflement du vent empêchèrent Crispin d'entendre leur conversation, mais les gestes de Jack en laissaient deviner tout le sens. Il semblait l'inviter à monter et l'homme secouait la tête comme s'il lui suffisait d'attendre dans la neige et de contempler la fenêtre.

Crispin l'observa avec davantage d'attention.

— Je me demande bien ce qu'il veut...

Des pas lui indiquèrent que Jack était revenu et la porte s'ouvrit.

— Il veut vraiment vous parler, messire, mais il refuse de monter.

— Et a-t-il dit pourquoi ?

— Non, messire. Il m'a l'air bien entêté. Je lui ai expliqué que le Limier n'avait pas coutume de rencontrer d'étranges personnages dans des rues glaciales alors qu'il pouvait le faire dans ses chauds appartements.

Effectivement, Crispin n'avait nulle envie d'abandonner la pauvre chaleur de son logis, mais son garde-manger était plutôt vide.

— Il semble que je n'ai pas le choix, et dois me plier à son caprice. Dis-moi, Jack, que penses-tu de lui ? Décris-le-moi.

Il savait que le jeune garçon aimait faire étalage de son talent naissant. Sollicité, Jack se rengorgea et glissa les pouces dans sa ceinture.

— Eh bien, c'est un homme d'âge mûr, bien éduqué, propre et bien vêtu.

— Originaire de Londres, de l'étranger ?

— Étranger. Français, je dirais. Il a des intonations légères, si vous voyez ce que j'entends par là. C'est un gentilhomme, j'en suis sûr.

— Dans ce cas, nous aurons notre pièce. J'irai donc à la rencontre de ce mystérieux personnage.

Crispin referma sa cape, mit sa capuche et poussa la porte gelée par le froid. Il descendit l'étroit escalier, prit garde à la dernière marche, toujours glacée, et sortit dans la venelle pour porter sur l'homme son regard gris acier. L'inconnu se retourna et toisa Crispin, mais ne s'approcha pas de lui pour autant. Il se contenta de s'incliner.

— Ai-je l'honneur de rencontrer le grand Crispin Guest ?

Son accent était français, sans le moindre doute possible.

— « Grand » est affaire de jugement, mais je suis bien Crispin Guest, oui. Et vous, messire ? Puis-je savoir dans quel but vous occupez votre loisir à contempler ma fenêtre ?

L'homme fit un pas en avant. Crispin détailla son manteau de laine sombre aux lignes sévères, bordé de fourrure noire. Il avait la peau très pâle et sa barbe dépassait de son menton sans pour autant caresser son torse. Crispin remarqua alors quelque chose d'inattendu : un écusson jaune et rond, soigneusement cousu sur sa poitrine.

L'homme vit Crispin l'observer, mais ne fit aucun commentaire.

— Je m'appelle Jacob de Provençal, dit-il en s'approchant davantage. Je suis médecin. Originaire du continent.

Crispin demeura silencieux et attendit.

— J'ai entendu plus d'une personne parler de vous, poursuivit-il, de ce « Limier ». Vous retrouvez des choses. Des choses perdues.

— C'est mon gagne-pain, oui.

Son ventre en profita pour grogner et l'homme sourit.

— Je vois… Je recherche justement un objet des plus importants. Dangereux, aussi. Il faut le récupérer avant qu'il… enfin, il le faut. Je vous prierais donc de venir dans mes appartements pour que nous en discutions.

Crispin lança un coup d'œil en direction de sa fenêtre, certain que Jack les espionnait.

— Et où sont-ils situés ?

— À la cour.

Crispin se raidit bien malgré lui et sa réaction n'échappa pas à son interlocuteur.

— J'ai aussi entendu dire… que vous n'y étiez pas le bienvenu.

— Le terme est faible. Il me serait difficile de me rendre au palais du roi Richard, mais je connais un autre endroit susceptible de vous convenir. Plus près d'ici, également. Me permettrez-vous de vous emmener dans une taverne ?

L'homme hésita, posa un doigt pâle sur ses lèvres et lança un coup d'œil en direction de la fenêtre de Crispin. Il baissa la tête, murmura quelque chose et se redressa.

— Fort bien. Conduisez-moi.

Crispin avançait dans la neige fondue avec ses bottes bourrées de chiffons. Il n'entendait pas le bruit des pas de l'homme qui le suivait, mais quelque chose lui disait que c'était à contrecœur.

Il s'efforçait de poser le pied dans les marques de sabots, mais ses enjambées n'étaient pas aussi longues que celles des chevaux de trait, de sorte que ses bottes furent détrempées et glacées avant même qu'il n'arrive au coin de la rue des Fossés où se dressait la masse de la taverne du Sanglier. Une fois devant la porte, il attendit que l'homme le rejoigne et ils pénétrèrent dans la salle. La chaleur dont manquait son humble logis lui fit l'effet d'une gifle. Il traversa la pièce sombre pour occuper son siège habituel, dos au mur et tourné vers la porte. Il fit signe à l'homme de prendre place en face de lui.

Jacob s'enveloppa dans son manteau et s'assit avec délicatesse sur le banc.

Avant peu, une matrone rebondie vint à leur table, un pichet fumant dans une main et deux bols en terre dans l'autre.

— Crispin, dit-elle avec un large sourire.

— Eleanor.

Il sentit son cœur se réchauffer à la vue de ce visage amical. Avec son époux, Gilbert, Eleanor était la propriétaire du Sanglier. Ils avaient été les premiers à l'accueillir lors de son arrivée dans le quartier de la Boucherie, sept années auparavant.

— Partagerez-vous du vin avec moi, maître Jacob ? demanda Crispin à l'homme qui semblait se méfier.

Jacob secoua la tête et se tourna vers Eleanor.

— Je ne veux pas me montrer grossier envers cette brave femme ou son établissement, mais je ne puis prendre quoi que ce soit… ici.

Le regard de Crispin se posa un bref instant sur la rouelle jaune cousue sur sa poitrine puis il s'intéressa à nouveau à son visage buriné.

Vexée, Eleanor se hâta de verser à boire à Crispin et laissa le pichet avant de disparaître. Machinalement, Crispin observa la vaste pièce avec ses tables de bois bancales, ses bancs et ses tabourets, et chercha des visages familiers ou trop curieux. Certaines tables étaient illuminées d'une chandelle dont l'odeur graisseuse se mêlait à celles des bûches rougeoyantes, des viandes rôties et des pelisses humides. Les clients se faisaient rares cet après-midi. Il faisait trop froid pour sortir si le besoin de travailler ne se faisait pas sentir. Crispin aimait pourtant à fréquenter chaque jour sa taverne favorite. Pas étonnant qu'il n'eût plus une pièce en poche quand il s'attardait sur un pichet.

Il prit son bol, salua en silence son compagnon et but. Le vin présentait une certaine amertume, mais cela ne lui déplaisait pas.

Il le réconfortait et lui réchauffait le cœur quand il songeait à sa bourse vide et aux éventuels moyens de la remplir.

Pelotonné dans ses beaux habits, Jacob observait les autres avec un certain dédain.

— Nous sommes seuls, maître Jacob, lui souffla Crispin entre deux gorgées.

Il remplit à nouveau son bol avant de le reposer sur la table et de faire courir ses doigts sur le rebord.

— Que souhaitez-vous donc me dire ?

Jacob se rapprocha de la table pour y mettre les bras bien à plat. Ses doigts longs et pâles se refermèrent.

— Maître Guest, j'ai eu vent de rumeurs vous concernant.

— Certaines pourraient-elles être fondées ? répondit Crispin avec un petit sourire affecté.

— Je viens de loin, mais j'ai entendu parler du Limier... cet homme jadis accusé de traîtrise.

Sept ans s'étaient écoulés, pourtant ce terme lui faisait encore horreur. Il serra plus fort son bol.

— Traître, je l'ai été, messire, mais je ne m'en glorifie pas. Je suis en vie et je ne m'en vante pas davantage car une telle circonstance peut changer d'une saison à l'autre.

L'homme se détendit sans toutefois cesser de guetter alentour. Le regard de Crispin se porta une fois encore sur l'écusson jaune et il ne put s'empêcher d'exprimer sa défiance.

— Puis-je vous poser une question ?

Jacob était paisible. Enveloppé dans ses habits, il tenait plus de la chrysalide que de l'homme. Crispin n'y alla pas par quatre chemins.

— Pourquoi un médecin juif serait-il appelé à la cour d'Angleterre ?

L'homme eut un sourire prudent et son regard affronta celui de Crispin.

— Oui, pourquoi ? En ce lieu où les Juifs sont malvenus ? Si malvenus, en fait, que votre souverain a rendu illégale leur présence bien des générations avant celle-ci.

— Oui…

Un malaise sans nom s'empara de Crispin. Les Juifs d'Angleterre avaient été exilés de longue date et il n'en avait jamais rencontré. On racontait qu'ils avaient vécu à Camden mais, si c'était vrai, il n'en restait guère de traces aujourd'hui. Il ne subsistait que le vieux Domus Conversorum de Chancery Lane, cet endroit où les Juifs convertis vivaient sous le regard du vieux roi Henri de Winchester, père d'Édouard aux Longues Jambes, lequel les avait finalement chassés. Les Juifs se voyaient interdire l'entrée au royaume d'Angleterre, et c'était une juste loi, même si le Domus accueillait parfois un nouvel arrivant, un de ces Juifs errants ramenés à la raison.

Crispin s'était rendu en Terre sainte, il y avait vu des Sarrasins et des Juifs, mais leurs mœurs étaient trop étranges pour sa sensibilité chrétienne. Être aujourd'hui assis en face d'un Juif dans sa taverne favorite lui donnait envie de fuir. Pourtant, le comportement de cet homme était marqué par le respect et la prudence. Il semblait parfaitement comprendre la situation et s'en amusait presque.

— Justement, reprit Crispin, que faites-vous ici, à la cour de surcroît ?

— Ma spécialité a été requise. Si je puis me permettre, dit-il, une main blanche posée sur sa poitrine et la tête inclinée, mes services sont connus loin de France. Votre roi m'a autorisé à venir afin de servir la reine.

— Quoi ? J'ignorais que notre reine fût malade.

L'homme se contenta de cligner les yeux. Ses lèvres roses se refermèrent, il n'en dirait pas plus à ce sujet.

Crispin se versa encore une fois du vin et but. Le chaud ronronnement tant attendu venait de prendre place dans sa tête.

— Ainsi, notre roi Richard permet à un Juif de vivre dans son palais.

Et pas à moi, ne put-il s'empêcher de penser, presque amusé.

— Je ne doute pas que vos services soient de grande valeur,

ajouta-t-il avant de repousser son bol et de regarder Jacob droit dans les yeux. Dites-moi, pourquoi souhaiteriez-vous m'engager ?

— Votre tarif est bien de six pence par jour ?

— Sans compter les frais, si je dois voyager.

— Oui, bien sûr.

Jacob se caressa la barbe et contempla le bol de vin de Crispin. La lumière jouait sur sa surface rubis.

— Votre discrétion…

— Cela suffit ! s'impatienta Crispin. Vous dites me connaître ainsi que ma réputation ? Expliquez-vous !

L'homme hocha la tête avec déférence, une habitude prise avec l'asservissement, sans nul doute possible.

— Fort bien. Des parchemins de grande valeur ont été dérobés dans mes appartements. Ils doivent y retourner.

— De quelle valeur parlez-vous ? Des actes notariés ?

— Rien d'aussi banal, mais ils sont tout de même importants. Pourrez-vous m'aider ?

— Vous voulez que je retrouve des parchemins volés ? Pour six pence par jour, je verrai ce que je peux faire, mais cela me servirait de savoir de quoi il s'agit.

Il agita la main et s'empressa de la cacher sous la table.

— Des textes. En hébreu. Vous ne les estimeriez pas importants.

— Ce n'est pas le cas de tout le monde, de toute évidence, et vous avez prononcé le mot « dangereux », si je me souviens bien.

Jacob se contenta de fermer à demi les yeux.

— Quelque lettré souhaiterait-il les consulter ? ajouta Crispin pour meubler le silence.

— Peut-être, oui.

Jacob tira sur sa barbe avant de prendre conscience que c'était devenu une habitude et il posa la main sur son genou.

Crispin soupira. Ces parchemins perdus risquaient de lui attirer des ennuis, mais un penny, c'était un penny.

— Il me faudra visiter vos appartements et ce sera délicat. Je vais devoir augmenter mes tarifs et vous demander un shilling par jour pour le risque que je prends.

L'homme parut surpris.

— Pourquoi une telle visite ?

— Pour examiner l'endroit où ils ont été volés. Je pourrais recueillir des informations de grande valeur mais dites-moi, par simple curiosité, pourquoi n'êtes-vous pas allé parler de ce larcin à l'un des deux shérifs ? Ou même vous plaindre au roi puisqu'il vous écoute.

— Non. Je suis venu vous solliciter.

— C'est fait, mais cela n'explique en rien…

— Venez à la porte du palais, dit Jacob en se levant. Je vous y retrouverai à la tombée de la nuit.

Crispin se leva à son tour, quoique plus lentement. La discussion était close.

— Bien. Voici une marque de garantie de mon honnêteté…

Jacob fouilla un instant dans son manteau avant de produire une petite bourse en cuir qu'il déposa sur la table.

— Il y a là quatre shillings de bon argent. À la tombée de la nuit, maître Guest.

Crispin se saisit de la bourse qu'il serra dans son poing.

— Maître Jacob ! fit-il avec un bref signe de tête.

Il regarda l'homme se hâter de disparaître puis il prit une pièce qu'il plaça sur le coin de la table, pour Eleanor. Du moins avait-il pu la régler aujourd'hui.

À peine rentré au logis, Crispin expliqua tout à Jack, heureux d'apprendre que son maître avait été engagé, moins heureux cependant de découvrir que l'homme était juif.

— Vous acceptez l'argent d'un Juif ? Ce ne sont pas eux qui ont crucifié Notre Seigneur ?

— C'est ce que disent les Saintes Écritures.

— Ils ne devraient plus être en Angleterre. La loi date d'il y a bien longtemps.

— Tu apprendras, Jack, que les rois et les lois ne se rencontrent guère au sein d'une même phrase.

— Hein ?

— Ce que le roi Richard désire, il l'obtient. Cet homme a été appelé auprès de la reine en tant que médecin. Je ne doute pas qu'il soit ici pour découvrir pourquoi elle est sans enfant.

— Oh, fit Jack en regardant par la fenêtre d'un air pensif, mais vous, vous devrez vous tenir à la porte du palais à la tombée de la nuit.

— Oui, tu y vois quelque objection ?

— Je ne lui fais pas confiance.

— Pourquoi ?

— Je n'en sais rien, convint le garçon avec un haussement d'épaules. Il perd des papiers qu'il prétend importants, mais il ne va pas se plaindre au shérif. De quoi y parle-t-on ?

— Je me suis moi-même posé cette question. Il s'agirait de textes hébraïques recopiés sur parchemin. Je me suis demandé ce qu'ils pouvaient avoir d'important, justement.

— Des récits bibliques ?

— Si tel est le cas, pourquoi ne pas l'avoir dit ? Peut-être concernent-ils l'art de la médecine ? Mais peu importe, je les retrouverai et cela me vaudra une belle récompense.

— Ça ne me plaît pas du tout.

— Je me moque bien que cela te plaise, aboya Crispin, je prends le travail qu'on me propose !

Il n'aimait pas se comporter ainsi avec Jack, mais celui-ci ne savait pas tenir sa place. Et puis son regard se porta sur son capuchon élimé, et il se rappela soudain que Jack ignorait lui-même où elle était. N'avait-il pas passé les plus tendres années de son enfance seul dans la rue, à jouer les coupe-bourse ? Il avait de la chance d'avoir survécu jusqu'à ce jour.

Crispin changea de ton malgré lui.

— Voudrais-tu m'accompagner ?

Jack écarquilla les yeux.

— Moi ?

— Tu es mon apprenti. Comment veux-tu t'instruire en restant tapi ici ? Je pourrai aussi l'avoir l'œil sur toi. T'empêcher de faire des bêtises.

— Je n'en fais jamais ! grommela Jack.

Et, comme pour prouver ses dires, il se saisit d'un balai et entreprit de nettoyer furieusement le sol déjà propre.

Les fades rayons du soleil parvenaient à se faufiler entre de gros nuages gris. Crispin et son apprenti sortirent et déambulèrent pendant près d'une demi-heure dans les interminables ruelles encombrées de neige permettant d'accéder au quartier de Westminster et au palais. Dans chaque paroisse traversée, ils entendaient les cloches des églises prendre le dessus sur les gémissements du vent. Chaque clocher avait un son propre. Le timbre profond de la cathédrale Saint-Paul, dont l'ombre planait sur le quartier de la Boucherie, se dispersa bientôt et ils pénétrèrent dans le domaine du tintement métallique de Saint-Bride. Quelques rues encore, puis le cor insistant de Saint-Clément Danes s'effaça devant le timide carillon de St. Martin-in-the-Fields, lequel fut bientôt écrasé par la riche sonorité des cloches de l'abbaye de Westminster.

Au lieu-dit Charing Cross, la croix commémorative de la procession funéraire de la reine Éléonore était recouverte de neige[1]. Crispin ne cessait de penser à la réflexion de Jack : « Vous acceptez l'argent d'un Juif ? » Était-il à ce point aux abois ? La réponse ne tarda pas. Il lui faudrait régler son loyer d'ici peu, or il n'avait pas d'argent pour cela. Martin Kemp, son propriétaire, était un brave homme qui, bien souvent, n'était pas à quelques

1. C'est l'un des douze endroits où le cercueil d'Éléonore fut déposé durant une nuit lors de la procession depuis le Lincolnshire jusqu'à son lieu de repos, à Westminster. Chaque fois, son époux le roi Édouard Ier érigea une croix à la mémoire de sa femme. (Toutes les notes sont du traducteur.)

jours près, mais son épouse acariâtre, Alice, prenait un plaisir malsain à harceler Crispin.

L'argent. Jadis, il ne lui posait aucun problème. Avant cette décision terrible de se joindre aux conspirateurs, sept ans auparavant, il dépensait sans compter, de manière éhontée parfois, pour offrir des colifichets à des filles légères et régaler des amis plus que douteux, mais ces filles, ces amis, où étaient-ils aujourd'hui ? Il lançait des pièces au premier mendiant venu. Il consacrait des sommes énormes à l'entretien de ses jardins de Sheen. Son ancien manoir n'était pas très éloigné de la résidence royale et il convenait de préserver les apparences au cas où le souverain souhaiterait y séjourner. Il se rappela l'année où il avait harcelé ses locataires pour qu'ils s'acquittent de leurs dettes plus tôt que prévu et ce, afin d'approvisionner ses cuisines en prévision de la venue du roi et de sa suite. À maintes reprises, il avait failli ruiner sa propre maisonnée pour offrir le gîte et le couvert à la cour tout entière. Cependant, il ne s'était jamais plaint, car tout cela il le faisait pour le vieux roi, Édouard de Windsor, grand-père de l'actuel roi Richard. Pour lui, il aurait tout accepté. Même s'abandonner à la trahison pour voir monter sur le trône son fils, Jean de Gand, et non pas son petit-fils, Richard.

Hélas, c'était une époque bien lointaine. Ses terres lui avaient été enlevées avec son titre de chevalier, et les locataires de ses biens donnaient à un autre le nom de propriétaire. Crispin ignorait de qui il s'agissait, ou peut-être s'en moquait-il.

Son regard se posa sur le manteau râpé et la cape épaisse masquant sa pauvre apparence. Oui, c'était il y a bien longtemps…

La neige tomba soudain en rafales et Crispin pressa le pas pour se réchauffer. Ils suivaient le Strand à présent et quittaient Londres pour le palais. Les échoppes et les maisons semblaient moins fréquentées et la rue débouchait sur une avenue plus large où les arbres grêles des jardins apparaissaient par-delà les toits.

Crispin repensa à la mission qui lui était confiée. À quel genre de papiers un Juif pouvait-il accorder tant de valeur, au point de venir quérir son aide ? Il devait frémir à l'idée de s'aventurer loin de la cour, dans une ville où il n'était pas le bienvenu. Tout cela pour solliciter un homme qui, lui, ne pouvait approcher le roi. C'en était risible.

Il ne s'agissait sans doute que d'un vol banal. Quelqu'un avait voulu nuire à ce Juif. Dans l'éventualité d'une simple niche, les documents étaient depuis longtemps détruits, mais peut-être le voleur leur accordait-il une telle valeur qu'il souhaitait les vendre à une tierce personne. Dans ce cas, il était encore possible de les récupérer.

Le vent glacial soufflait avec plus de vigueur, faisant frémir le fleuve devenu blanc, s'engouffrant dans les allées et chassant devant lui les dernières feuilles d'un automne déjà lointain. La glace s'abattait sur le visage de Crispin comme des aiguilles de verre. Il affrontait le mauvais temps, tête baissée, protégée par une capuche qu'il aurait tant aimée fourrée.

Les aboiements du vent et le sifflement de l'écume sur le quai de pierre n'empêchèrent pas Jack et Crispin d'entendre le cri plaintif qui semblait jaillir de la Tamise. Ils firent halte, étonnés, quand le cri retentit pour la seconde fois en cette froide fin d'après-midi. Des passants se dirigeaient vers le quai. Crispin vit des gens descendre le long du talus, d'autres appelèrent à leur tour. Et il se mit, lui aussi, à courir pour voir de quoi il s'agissait.

Des hommes équipés de perches tentaient d'attraper quelque chose. On eût dit que la Tamise cherchait à les décourager en projetant ses eaux glacées contre leurs visages ou en mouillant leurs chausses et leurs bottes. C'est seulement après avoir écarté des badauds que le Limier vit ce qu'ils ramenaient sur la rive.

Il se précipita vers eux et les aida à sortir le corps de l'eau.

C'était celui d'un enfant. De l'âge de Jack.

Nu. Meurtri. Mort.

II

ILS DÉPOSÈRENT L'ENFANT SUR LA ROCHE de la rive. Les hommes aux chausses trempées s'agenouillèrent près de lui. Chacun se signa. Des femmes pleuraient, d'autres s'enfuyaient, horrifiées. Crispin posa lui aussi un genou en terre et examina le petit corps.

— Quelqu'un est-il allé prévenir le shérif ? demanda-t-il d'une voix rauque.

— Oui, dit un de ceux qui avaient contribué à sortir le malheureux de la Tamise. Mon garçon s'en est chargé. Vous croyez que c'est un accident ?

L'enfant n'était pas mort depuis très longtemps, constata tout de suite Crispin. La peau ne présentait pas de taches brunâtres et les poissons ne l'avaient pas mordillée. En revanche, les bras et les poignets étaient bleuis par endroits et le cou, porteur d'une marque profonde, témoignait de la façon dont il avait été étranglé. L'abdomen avait été ouvert sur toute sa hauteur à l'aide d'un couteau.

— Non, ce n'est pas un accident.

— Vous voulez que j'alerte le voisinage ? demanda l'homme.

Crispin acquiesça sans pour autant détacher son regard des yeux grands ouverts de l'enfant. Des yeux qui avaient été bleus et qui, avec leur blanc parcouru de vaisseaux sanguins éclatés, ne verraient plus jamais.

L'homme s'éloigna du petit groupe et alla frapper aux portes des habitations et des échoppes les plus proches. D'autres se joignirent à lui. Il ignorait si cela servirait à quelque chose, mais telle était la procédure en cas de crime avéré. L'enfant avait peut-être été tué la nuit précédente, le coupable aurait alors depuis longtemps disparu. La froideur de l'eau empêchait d'indiquer avec précision l'instant de la mort. Chose étrange, il n'avait pas coulé. Un détail qui pourrait se révéler utile...

Crispin ôta sa cape pour masquer la nudité de l'enfant. Il se prit à frissonner, de colère ou de froid, il n'aurait pu le dire.

Jack était à ses côtés et lui aussi tremblait.

— Dieu nous vienne en aide ! murmura-t-il.

Crispin se releva et, pour la première fois, observa la foule amassée autour de la victime. Certains se trouvaient tout près, d'autres tendaient le cou depuis la berge. Il s'attarda sur chaque visage. Si quelques-uns témoignaient d'une authentique compassion devant le petit corps de cet innocent, d'autres ne reflétaient qu'une curiosité morbide. Un des badauds affichait-il un air de culpabilité qui le trahissait ? Quelqu'un semblait-il manifester un intérêt démesuré pour la scène ? Il était possible que le démon fût là, parmi eux, à se délecter du désarroi de ses semblables, mais même l'œil avisé de Crispin ne pouvait lire au fond du cœur des hommes. Nul autour de lui ne correspondait à l'idée qu'il se faisait d'un monstre infanticide.

Les hommes agenouillés continuaient de prier mais Crispin s'en montrait incapable. Il lui était impossible d'implorer un Dieu qui autorisât de laisser ainsi profaner l'innocence. Qui pourrait assassiner un enfant ? Et dans des circonstances aussi atroces ? Il ne s'agissait pas d'un coup malheureux porté à la tête suite à une réprimande, un accident en quelque sorte, mais bien d'un acte de cruauté et de barbarie délibéré. Regarder droit dans les yeux un enfant qu'on étrangle et qui suffoque ne pouvait être le fait d'un homme qui respire le même air que ses semblables, mange la même nourriture et voit les mêmes étoiles dériver dans le ciel.

Et cette lacération, que signifiait-elle ? Du premier coup d'œil, Crispin avait remarqué la cavité du ventre de l'enfant. Ses entrailles avaient-elles été arrachées par une bête ? Non, il n'y avait là ni déchirure ni trace de dents. Elles avaient été délibérément prélevées.

Crispin fut à nouveau parcouru de frissons. Si Dieu ne s'était pas manifesté, Satan s'en était chargé pour sa part.

Un martèlement de sabots, puis les cris de deux hommes s'adressant à leurs sergents.

Simon Wynchecombe n'était plus depuis septembre l'un des deux shérifs de Londres. Chose étonnante, Crispin en était venu à regretter cet arrogant personnage, au moins était-il efficace. Les fonctions de shérif étaient désormais accordées à un poissonnier dégingandé du nom de Nicolas Exton et à John Froshe, un marchand de drap courtaud. Tous deux mettaient à présent pied à terre.

Le fait d'être shérifs ne leur plaisait pas plus qu'à Wynchecombe, mais il leur permettrait d'accéder à des fonctions supérieures. Crispin savait que Wynchecombe visait le poste de Lord Maire et ces deux-là ne faisaient pas exception à la règle.

Nicolas Exton était aussi grand que Wynchecombe, ce qui lui donnait une tête de plus que Crispin. Son visage était long et triste avec un nez crochu et des yeux bruns indolents. Il portait une robe dont l'ourlet lui tombait aux chevilles et appréciait les poulaines à l'extrémité exagérément retroussée. Avec prudence, il foula les rochers et descendit vers la berge.

John Froshe était le plus trapu des deux et une ceinture portée bas mettait en valeur son ventre rebondi. Sa cotehardie était doublée d'hermine et ses bas rouges plaqués à ses grosses jambes faisaient songer à deux saucisses. Lui aussi avait des poulaines en peau de faon, fort peu appropriées en la circonstance. Il se tenait au sommet de la berge et avait l'air de se demander s'il devait s'impliquer, mais quand Exton eut rejoint Crispin, il fut piqué au vif et résolut de descendre à son tour.

Ses serviteurs le suivaient à quelques pas et s'empressaient de le relever quand il trébuchait ou de s'excuser quand il les giflait.

— Guest, dit Exton dont le nez imposant se tordait devant la scène, faut-il donc que vous arriviez toujours avant nous ?

— Je suis là par hasard, comme tous ici.

C'était la seule explication qu'il leur fournirait, la seule aussi dont les shérifs avaient besoin.

Une toux sifflante retentit et Froshe s'avança. Il époussetait en vain sa cotehardie de velours.

— Pourceaux stupides, je suis tombé au moins trois fois !

Les serviteurs se donnaient l'air contrit, mais Crispin n'était pas dupe.

— Bien, fit Exton, qu'avons-nous ici ?

Par-delà Crispin, il regarda la petite forme couchée sous la cape. Impassible, il s'en approcha et souleva l'étoffe puis il s'empressa de la remettre en place et hocha la tête.

— Le coroner est en route.

Il se releva et s'adressa à Froshe.

— Qu'en concluez-vous ?

— Seigneur Dieu, je crois que c'est un enfant mort, Nicolas.

— Effectivement, confirma-t-il en s'essuyant les mains sur la cape. Et vous, Guest, vous détenez les réponses à chaque question, m'a-t-on dit. On ne peut faire trois pas dans Londres sans tomber sur quelqu'un qui ne nous parle du Limier. Comme si vous aviez inventé la notion même de justice. Nos prédécesseurs vous citaient souvent quoiqu'en termes moins élogieux. Devons-nous croire tout ce que l'on raconte sur vous ? Va-t-on bientôt vous canoniser ?

Irrité, Crispin se renfrogna.

— Dites-moi, je vous prie, quelle est votre conclusion. Mon éminent collègue a déclaré cet enfant mort. Je le confirme. Qu'en pensez-vous ?

— Je constate qu'il a été assassiné, messeigneurs. De manière immonde. J'en ai l'estomac retourné.

Il avait répondu cela à dessein pour les obliger à voir la vérité et, de toute évidence, il y était parvenu.

Froshe agita la main devant son visage comme pour chasser une odeur déplaisante.

— Le coroner ne va pas tarder.

— Nous pourrons alors faire porter le corps à Newgate, ajouta Exton.

Crispin se demanda s'il était inclus dans ce « nous ».

Le hasard voulait que le coroner fût à Londres et il s'empressa de se rendre sur place, examinant le cadavre et interrogeant les personnes présentes[1]. Son clerc notait minutieusement leurs déclarations. Il questionna les hommes des échoppes et des maisons voisines jusqu'à la tombée de la nuit. Ceci fait, il adressa un signe de tête satisfait aux shérifs. Le corps ne l'intéressait plus et il leur revenait de prendre les choses en main. Les indications du coroner leur permettraient de poursuivre l'interrogatoire des gens du voisinage, mais Crispin doutait que cela donne quelque chose. Il voulait examiner le cadavre par lui-même.

Il aida les hommes des shérifs à porter le léger fardeau en haut des rochers puis à le déposer sur la paille d'une charrette. Le poissonnier Exton ramassa la cape de Crispin et la lui rendit. Le petit cadavre fut dissimulé sous une couverture élimée.

Le charretier tira sur ses rênes et les roues creusèrent dans la neige deux lignes sombres en direction de Londres. Jack et Crispin marchaient derrière, en silence. La nuit s'abattit sur la ville et le froid se fit plus insistant, mais il aurait été difficile de dire qui l'emportait, de la saison hivernale ou de l'horreur du crime.

Après plus d'une demi-heure, la procession solennelle approcha des tours doubles de Newgate. La herse se releva en grinçant et le portail ressembla à une gueule immense où chacun

1. Vieille charge saxonne ressuscitée à la fin du XIIe siècle, le coroner, « gardien des volontés de la Couronne », est un fonctionnaire qui enquête sur les circonstances d'un décès violent, obscur ou qui semble le résultat d'un crime, et pour en déterminer la cause.

s'engouffra avant de rejoindre les écuries sinistres situées en dessous de la prison. La suite des shérifs installa de grands cierges dans des torchères murales, mais leur vive lumière ne parvint même pas à illuminer les voûtes humides. Le jeune garçon fut déposé sur une table et les hommes des shérifs se retirèrent. Il ne restait plus là que Crispin, Jack et les deux hauts fonctionnaires. Froshe semblait pour sa part de plus en plus mal à l'aise.

Crispin n'attendit pas leur permission et arracha la couverture. Jack se détourna au spectacle du cadavre livide.

— Jack, éclaire-moi, dit Crispin.

Il avait parlé avec beaucoup de calme, mais sa voix résonnait et l'écho sifflait entre les murs sombres et glacés. Le pas traînant de Jack suscita lui aussi de l'écho, mais il revint bientôt, porteur d'une torche. D'une main tremblante, il la tendit à son maître.

Crispin ferma les yeux de l'enfant pour échapper enfin à leur regard insondable. Il s'intéressa à nouveau au cou. Un cercle brunâtre bordait les marques imprimées dans la chair. Il observa plus bas. Le pubis n'était pas encore couvert de poils, il n'avait donc pas plus de dix ou onze ans. Délicatement, Crispin toucha le ventre qu'une lame avait ouvert avec tant de brutalité et écarta les deux rabats de peau. Les entrailles avaient bel et bien disparu.

— Guest ! s'écria Exton, à la fois autoritaire et scandalisé. Par la Sainte Mère, que faites-vous ?

— J'examine le corps, lord shérif. Cet enfant a été éviscéré.

— Ce sont les poissons.

— Non. L'incision est très nette. Voyez ici.

— Je m'y refuse, c'est une abomination !

Crispin le regarda dans les yeux. Froshe fit un pas en arrière comme si rien de cela ne le concernait et afficha un air aussi misérable que Jack.

— La véritable abomination, c'est ce crime horrible, dit Crispin. Nous devons relever chaque indice pour en déterminer toute la portée.

Exton grinça des dents. Il n'accorda même pas un coup d'œil à Froshe qui, adossé au mur, semblait vouloir réchauffer la pierre.

En tant que poissonnier, Exton avait l'habitude des bêtes privées d'entrailles, mais il était ici question d'un enfant. Il prit son courage à deux mains et se pencha pour voir ce que lui montrait Crispin. Avant peu, ses lèvres pâlirent et son front se couvrit de sueur.

— Quelle ignominie. Quel blasphème...

— Oui.

Crispin continua d'examiner l'enfant. Ses chevilles avaient été ligotées. La marque des cordes s'y voyait encore. Il souleva une main blême et observa les ongles. Bien que rongés et cassés jusqu'à la chair, on y décelait encore un peu de terre. Les cuticules étaient arrachées. La pulpe des doigts et les paumes étaient recouvertes de calles. L'enfant était maigre, mal nourri, et ses côtes saillaient. Crispin écarta les lèvres bleuies pour trouver des dents cassées et inégales.

Il retourna l'enfant et sursauta à la vue des marques qu'il portait sur les fesses et les hanches. Certain de ce qu'il allait découvrir, il poursuivit son examen sans se préoccuper des cris horrifiés du shérif.

— Sodomisé, dit-il calmement.

Il se jura alors de retrouver ce meurtrier, de détruire celui qui prenait plaisir à souiller la pureté.

— Dieu du Ciel ! s'exclama Exton.

La torche que brandissait Jack ne cessait de vaciller.

— Laissez-nous partir, maître Crispin, je vous en prie !

Le Limier prit le flambeau que le garçon tenait tant bien que mal et le déposa dans une torchère puis, après un long instant de réflexion, il s'adressa à Exton.

— Il a été étranglé, mais pas à mains nues. Sa gorge ne porte pas de traces de doigts. Je pense que l'incision au centre a été pratiquée après la mort, elle n'aurait pas été si propre autrement. Elle est bien trop précise. Quant à l'absence d'entrailles... Je m'y perds. Mort, à quoi peut-il servir ? Ses mains révèlent qu'il travaillait dur. C'était un petit serviteur ou un gosse des rues.

L'enfant d'un boutiquier n'aurait pas de telles calles. Et surtout, il a été sodomisé. Nous cherchons donc un homme.

— Non, dit Exton.

Il s'appuya au mur de pierre. Son regard se perdait dans la pénombre.

— Non ? répéta Crispin, perplexe. Nous ne cherchons pas un homme ?

— Toutes ces choses que vous évoquez, je ne les crois pas. Je ne crois pas que ce garçon ait été... sodomisé. Ni que ses entrailles lui aient été arrachées. Tout peut s'expliquer. Le fleuve. Une racine saillante ou une épave peut l'avoir déchiré, les poissons auront fait le reste.

— Lord shérif !

— Peut-être s'est-il fait prendre dans un filet alors qu'il pêchait, il aura été étranglé.

— Tout nu ? En plein hiver ?

Il s'approcha du shérif pour le contraindre à le regarder dans les yeux.

— Maître Nicolas, vous savez que je dis la vérité.

— J'ai entendu beaucoup de choses à votre propos, Guest, dans la bouche des shérifs John More et Simon Wynchecombe. Vous élaborez des contes fantastiques pour vous donner de l'importance aux yeux de votre entourage. Je ne vous le reprocherai pas. En revanche, je ne veux pas de ça dans ma paroisse ! Wynchecombe le supportait peut-être, pas moi !

— Moi non plus ! ajouta Froshe d'une voix faible.

Exton se tourna vers lui.

— Je déclare que cet enfant est mort au cours d'un accident...

— Par le sang du Christ ! jura Crispin. Qu'avez-vous ? Les preuves sont là, devant vos yeux !

— Cela suffit, maître Guest. C'était au mieux un mendiant. Quelle importance cela a-t-il ?

— Quelle importance ?

Il ne put s'empêcher de lancer un coup d'œil dans la direction de Jack qui se tapissait dans l'ombre.

— Un citoyen de Londres a été violé et assassiné, monseigneur. C'est assez pour vous concerner, me semble-t-il !

Exton jura à voix basse et se dirigea vers un couloir sombre avant de faire demi-tour.

— Vous faites preuve d'un étonnant dédain à l'égard de notre charge, maître Guest, dit-il d'une voix frémissante.

Froshe lui adressait des regards suppliants. Il s'en approcha et les deux hommes conversèrent un instant à voix basse. Vu leur mine, ils ne semblaient pas d'accord. Sans se préoccuper de Froshe qui faisait non de la tête, Exton se tourna vers Crispin.

— Ce... ce n'est pas la première fois.

Crispin sentit son estomac se soulever.

— Mon Dieu, murmura-t-il.

Exton se sentait mal. Sa pomme d'Adam tressautait chaque fois qu'il déglutissait.

— Je maudis le jour où j'ai été élu à cette fonction. Je pensais... Non, je n'aurais jamais cru...

Il secoua la tête et se tourna vers Froshe, dissimulé dans la pénombre.

— Nous faisons une belle paire d'imbéciles, n'est-ce pas, John ?

Froshe ne leva pas les yeux. Ses grosses joues rougeoyaient. Les ombres semblaient vouloir l'engloutir. Crispin, lui, ne disait rien. Il se contentait de regarder Exton se débattre avec une chose qu'il ne pouvait exprimer. Enfin, il parla.

— Allons discuter au cabinet de travail, réussit-il à articuler. Il y aura du vin.

Crispin et Jack quittèrent les écuries et s'engagèrent dans l'escalier en colimaçon menant au cabinet du shérif. Le clerc qui considérait toujours Crispin avec un certain dédain était absent aujourd'hui.

Un serviteur sortit d'une alcôve et s'employa à attiser les braises de l'âtre et à ajouter du bois pour faire jaillir de belles flammes. Exton s'installa sur le siège proche de la table de travail et Froshe se dirigea vers la fenêtre aux volets clos. Crispin attendit. Le serviteur mit fin à sa tâche, quitta la pièce et referma la porte. Exton parut surpris quand il leva les yeux et découvrit Crispin debout devant lui. Il lui fit signe de s'asseoir et Jack prit place à son tour, un peu en retrait.

— Votre serviteur peut nous verser à boire, dit-il avec un geste majestueux.

Jack n'eut pas besoin que Crispin lui réitère l'ordre. Il se précipita vers la petite armoire et remplit deux gobelets qu'il tendit aux shérifs en s'inclinant chaque fois devant eux. Puis, il en saisit un troisième qu'il donna à son maître.

Crispin le porta à ses lèvres, soulagé à l'idée que le vin s'empresserait de délier les langues.

Exton but comme s'il ne l'avait pas fait depuis des siècles. Il contempla le feu et serra le gobelet vide contre sa poitrine.

— Une sale affaire, oui…

Pour la première fois, Crispin éprouva une sorte d'empathie à l'égard des deux hommes.

— Vous dites qu'il y en a eu d'autres. Combien ?

— Trois. Tous des garçons.

— De la même manière ?

— Oui. Pratiquement dans le moindre détail.

— Depuis quand ?

— Depuis la Saint-Michel. Nous venions de prendre notre fonction en septembre.

Il y avait une certaine amertume dans ses paroles, comme si c'était la faute de ceux qui l'avaient élu. Comme si tous étaient complices.

Deux mois. Crispin soupira.

— Avez-vous quelque indice ? Un suspect ?

Le shérif secoua la tête.

— Je n'ai jamais…, commença-t-il d'une voix hésitante. Je crains que nous ne soyons en présence du Tentateur, reprit-il en se signant. Une telle profanation. Une telle ignominie. Maître Guest… Je ne puis le supporter. Le péché s'est emparé de cette ville. Nous n'avons pas assez de prêtres pour l'en débarrasser.

— L'en débarrasser, oui, reprit Froshe, la main crispée sur le gobelet auquel il n'avait même pas touché.

— Oui, c'est un péché, acquiesça Crispin, un péché effrayant, mais c'est un homme qui l'a commis.

— Que peut-on faire contre cela ? Ce sont des temps bien étranges. Je crains qu'une autre calamité ne s'abatte sur nous. Et ce serait mérité.

Crispin n'aurait jamais songé que cela puisse arriver, mais les propos désabusés du shérif le troublèrent. Il était évident que ces hommes préféraient le statu quo et que ces meurtres ne s'inscrivaient pas dans leur vision idéale de la société londonienne.

— Engagez-moi, dit Crispin.

— Quoi ?

— Engagez-moi et j'attraperai cet assassin.

Le shérif eut un bref éclat de rire.

— On nous avait mis en garde contre vous-même et vos ruses, n'est-ce pas, John ? Voyez comment maître Guest cherche à nous utiliser. Wynchecombe nous avait prévenus…

— Assez, Nicolas, je vous en prie ! dit Froshe en se frottant le visage comme pour chasser toutes ces horreurs. Quel choix avons-nous ?

— Pauvre sot ! lui lança Exton. Vous ne pouvez donc pas vous taire ? Ou garder votre couardise pour vous ?

— Messeigneurs !

Crispin se leva. Peut-être allait-il pouvoir profiter de la situation et manipuler ces deux chacals.

— Je vous en conjure, ne vous querellez pas. Je vous ai proposé une solution. Engagez-moi, répéta-t-il en regardant Exton droit dans les yeux.

— Allez au diable.

— Il en sera probablement ainsi, mais pas avant que je ne traîne ce démon-ci devant la justice.

L'homme hésita et adressa un rapide coup d'œil à Froshe qui lui lança un regard cinglant.

— Supposons, murmura-t-il, supposons que nous vous engagions. Personne ne doit être au courant, vous vous en doutez.

— Il sera plus difficile d'enquêter.

— Je vois. Vous vous défilez.

— Je n'ai rien dit de tel, lord shérif. C'est pour moi un défi, et il est une chose que vous devez savoir à mon propos, messeigneurs : je ne me suis jamais dérobé.

Exton faisait courir son doigt sur le rebord du gobelet. Il mâchonna ses grosses lèvres puis se tourna vers Froshe.

— Alors ?

— Je crains que nous ne signions un pacte avec le Diable, dit Froshe avant de daigner hocher la tête.

— Comme vous voudrez, lord shérif. Pourrais-je prendre connaissance des rapports du coroner ?

Exton repoussa son gobelet.

— Dès demain, nous en ferons porter des copies à votre logis.

Le silence se fit pesant et Crispin posa à son tour son gobelet vide.

— Je vais prendre congé, messeigneurs. À moins que vous n'ayez autre chose à me dire.

— Ce serait déjà fait, Guest, lui répondit Exton avec un ricanement. Faites-nous votre rapport dès que vous aurez découvert quelque chose. Le roi n'a pas encore eu vent de ces crimes, mais lorsque cela se produira, et même si ce ne sont que des gueux, il fera de notre vie un vrai cauchemar. Et ce qui sera vrai pour nous…

— Le sera aussi pour moi, j'en suis conscient.

Sur ce, Crispin s'inclina et quitta à la hâte le cabinet de travail, suivi de Jack.

La nuit était assez fraîche, mais du moins ne ventait-il plus. Ils marchèrent dans la neige sale du piétinement des chevaux et allèrent du marché de Newgate au quartier de la Boucherie. Dès qu'ils furent arrivés, Jack raviva les braises et alluma une chandelle qu'il plaça sur la table. Crispin comprit pourquoi : le plus de lumière possible, pour chasser le cauchemar.

Il s'effondra sur sa chaise et Jack se mit à genoux devant lui pour lui ôter ses bottes qu'il mit à sécher devant le feu.

— Maître, dit-il doucement, nous avons oublié de rencontrer ce Juif.

— Oui…

Cela paraissait si dérisoire après ce qu'il venait de se passer, pourtant l'homme lui avait déjà versé de l'argent.

— Ce n'est pas important.

— Je vous demande pardon, messire, mais il y a le terme à payer, et le shérif ne vous a rien donné…

— Bon sang !

Oui, il lui faudrait voir ce Juif s'il voulait régler son loyer, car réclamer une avance aux shérifs ne ferait qu'aggraver sa situation. Ils ne semblaient pas plus généreux que Wynchecombe quand il s'agissait de puiser dans le coffre royal.

— J'y songerai demain, Jack. Avons-nous quelque chose à manger ?

Jack fit de son mieux pour élaborer un repas à partir de leurs maigres réserves. Quand ils eurent dîné et débarrassé la table, Crispin se coucha sur son grabat et Jack, sur sa paillasse. Ils ne tardèrent pas à s'endormir.

Le soleil matinal resplendissait à travers une couche de nuages peu désireuse de s'évanouir. Crispin se sentait prêt à affronter son destin. Après un peu de gruau et de bière, il partit avec Jack en direction de Westminster et arriva à destination en milieu de matinée.

Il longea la rive et l'examina avec attention, ce qu'il n'avait pu faire la veille au soir, et ne vit rien susceptible de l'aider. Il se dit seulement que l'enfant, s'il venait d'être tué, n'était pas tombé au fond du fleuve comme on aurait pu s'y attendre. Il aurait pu être poussé vers la berge par le courant, à moins d'avoir été jeté à l'eau non loin de là. Qu'est-ce qui serait le plus cohérent avec le fait d'avoir des rapports furtifs avec de jeunes garçons ?

Il leva les yeux pour regarder par-delà les échoppes et les maisons à colombage. Le palais du roi Richard se dressait là, avec ses flèches et ses hauts murs détenteurs de tant de secrets. Ces crimes ignobles y trouvaient-ils leur origine ?

— On cherche quoi, maître ? demanda Jack, qui frissonnait dans ses vêtements.

— Je n'en sais rien.

C'était tristement exact.

Le malheureux garçon constituait l'indice principal, au même titre que les trois enfants qui l'avaient précédé. Ce n'était pas une simple question de mort. Il y avait autre chose. Il y avait certes eu viol, mais c'était l'incision au ventre qui l'intriguait et l'horrifiait le plus. Quel sens pouvait revêtir une telle éviscération ?

— Jack, tu te rappelles quelles maisons a visitées le coroner ?

— Je… je crois, maître.

— Nous y poserons nos propres questions. Je ne veux pas attendre son rapport.

Crispin laissa Jack marcher en tête et il ne tarda pas à lui désigner le premier commerce, celui d'un orfèvre. Il regarda à travers le volet et les petits panneaux en losange d'une vitre et vit un homme penché au-dessus d'une table, près d'une bougie qui crépitait. Il frappa à la porte et entra.

L'homme serra contre sa poitrine sa tunique brodée d'or.

— Mon bon maître, dit-il à Crispin en s'inclinant.

Il lui rendit la politesse.

— Je suis venu vous interroger sur l'enfant d'hier. Celui qu'on a sorti de la Tamise.

— Le coroner est déjà venu, déclara l'orfèvre en haussant le sourcil, et j'ai témoigné.

— Oui, mais je suis ici pour creuser la question.

Comme il s'y attendait, l'homme examina Crispin de la tête aux pieds et ne put que remarquer l'ourlet déchiré de sa cotehardie ou les reprises sur son torse. Crispin serra les dents, mais se tut.

— Et qui êtes-vous, je vous prie ?

— Je m'appelle Crispin Guest.

— Dieu du Ciel !

L'homme saisit la poignée de la porte, mais Crispin fut plus rapide.

— Je vois que ma réputation m'a précédé, ricana-t-il.

Il referma la porte et poussa l'homme qui tomba en arrière.

— Je vous en prie, dit l'orfèvre en se relevant. Mon commerce est honnête. Je ne veux pas avoir affaire à vous, Guest.

— Je n'achète rien. C'est une enquête pour meurtre. Ressaisissez-vous.

— Vous… ici… si près du palais… ?

— Oui, le palais. Je suis ici au nom du roi. Vous avez dû entendre parler du Limier, non ? Eh bien, c'est moi.

— Le Limier ?

Il cligna les yeux et Crispin vit que les idées se bousculaient dans sa tête. Il lui indiqua la chaise et l'autre s'assit sans protester.

— J'ai… oui, j'ai entendu parler du Limier.

— Dans ce cas, vous savez ce que j'ai accompli. Je suis venu vous interroger à propos de cet enfant qu'on a retrouvé mort.

— Oui, oui, fit-il en posant les yeux sur Jack, mais j'ai déjà dit au coroner tout ce que je pouvais.

— Ce gamin, vous le connaissiez ?

— Non. Je ne l'ai jamais rencontré.

— Avez-vous vu ou entendu quelque chose ?

— Rien. Seulement que l'on a donné l'alerte.

— Avez-vous connaissance de rumeurs à propos de cet enfant ou d'autres…

— D'autres comme lui ?

— D'autres… incidents.

— Non, je vous l'ai dit, mais il y a beaucoup de rues sombres autour du palais. Des choses étranges peuvent s'y passer.

— C'est vrai, confirma Crispin en regardant l'échoppe. Vous êtes orfèvre, n'est-ce pas ?

— Oui, messire. Je m'appelle Matthew Middleton. Je détiens ce commerce depuis près de vingt ans.

— Dans ce cas, vous avez vu beaucoup de choses. Avez-vous déjà été témoin d'un meurtre de ce genre ?

— La mort d'un enfant ? dit-il en jouant avec sa barbe. Hélas, trop souvent, je le crains. Une ville est parfois bien cruelle, ajouta-t-il en adressant un regard à Jack. La mort se nourrit de la maladie et de la misère. Je suis certain que vous avez aperçu de vos propres yeux les petits mendiants qui peuplent ces rues. Il n'y a pas assez d'âmes charitables pour les protéger. Ils ne vivent pas longtemps. La Tamise a réclamé son dû, j'en suis persuadé.

Crispin avait pleinement conscience de la présence de Jack.

— Et ces derniers temps ?

— Je n'ai rien entendu de tel. Pour ma part, je fais mon devoir et je donne aux œuvres de la reine.

— Je ne mets pas en cause votre générosité, maître Middleton. Je pose des questions, rien de plus.

Le Limier fit le tour du commerce. C'était propre, bien rangé, riche. Quiconque exerce un tel commerce ne connaît pas la faim, sa famille non plus.

— Peut-être avez-vous entendu parler de la disparition d'un apprenti ou d'un serviteur ?

— Non, rien.

— Si la mémoire vous revenait, on me trouve au quartier de la Boucherie.

L'homme s'inclina.

— Je vous le promets, maître Guest.

Crispin hocha la tête et fit signe à Jack avant de sortir dans la rue.

Une artère assez large s'ouvrait devant eux. L'air était frais. L'odeur de la Tamise y était puissante, mais du moins étaient-ils loin des bordels.

— Jack, je crains que questionner ces boutiquiers ne nous apprenne rien de nouveau.

— Nous allons tout de même continuer ?

— Bien sûr.

Comme Crispin s'y attendait, les autres personnes interrogées ne connaissaient pas cet enfant ou n'avaient rien entendu d'anormal dans la soirée. Le meurtre n'avait pas été commis dans la rue, mais en un lieu privé où les cris étaient étouffés.

Jack n'avait pas parlé de la journée sauf quand on lui posait des questions, et encore répondait-il par des sortes de grognements. Crispin le comprenait : il ne lui avait jamais demandé comment l'orphelin qu'il était avait vécu dans la rue pendant si longtemps. Il savait que Jack était un petit voleur intelligent, mais l'intelligence pouvait mener à tout.

— Jack, quand tu étais… avant notre rencontre… tu as dû côtoyer de jeunes garçons comme lui.

Jack leva la tête. Il frissonnait. Ses yeux ambre se posèrent sur Crispin. Des yeux si intelligents.

L'enfant passa le dos de la main sur son nez et renifla.

— Oui, maître. Vous savez bien ce que j'étais. Un voleur et un mendiant. Je n'en suis pas fier, fit-il en se signant, mais ça m'a permis de rester en vie pendant quatre ans après la mort de ma mère. Ma sœur est partie, mon père, je ne l'ai jamais connu. Vous espériez quoi ?

Il avait prononcé ces dernières paroles avec une violence telle qu'il s'attendait à ce que Crispin le gifle, mais il ne se produisit rien de tel.

— Tu étais assez grand pour travailler par toi-même. Pourquoi n'es-tu pas resté auprès de ton maître ?

— Parce que je n'en avais pas. Ma mère travaillait comme souillon, moi je m'occupais du feu. Quand elle est morte, ils m'ont fichu dehors. Ils n'avaient pas besoin de moi.

— Tu n'aurais pas pu te procurer le même genre d'emploi ?

— Non, j'en voulais trop à ces maîtres arrogants. Ils m'ont balancé comme si j'étais un pot de pisse !

— Et tu t'es retrouvé dans la rue. Tu peux me raconter une journée ordinaire ?

— Pourquoi ?

Jack n'avait jamais eu l'air aussi furieux et Crispin fronça les sourcils.

— Qu'est-ce que tu crois, mon garçon ? Que je te demande cela par curiosité malsaine ? Ignores-tu à qui tu t'adresses ? As-tu oublié que moi aussi j'ai erré dans la rue à quémander pour manger ?

L'expression de Jack se fit moins dure. Il donna un coup de pied dans un petit tas de neige et trempa le bout de son soulier.

— Je... non, je le sais bien. Vous voulez savoir à quoi ressemblait une de mes journées ? dit-il en se détournant.

— Oui, cela m'aidera peut-être à comprendre comment est mort cet enfant. Je sais ce que moi j'ai vécu, mais ce doit être très différent pour un gosse de huit ans.

Jack se mordilla un ongle jusqu'à ce que Crispin lui mette la main sur l'épaule.

— Allons dans une taverne, Jack. Nous nous réchaufferons devant un pot de vin. Un peu de pain t'aidera peut-être à décider si tu veux me parler ou pas.

Quand Crispin ouvrit la porte de l'établissement, une cascade de rires gras les accueillit. Les sons aigus d'un flûtiau et d'un tambourin ponctuaient une chanson que certains reprenaient en chœur. L'endroit semblait mieux tenu que le Sanglier, mais il faut dire qu'il se trouvait à l'ombre du palais de Westminster et que sa clientèle était plus aisée que celle de la rue des Fossés.

Crispin entraîna Jack vers deux tabourets proches de l'âtre et héla la tenancière.

— Bien le bonjour, mes bons maîtres ! leur lança-t-elle.

— Bonne femme, merci de nous apporter un pichet de vin, dit Crispin en lui tendant un peu d'argent. Et une miche de pain, si ce n'est pas trop cher.

Elle examina les pièces.

— Du pain et du vin, répéta-t-elle avant de s'éloigner.

Seuls à nouveau, ils observèrent les lieux. Jack ne disait rien et se contentait de regarder les hommes assis non loin de là, avec leurs belles robes bordées de fourrure et leurs houppelandes à longues manches, et Crispin guettait ses réactions.

La femme revint enfin, déposa à côté d'eux une miche de la veille, versa le vin dans les bols et laissa le pichet aux pieds de Crispin.

Il tendit un bol à Jack, surpris d'être ainsi servi en premier.

— Vas-y, mon garçon, bois !

De ses doigts sales, Jack se saisit du bol qu'il porta à ses lèvres. Il but longuement, s'essuya avec sa manche et reposa le récipient. Crispin but à son tour avant de verser à nouveau du vin.

— Prends du pain, Jack, dit-il en lui désignant la miche avant de se servir lui-même.

Jack arracha une grosse bouchée de pain qu'il mâcha, la bouche ouverte et les yeux baissés.

— Tu as envie de me parler ? demanda Crispin quand l'enfant eut à nouveau bu et mangé.

— En vérité, maître, non. Mais... comme vous êtes mon maître et que vous êtes bon, il est normal que je vous aide. Et je vais vous dire ce que je sais.

Ses doigts se refermèrent sur une bouchée de pain comme s'il cherchait à la protéger.

— Avant de vous rencontrer, la vie était très dure. Quand j'avais assez de chance, je dénichais un endroit où passer la nuit. Parfois c'était une écurie ou une porte cochère. J'ai même dormi dans des lieux d'aisances.

— Oui, moi aussi...

L'enfant le regarda, étonné, avant d'acquiescer.

— Oui. L'hiver, c'était pire, et les bourgeois s'occupaient moins de nous, ils préféraient rester bien au chaud.

Crispin hocha à nouveau la tête. Il se souvenait.

— Au matin, poursuivit Jack, mon premier travail, c'était de trouver de quoi manger. Les marches des églises étaient encombrées d'individus aussi prompts à vous trancher la gorge qu'à vous laisser quémander à côté d'eux. Je me suis rendu compte que le meilleur endroit, c'était devant les tavernes. Les hommes qui en sortaient le ventre plein me lançaient le bout de pain ou de fromage qu'ils avaient encore à la main. Il m'est arrivé de couper une bourse ou deux quand ils étaient nombreux, mais ça voulait dire que je ne pouvais plus revenir de la journée. J'en connais plus d'un qui s'est fait emmener à Newgate parce qu'il n'avait pas quitté sa place. Ils étaient trop têtus, ils n'écoutaient personne.

Jack mordit dans le morceau de pain qu'il n'avait pas lâché. Parler lui faisait du bien et il paraissait se détendre.

— Il y avait beaucoup de jeunes garçons, dit-il encore. Des apprentis surpris à voler leurs maîtres. C'étaient les pires, comme s'ils se croyaient meilleurs que nous tous et qu'ils étaient au-dessus des conseils.

— Vous vous entraidiez ?

— Je ne suis pas un saint, maître, répondit-il en secouant la tête comme s'il n'avait pas le moindre regret. Si je voulais rester en vie, je ne pouvais pas faire la charité. Je ne devais m'occuper que de moi.

Crispin ne le comprenait que trop bien. Lui aussi avait essayé de s'acoquiner avec d'autres proscrits : leur nombre était synonyme de stratégie et de sécurité, mais son accent châtié et ses idées étranges leur avaient déplu.

— Et alors ?

— Eh bien, certains étaient pires que d'autres. On aurait dit des bêtes. Je les ai vus traîner sur la rive près des bateaux de pêche et manger les déchets. Les écailles et la queue. Ils dévoraient ça comme des chiens sauvages. Je ne peux pas leur en vouloir. Avec la faim, on oublie qu'on est des hommes.

— Oui, murmura Crispin en prélevant un petit morceau de pain, désireux de laisser le reste de la miche à l'enfant.

— Et moi… j'ai eu si faim que… j'aurais fait pareil.

Il mordit dans le pain et prit son temps pour mâcher. Crispin détourna les yeux.

— Je… Il y a eu des jours, maître Crispin, où j'aurais mangé n'importe quoi.

Crispin attendit la suite.

— Il y a eu des jours où… j'ai dévoré…

Il ne put achever sa phrase et Crispin effleura la manche de l'enfant.

— D'autres garçons…

Il secoua la tête et cligna les yeux. Sa voix chevrotait, il tremblait.

— D'autres garçons n'y arrivaient pas… ils ne volaient pas assez pour manger. Tout le monde les connaissait. Ils laissaient des hommes… aller avec eux. Il y avait des bordels clandestins. À Southwark.

Crispin serra les dents. Des hommes faisaient appel à des souteneurs. Oui, la rive opposée de la Tamise n'était qu'immondices et dégradation. Il noua le col de sa cape. Il aurait voulu poser d'autres questions, mais il n'en avait pas le courage. Qui était-il pour juger son prochain ? Si Jack avait péché, c'était par pure nécessité, et il avait fait d'innombrables fois pénitence en s'abaissant à de telles monstruosités pour survivre à l'ombre des cathédrales de Londres.

— Il est donc possible, dit Crispin d'un air grave quand l'enfant fut retombé dans le silence, que ce malheureux vienne de ces établissements ?

Jack oublia son humiliation pour réfléchir, mâchoires crispées.

— Non, maître, je ne crois pas.

— Pourquoi ?

— Les garçons ligotés, comme celui-là, ils étaient aussi frappés. Pas pour les punir, seulement pour prendre du plaisir. Lui, il n'a pas été battu.

Crispin se rappela le corps livide étendu dans les sous-sols de Newgate. Il portait des marques au cou et sur les hanches, mais pas ailleurs. Il n'y avait nulle cicatrice, ni ancienne ni récente.

— As-tu déjà entendu parler… du reste ? La strangulation, l'incision faite au ventre ?

— Non, maître. Parfois un garçon était fouetté si fort qu'il ne servait plus à rien et qu'on le laissait mourir dans la rue, mais ce qu'on a vu, je n'en ai jamais entendu parler.

Crispin lui tendit son bol de vin.

— Merci, Jack. Cela a dû être très difficile de me parler ainsi.

— Personne ne devrait mourir comme ça, répondit le garçon d'un air pensif. Ce n'est pas une façon de mourir. Ce n'est pas une façon de vivre.

— Je retrouverai ce tueur, Jack.

— Je le sais, messire, et je serai à vos côtés.

L'enfant avait repris un peu de couleurs. Crispin en fut heureux. Il allait lui adresser une parole d'encouragement quand une ombre passa sur le visage de Jack. Il leva les yeux et Crispin se retourna.

— Que je sois damné si ce n'est pas Crispin Guest !

Crispin serra les poings. Ce genre de rencontre ne se produisait pas souvent, mais quand il tombait sur une ancienne connaissance, un fantôme de son passé, il se sentait très mal à l'aise. Il se leva pour dissimuler son embarras, mais aussi parce que cet homme était un seigneur et qu'il ne pouvait rester assis en sa présence, même s'il avait lui-même jadis joui d'un tel privilège.

— Gilles, dit-il en s'inclinant avec une certaine raideur.

— Monseigneur de Risley, rectifia l'individu avec suffisance. Du moins devant ceux-ci…

Gilles désigna les buveurs et sourit d'un air méfiant. Sa barbe dessinait un trait étroit le long de sa mâchoire et sa moustache était taillée avec soin.

— Bien sûr… monseigneur, se reprit Crispin en s'inclinant.

Jack se hâta de se lever et porta un regard inquiet sur Crispin et Gilles.

— Crispin, fit le nouveau venu en ignorant l'enfant.

Il toisa Crispin sans toutefois remarquer qu'il serrait les poings.

— Cela fait si longtemps que je ne vous ai vu. J'en ai eu le cœur brisé en apprenant votre arrestation il y a toutes ces années.

Crispin hocha la tête. Qu'aurait-il pu répliquer ?

— Je suis heureux de vous voir en vie. Comment vous portez-vous ? Bien, j'espère.

Sans même attendre de réponse, il regarda la salle bondée de la taverne.

— Mais comment se fait-il... Si près de la cour ? Est-ce bien raisonnable ? Le roi..., mais il est vrai que vous avez toujours été téméraire, n'est-ce pas ? Vous n'êtes pas du genre à vous cacher. N'en était-il pas ainsi du temps de nos joutes ? Vous preniez toujours des risques, vous étiez souvent blessé...

— Et j'ai toujours été meilleur que vous.

Ce fut au tour de Crispin d'afficher un sourire satisfait. Gilles serra les dents avant de rire.

— Il est vrai que vous n'avez jamais rien perdu. À l'exception de la belle Margaret.

Crispin ne souriait plus. Gilles avait-il besoin de lui rappeler cette douleur ? Margaret était l'amante de Crispin, pourtant elle avait délaissé sa couche pour celle de Gilles. Ce dernier n'était pas à blâmer. Elle était volage, et Gilles avait étalé sa fortune, il l'avait couverte de cadeaux. Margaret avait cédé et leur union avait perduré.

Gilles s'empara du tabouret de Jack sans se préoccuper de l'enfant qui s'éloigna. Il s'assit, jambes écartées, et tendit les mains vers l'âtre.

— Mais prenez place, Crispin. Je suis heureux de vous revoir. Partagerons-nous un pichet de vin ?

Jack trouva un bol vide sur une table voisine et s'empressa de le remplir avant de le déposer devant Gilles.

— Quand nous sommes-nous rencontrés pour la dernière fois ? Vous vous en souvenez ?

— C'était il y a neuf ans, dit Crispin en s'asseyant. Lors d'un tournoi en Aquitaine, me semble-t-il. Je vous ai désarçonné et nous avons poursuivi à pied.

— Oui. Je crois bien que nous avons fait jeu égal.

C'était un mensonge, mais Crispin ne le releva pas.

— Vous étiez un farouche adversaire. Votre style était assez inhabituel, acquis auprès de quelque Français.

— Monseigneur de Gand me l'a enseigné. Tout ce que j'ai appris de la guerre et du maniement des armes, je le tiens du duc en personne.

— Nous savons tous que le duc était assez retors.

Crispin regarda autour de lui. Personne n'avait entendu leur conversation, sinon plus d'un serait venu défendre l'honneur du duc de Lancaster. Ainsi que lui-même l'aurait fait à cette époque.

Il avait effectivement battu Gilles chaque fois qu'ils s'affrontaient, mais c'était la plupart du temps lors des lices où l'intelligence l'emportait sur la force physique. Si Risley avait daigné en prendre de la graine, il lui aurait été facile d'écraser Crispin lors des tournois ou même sur le champ de bataille. À maintes reprises, Crispin avait fait prisonniers des chevaliers avant d'exiger une rançon alors que Risley tuait sa proie sans que cela lui rapporte quoi que ce soit. Messire Gilles était trop impatient et préférait la facilité.

— Les lices ne sont plus aussi passionnantes depuis votre départ, dit Gilles comme s'il lisait dans l'esprit de Crispin. J'appréciais de chevaucher contre vous.

— À moi aussi, elles me manquent, Gilles.

— Hélas, il est regrettable que le roi n'ait pas daigné vous restituer votre titre.

— Mais il l'a fait.

— Quand donc ? s'étonna Gilles.

— Quand je lui ai sauvé la vie, quand cet assassin a décoché une flèche contre lui[1]. Vous devez être au courant.

— Il me semble que je l'ai entendu raconter. C'est donc que quelque chose a mal tourné, fit-il en le toisant à nouveau.

— Oui. L'offre du roi s'accompagnait d'un geste auquel je me refusais.

1. Voir du même auteur *Les Épines et le serpent*, chez Pygmalion.

— Oh, mais quel est donc cet acte chevaleresque qu'il vous implorait d'accomplir ?

— M'agenouiller et le supplier, s'indigna Crispin en redressant les épaules.

Gilles éclata de rire.

— Je me doute bien que vous avez refusé ! dit-il en se tapant sur les cuisses. Ah, Crispin ! Vous m'avez toujours fait sourire. Quelle vigueur juvénile ! Je suis persuadé que votre refus était justifié. Vous devez mener une existence agréable à Londres, j'en suis certain. N'ai-je pas raison ?

Crispin ne répondit rien.

— Allons, Crispin, fit-il en lui donnant un coup de coude, vous pouvez me le dire ? Où vivez-vous ?

— À Londres.

— Oui, mais où exactement ?

— Dans… dans le quartier de la Boucherie. Je pensais que tout le monde le savait.

Gilles cessa de rire.

— Non, vous plaisantez ? Oh, Crispin, s'écria-t-il en secouant la tête, je croyais… Je vois. Y a-t-il quelque chose que je puisse faire, dire ?

— Non, merci. J'ai appris à me contenter de ce que j'ai.

— Vous avez toujours été si stoïque, reprit Gilles avec un sourire timide. Quand j'ai épousé Margaret, eh bien… j'ai cru que vous me haïriez à tout jamais.

— Non, Gilles, je ne vous ai pas haï. Je suppose que c'était mieux ainsi.

Gilles fit tourner le bol entre ses doigts.

— Après la mort de Margaret…

— J'ai été peiné de l'apprendre.

— Vous étiez donc au courant ? L'enfant est mort, lui aussi. Ce fut pour moi une époque terrible. Et savez-vous que le seul homme à qui j'aurais désiré parler, auprès de qui j'aurais trouvé quelque réconfort, c'était vous ? Mais c'était bien entendu chose impossible. Vous me semblez plus libre aujourd'hui. Crispin, nous avons souvent été rivaux, mais il n'y avait là rien de personnel. J'aimerais penser que nous étions amis.

— Nous l'étions, dit Crispin, tourné vers le feu.

— Après le départ de Margaret, j'ai pris la décision de me ressaisir.

— Vous vous êtes donc remarié ?

Crispin n'aurait jamais pensé être si avide d'apprendre ce qui se passait à la cour. Cela ne lui était jamais arrivé.

— Je ne me suis pas remarié, non, fit Gilles avec un certain embarras. En fait, je suppose que vous devriez savoir que j'ai acquis depuis peu… que j'ai acheté… Ah, Crispin, je me demande si je dois vous le dire.

— Parlez.

— Un manoir le long de la rivière, à Sheen, non loin de la résidence royale. Je n'y ai emménagé qu'il y a quelques mois…

Crispin sentit son cœur se glacer.

— J'en prends grand soin. Après Margaret, notre demeure me semblait trop vide. Je souhaitais changer de décor. Et quand le roi me l'a proposé, j'ai…

Il regarda Crispin et se leva, gêné.

— Ce n'est peut-être pas le moment. Il vaut mieux que je m'en aille. Dieu vous préserve, Crispin. Je suis certain que nous nous rencontrerons à nouveau.

Il reposa le bol vide, mais dans sa hâte de disparaître, son pied heurta la table, le bol tomba sur le pichet et éclata, répandant son vin comme du sang.

III

JACK PRESSAIT LE PAS pour rejoindre Crispin.

— Cet homme, murmura-t-il quand ils eurent retrouvé la rue, qui était-ce, maître ?

— Gilles de Risley, grogna Crispin. Un pair de la cour. Un vieil ami.

— Oui, je l'ai bien compris, mais que voulait-il dire en parlant de ce manoir, à Sheen ?

Crispin se retourna.

— Il parlait de ma maison, Jack ! Ma demeure ancestrale. Le roi la lui aura vendue contre quelque faveur.

— Je… peut-être qu'il mentait ?

— Non.

Crispin aurait aimé que ce fût vrai, mais ce n'était malheureusement pas le cas. Il ne pouvait en vouloir à Gilles et, puisqu'il en était ainsi, il valait mieux que ces murs abritent un ami qu'un ennemi. La maison était vide, comme dans l'attente de son retour. Le dernier espoir de son existence dorée, la dernière lueur de rédemption. Mais avec ce manoir désormais dans les mains de Gilles, son passé lui était vraiment confisqué.

Le désespoir s'abattait sur Crispin comme un épais brouillard et il ne voulait plus qu'une chose, retrouver au plus vite le quartier de la Boucherie.

— Regagne notre logis, Jack, et attends le messager du shérif.

— Mais, maître Crispin, le Juif...

— File, Jack, je ne suis pas d'humeur !

Le garçon savait quand il devait déguerpir et c'est ce qu'il fit. Crispin le regarda s'éloigner. Il aurait voulu boire, s'enivrer. Cela seul pouvait adoucir les maux qui l'envahissaient.

Après avoir longtemps marché, il retrouva Londres, la rue des Fossés et la taverne du Sanglier. Il poussa la porte et s'effondra à sa place habituelle. Sans un mot, Ned lui apporta un pichet de vin et Crispin but à s'en abrutir.

Quelques heures plus tard, Eleanor, la maîtresse des lieux, le secouait pour le tirer de sa torpeur. Le pichet était vide, à quelques centimètres de sa main. Les stries de la table en bois étaient inscrites dans sa joue et un peu de bave coulait à la commissure de ses lèvres. Même s'il la voyait un peu floue, le mécontentement d'Eleanor était on ne peut plus évident.

— Rentrez chez vous, Crispin. Nous ne faisons pas auberge.

Il ne discuta pas. Il se leva, pesant comme un sac de pierres, et marcha en titubant vers la porte. Ivre, il l'était certainement, mais pas aussi engourdi qu'il l'aurait souhaité.

Le froid le gifla. Il secoua sa tête lourde pour tenter de rester éveillé. Des flocons de neige tombaient sur lui comme autant de fleurs qui colleraient à sa cape humide. Dans le ciel délavé, un amas de nuages noirs ne faisait que renforcer son sentiment de désespoir. Le paysage londonien ne lui était pas d'un grand secours. Une fumée blanche s'échappait de chaque cheminée et les volets bien fermés ne laissaient passer que des rais de lumière. Quelle importance ? Rentrez chez vous, lui avait dit Eleanor. Rue de la Boucherie ? Ce n'était pas sa demeure, seulement l'endroit où il vivait. Gilles de Risley, lui, vivait dans son manoir. Son foyer familial, de par Dieu ! Il y avait grandi. Son frère et ses sœurs y étaient nés. Et ils y étaient morts. Tout jeune homme, Crispin avait préservé Sheen avec l'aide de son mentor, Jean de Gand, duc de Lancaster. Préservé, oui, mais dans quel but ?

Lancaster était-il au courant ? Que cela changerait-il ? Il ne pouvait pas plus sauver le manoir de Crispin qu'il n'avait sauvé sa misérable vie. Oh, si. Il l'avait arraché au gibet, il ne faut pas l'oublier, mais était-ce cela, la vie ?

Crispin s'appuya à un mur dont les moellons inégaux accrochèrent quelques fils à sa cape. Son amante avait rejoint Gilles. Sa maison était à lui maintenant. C'en était trop. Certes, elle ne lui appartenait plus depuis sept ans, mais ce n'était qu'un passage à vide. Les salles plaisantes de sa jeunesse, le boudoir si chaleureux, les chambres aux lits à baldaquin brodé. Combien de nuits avait-il passé à contempler les cavaliers galopant sur ces tentures et à rêver qu'il serait un jour des leurs, chevauchant un fougueux destrier gris et fondant, l'épée à la main, sur des infidèles dont il trancherait la tête ? Le rêve s'était fait réalité, et il avait été l'un de ces nobles et vaillants chevaliers. À plusieurs reprises, il avait prouvé sa valeur, tant au combat que dans des lices. Il était devenu tout ce qu'il avait souhaité être. Lancaster avait été fier de lui et Crispin en avait été heureux.

Et puis son monde s'était effondré.

Il s'écarta du mur et reprit sa marche. Les échoppes fermaient tôt à cause de la lumière pâlissante et de la neige. Des odeurs de soupe se mêlèrent à celles plus puissantes de la rue de la Boucherie. Un poissonnier vidait dans un pot rempli d'eau ses dernières anguilles. Assis sur le pas d'une porte, son commis écaillait des poissons avant de jeter des détritus dans un caniveau gelé.

Crispin arriva devant l'escalier étroit et sombre séparant l'atelier de rétameur de son propriétaire de la maison d'un volailler. Il posa le pied sur une marche branlante et tourna par deux fois sa clef dans la serrure avant que Martin Kemp n'ouvre sa porte pour voir qui faisait un tel tapage. Il secoua la tête en voyant Crispin. Celui-ci l'ignora et monta l'escalier. Arrivé à l'étage, il n'eut pas le temps de s'attaquer à l'autre serrure. Jack ouvrit tout grand la porte, le visage marqué par l'inquiétude.

— Enfin !

Il écarta l'enfant et s'écroula sur sa chaise que Jack avait pris la peine de placer devant le feu. Un feu de tourbe, pas de bûches de chêne comme dans son manoir de Sheen. Il remarqua à peine Jack agenouillé devant lui, affairé à lui ôter ses bottes détrempées avant de le débarrasser de sa cape. Il leva toutefois un sourcil quand son compagnon revint vers lui, un bol et un pichet à la main.

— Tu ne crois pas que j'en ai eu assez ? grogna Crispin.

— À dire vrai, messire… oui.

— Apporte-moi ça.

— Maître. Vous avez passé l'après-midi au Sanglier…

— Comment diable le sais-tu ?

— Maîtresse Langton m'a fait porter un message.

— Eleanor devrait s'occuper de ses affaires. Toi aussi. Je t'ai dit de me donner ça.

Jack hésita, les doigts crispés sur l'anse.

— Par le sang du Christ, je ne peux donc me faire obéir dans ma propre maison ?

Il se rendit alors compte de ce qu'il avait dit. Ce logis misérable était bien loin de la « propre » maison telle qu'il pouvait l'imaginer.

Il se leva lourdement et arracha le pichet des mains de l'enfant avec une telle violence qu'une grande partie du vin jaillit à terre. Il dédaigna le bol et but à même le pot, si goulûment que le liquide coula sur ses joues. Il ne le posa sur la table qu'une fois vidé.

— J'ai faim.

— Il… il y a du potage, messire.

— Qu'est-ce que tu attends ?

Jack prit le petit chaudron mis à réchauffer et ramassa le bol où il versa la soupe épaisse. D'une main tremblante, il tendit le récipient à son maître. Crispin s'en saisit sans même le remercier et avala le liquide sans l'avoir goûté. Du potage, encore et toujours. De la soupe de gueux. Où était donc la viande qu'il méritait ? Où étaient les douceurs, les fruits savoureux ?

À peine son bol terminé, il fit comprendre qu'il en voulait encore sans même se demander si Jack en avait eu.

— Si vous en reprenez, messire, il ne restera plus rien pour le déjeuner, prévint l'enfant avec un coup d'œil au petit garde-manger.

Crispin n'eut pas besoin de l'imiter pour savoir qu'il était vide. Il s'effondra sur sa chaise et tira une couverture sur ses jambes.

La pièce était sombre à l'exception du maigre feu. Jack ne dit rien et se contenta d'ajouter de la tourbe et des fagots avant de souffler dessus pour ranimer les flammes. Il toussa à cause de la fumée. Pendant un temps, le craquement du bois se fit entendre. Il osa enfin parler.

— Maître Crispin, pardonnez-moi. Je ne comprends pas toujours les manières de cour. Mais… vous n'avez pas perdu votre propriété familiale il y a de ça quelques années quand vous avez été… banni ?

Le bref « oui ! » de Crispin claqua dans le silence.

— Dans ce cas, pourquoi vous vous tracassez, aujourd'hui ?

Crispin avait le ventre plein, mais l'esprit pas assez engourdi à son goût.

— Le roi pouvait disposer de mes biens à son gré, mais… ma demeure, Jack !

— Je sais, maître, c'est bien triste, mais ça fait… si longtemps.

— Depuis des générations, les Guest y vivent. La baronnie fut accordée à mon ancêtre par le roi Henri II et chaque fils aîné a été fait chevalier…

Sa voix brisée lui fit perdre courage et il se leva tout à coup, mais le vin s'était révélé plus puissant qu'il ne l'aurait cru et il tituba. Jack le rattrapa d'une main étonnamment forte.

— Mettez-vous au lit, maître Crispin. Ça ira mieux demain matin.

Il tira Crispin vers sa couche et l'obligea à s'allonger.

— Vous voulez que je vous enlève vos habits ?

Crispin refusa d'un geste de la main. Il se tourna vers l'oreiller bourré de paille et ferma les yeux. Oui, dormir était peut-être ce dont il avait le plus besoin. Dieu lui accorda un sommeil sans rêves. Pour une fois.

Le réveil fut douloureux. Un glas résonnait dans sa tête, sa langue était épaisse et sèche et son ventre se tordait. Un pot vint en heurter un autre et le choc lui fit l'effet d'un coup de tonnerre.

— Arrête-moi ce bruit !

Le pot s'écrasa dans l'âtre. Crispin se tourna et vit Jack planté devant lui, les poings sur les hanches et la mine renfrognée.

— Je dois prendre soin de vous, ivre ou pas, que vous subissiez les effets du vin ou pas, parce que vous êtes mon maître, mais arrêtez de grogner et de me crier dessus ! Je fais de mon mieux. Si vous n'aviez pas autant bu…

Il n'acheva pas sa phrase et ramassa le pot qu'il remit en place au-dessus des flammes. Et il posa un petit chaudron en terre sur une grille pour qu'il réchauffe.

Crispin songea vaguement à s'excuser, mais il s'apitoyait encore trop sur son sort pour prononcer quelques mots allant dans ce sens.

« Humpf… », voilà tout ce qu'il parvint à dire puis il jeta la couverture sur ses épaules et s'y enroula.

— Bon, dit Jack en lui mettant sous le nez un bol fumant, j'ai fait de la purée de pois. Il n'y en a pas beaucoup et elle est un peu claire, mais grâce aux saints, nous avons de quoi manger.

Crispin regarda fixement le bol puis s'en saisit. Encore de la purée. Il la porta à ses lèvres et l'avala. Jack avait raison, il y avait bien plus d'eau que de pois, sans parler de la viande, mais cela lui réchauffa tout de même le ventre.

— Merci ! grommela-t-il.

Jack hocha la tête et désigna l'âtre.

— L'eau de votre rasage sera bientôt chaude.

Crispin soupira. C'est dans des circonstances telles que celle-ci qu'il comprenait à quel point la présence de Jack lui était précieuse. Il n'y avait pas songé à l'époque, mais arracher l'enfant des griffes du shérif et le prendre à son service était une vraie bénédiction.

Tous deux sursautèrent quand on frappa à la porte. Jack brandit son tisonnier comme une arme et interrogea Crispin du regard pour savoir s'il devait répondre.

Il lui fit signe que oui, se débarrassa de sa couverture et posa sur le sol ses pieds couverts de chausses.

Jack cacha le tisonnier derrière son dos et ouvrit timidement la porte.

Un homme revêtu de la livrée du shérif de Londres avança d'un pas et regarda autour de lui, l'air soupçonneux.

— Je cherche Crispin Guest.

Au ton de sa voix, il était clair qu'il ne pensait pas trouver pareille personne en un tel lieu.

Crispin se redressa et afficha autant de dignité que ses pauvres habits le permettaient.

L'homme fronça les sourcils. Il examina chaque recoin de la modeste pièce, le grabat, le petit coffre, la chaise.

— Fort bien, murmura-t-il.

Il fit passer sur son ventre la besace qu'il portait à l'épaule, en souleva le rabat et en tira plusieurs rouleaux. Il regarda d'abord Jack puis Crispin, ne sachant trop à qui il devait les remettre, et finit par décider de les déposer sur la table.

— C'est de la part du shérif, dit-il sans que cela fût nécessaire.

Crispin et Jack le dévisagèrent avec insistance jusqu'à ce qu'il comprenne qu'il pouvait se retirer. Il s'inclina, sortit à reculons et dévala l'escalier.

Jack referma la porte et Crispin effleura les rouleaux du bout des doigts. Sa tête était encore lourde, mais le visage de l'enfant mort ne tarda pas à réveiller son esprit. Il s'assit, prit un rouleau et le défit. Jack s'installa sur le tabouret, à côté de lui, pour mieux voir l'écriture serrée. Son maître avait commencé à lui apprendre à lire le latin, le français et l'anglais : s'il comprenait vite, il n'avait en revanche pas la patience d'aller jusqu'au bout d'une leçon. Crispin supposa que cette affaire de crime ne pouvait que l'intriguer et c'est du coin de l'œil qu'il vit le garçon ânonner les mots.

Ces copies du rapport du coroner comportaient tout ce qu'il avait besoin de savoir : le nom des gens qu'il avait questionnés, leurs réponses, ses conclusions. De toute évidence, celui-ci ignorait l'identité de la petite victime et n'était pas plus près que Crispin de retrouver son assassin.

Il prit un autre rouleau après avoir tendu le précédent à Jack, affairé à déchiffrer les mots avec beaucoup de sérieux.

On y parlait d'un enfant mort. Un autre, pas celui que Crispin avait vu. Son cadavre avait été découvert deux mois plus tôt, mais pas à Londres. Lui aussi avait été repêché dans la Tamise, bien plus en amont toutefois. Les meurtres n'avaient peut-être pas été commis à Londres, après tout, mais en dehors de la ville.

Pourtant, le corps examiné par Crispin n'avait pas gonflé après un séjour prolongé dans l'eau. Il ne pouvait avoir parcouru une longue distance sur la Tamise. Quand il lut la description des autres cadavres, ce fut pour apprendre qu'on les avait trouvés encore plus en amont. Il semblait donc que les crimes s'étaient peu à peu rapprochés de Londres au cours de ces derniers mois. Où le tueur avait-il pu exercer son horrible talent ? Et pourquoi était-il venu à Londres ?

— C'est le démon, prononça Jack.

Très pâle, il s'était mis à relire par-dessus l'épaule de son maître.

— C'est ignoble.

— Oui.

Tous ces garçons avaient, au maximum, l'âge de Jack, et ne semblaient pas issus d'une noble famille. Il pouvait s'agir de fils de marchands, mais aucun n'avait signalé de disparition. Ils appartenaient en toute certitude à une classe bien inférieure. Des êtres invisibles. Des mendiants. Des apprentis rétifs. Il sentait la chaleur de Jack à ses côtés. L'idée qu'un destin similaire eût pu s'abattre sur lui le fit frissonner.

Il roula les parchemins et les mit de côté. Tourné vers le feu, il s'efforça de réfléchir aux détails impitoyables qu'il venait de lire.

— Quatre jeunes garçons. Morts. En quelques mois. Quel lien y a-t-il entre eux, Jack ? Qu'avaient-ils en commun ?

— On ne le dit pas, maître.

— Bien sûr, c'est impossible, mais il y a toutefois quelque chose qui les relie les uns aux autres. En le découvrant, nous aurons plus de chances de connaître leur assassin.

Un coup frappé à la porte leur fit tourner la tête. À nouveau le messager du shérif ? Un client, pourquoi pas ? Il adressa un signe de tête à Jack qui s'empressa d'aller ouvrir.

Un jeune garçon – un page – attendait sur le palier, mal à l'aise.

— Je... je cherche maître Crispin Guest.

Un client bienvenu, enfin !

— C'est moi.

Le page eut l'air déçu en le voyant s'approcher de lui.

— J'ai là un message de la part du médecin Jacob de Provençal. Il se demande où vous êtes depuis deux jours et vous enjoint de le retrouver à l'endroit et à l'heure qu'il vous avait précédemment indiqués.

Crispin serra les mâchoires. Il ne pouvait pas laisser passer cette occasion. Son ventre et son loyer le lui rappelaient.

— C'est bien, mon garçon, dis-lui que je viendrai ce soir.

Le page s'inclina, lança un coup d'œil à Jack et disparut.

Il n'eut pas grand-chose à faire pendant tout le restant de la journée sinon relire les rouleaux du coroner. Jack alla chez le volailler, de l'autre côté de l'atelier du rétameur, et s'en revint avec un poulet à la chair ferme qu'il fit rôtir sur le feu. La pièce s'emplit enfin de l'arôme d'une chair bien cuite. Une soupe de navets et de poireaux agrémenta le repas. Et quand Jack sortit de sa poche une pomme, Crispin ne chercha pas à se demander comment il se l'était procurée.

En fin d'après-midi, il fut temps de partir pour Westminster. Ils s'emmitouflèrent dans leur cape et suivirent Fleet Street jusqu'à ce qu'elle devînt le Strand, hors les murailles de la ville. Il faisait froid, mais il ne neigeait pas. Les commerçants continuaient de vanter les vertus de leurs marchandises. La plupart se réchauffaient à des braseros installés dans la rue tandis que leurs commis s'affairaient dans des arrière-boutiques glacées.

Crispin guettait les réactions de Jack. L'enfant observait intensément l'activité de Londres. C'était un gamin intelligent, mais qu'en était-il des autres garçons ? Avaient-ils été arrachés à la rue sans même se débattre ? Étaient-ils allés d'eux-mêmes dans des bordels pour se vendre à des pervers ? Crispin songea à ce que lui-même avait fait une fois chassé de la cour. Nettoyer les lieux d'aisances, c'était faire injure à son caractère, pourtant il avait accepté. Ces enfants devaient voler, mendier ou se donner contre une pièce. Tel était leur lot. Jack n'aurait pas eu davantage de choix que Crispin.

Ils marchaient sans parler, chacun perdu dans ses propres réflexions. Ils s'arrêtèrent une fois devant l'échoppe d'un marchand de pâtés chauds et en achetèrent un qu'ils se partagèrent. Les cloches appelaient à l'office de none[1] quand ils arrivèrent à Charing Cross. Le timide soleil était caché derrière une épaisse couche de nuages.

Crispin retourna à l'endroit où l'on avait trouvé le petit cadavre. Il descendit sur le quai et marcha le long du fleuve en profitant de la marée basse. Les mouettes cherchaient leur nourriture entre les pierres ou marchaient devant lui en se dandinant. Sur l'eau, des skiffs et d'autres petites embarcations transportaient des pêcheurs ou des journaliers vivant sur l'autre rive. Il vit un petit garçon au visage crasseux assis à la poupe d'une telle embarcation, agrippé au bastingage tandis qu'un homme d'âge mûr manœuvrait la barre pour affronter les vagues. La voile se gonfla au vent et l'enfant frissonna. Ils disparurent derrière une barge remontant vers le palais de Westminster.

1. Il commémore l'instant où le Christ est mort sur la croix, vers trois heures de l'après-midi.

Le vent soufflait fort sur la Tamise et s'engouffrait sous la capuche de Crispin.

— Quelqu'un doit bien pleurer ces enfants, murmura-t-il.

— Pas s'ils étaient comme moi, messire, dit Jack.

Crispin sursauta. Il était tellement perdu dans ses pensées qu'il en avait oublié la présence de son compagnon. Il regarda le ciel. La nuit ne tomberait pas tout de suite. Il remonta le long de la rive et, les poings sur les hanches, contempla les rues boueuses, les toits blanchis par la neige et les filets de fumée qui s'en échappaient.

— Jack, prends cette rue. Je m'occupe de celle-là.

— Eh… « prendre », messire ? Pour quoi faire ?

— Pour interroger les marchands, bien entendu. Demande-leur s'ils ont entendu parler d'un gamin disparu. Même si c'est une rumeur.

Jack se mordit la lèvre et baissa les yeux.

— Je vous demande pardon, maître Crispin, mais cela m'étonnerait qu'ils répondent à des questions bizarres de ma part.

— Ah oui ? Pourquoi ?

— Voyez comme je suis vêtu. Ils vont me prendre pour un mendiant.

Crispin considéra Jack des pieds à la tête, des chausses déchirées jusqu'à la capuche rapiécée et nouée sous le menton.

— Dis-leur que tu es envoyé par le shérif de Londres !

— Bon, j'y vais, fit l'enfant avec un soupir résigné.

— Non, dis-leur plutôt que tu viens de la part du Limier. Ils ont sûrement entendu parler de moi, même dans ce quartier.

— Je préfère, mais s'ils me tirent les oreilles, ce sera votre faute.

— J'en assume toute la responsabilité, répondit Crispin avec un sourire.

Jack disparut aussitôt.

Il se dirigea vers la première boutique de la rue qu'il avait choisi de visiter. D'autres étaient plus éloignées de la Tamise et le coroner n'avait pas cru bon d'y aller enquêter.

Crispin fit de même et, quand ils se retrouvèrent, Jack se frottait les mains pour se réchauffer. Le ciel était plus noir et les arbres rabougris des jardinets dressaient leurs silhouettes sombres. Quelques flocons se déposaient sur la chaussée.

— Alors, tu as appris quelque chose ?

— Non, maître. Personne n'a connaissance d'un gosse, d'un mendiant ou d'un serviteur disparu.

La nuit tombait et les maisons à visiter étaient encore nombreuses.

— On ne peut pas demander partout, n'est-ce pas ?

— La ville est très grande, dit Crispin en soupirant. Je ne vois pas comment on pourrait faire. Il doit y avoir d'autres moyens.

— Entre-temps, il faut aller voir ce Juif.

Crispin se drapa dans sa cape. Oui, il le fallait.

Les rues se vidaient. Les étals des marchands étaient repliés. Le brouhaha habituel des chalands avait cessé. Le bruit feutré de sabots dans la neige et le grincement d'une carriole n'étaient que les pâles reflets de ce qui avait été une journée animée à Westminster.

Crispin s'engagea dans St. Margaret's Street pour rejoindre Westminster Hall. Une brume glacée s'élevait de la Tamise pour étouffer le moindre son. Ce calme inhabituel lui déplaisait. Il se prit à scruter les alentours, inquiet, comme s'il s'attendait à être agressé. Il effleura l'épaule de Jack pour l'inciter à faire halte et tendit l'oreille. Il n'entendait rien, il sentait plutôt. Jack le regarda sans comprendre.

Le monde semblait retenir son souffle.

Crispin se retourna.

Un bref instant, à la lueur du brasero d'un boutiquier, Crispin entrevit… quelque chose… qui se détachait sur le fond neigeux. Une silhouette imposante. De larges épaules surmontées d'une tête minuscule, des bras gros comme des jambons. Une peur innommable s'empara de Crispin et lui enserra le cœur. Son premier réflexe fut d'empoigner Jack pour le plaquer contre lui. Le second fut de tirer sa dague.

Il cligna les yeux. La venelle était vide.

— Maître ! Qu'est-ce…

— Chut !

Crispin s'avança dans la ruelle à la recherche de cet… homme. Il ne trouvait pas d'autre mot.

Le brasero faisait danser les ombres sur les murs des masures. Crispin tendait l'oreille, s'obligeant à ne pas respirer pour faire silence au maximum.

Devant. Quelque chose qui évoquait des bruits de pas.

Il se mit à courir. Les rues endormies semblaient vouloir se refermer sur lui, les structures torturées se dressaient vers le ciel comme pour le dévorer.

Avant de tourner au coin d'une rue, il observa le sol à la lueur de la lune. Les grosses marques laissées dans la neige auraient pu être des empreintes de pas, mais elles étaient vite comblées par de nouveaux flocons.

Il courut encore, sur une courte distance et au rythme de son cœur, puis il ralentit et tendit à nouveau l'oreille.

Rien.

Jack arriva derrière lui et se pencha pour ramasser la cape de Crispin.

— Maître ! haleta-t-il, yeux écarquillés. C'était quoi ?

Crispin fit rouler entre ses doigts le manche humide de neige de sa dague puis il la remit dans sa gaine.

Il avait une terrible appréhension, mais ne pouvait se permettre de céder à la peur.

— Par le Saint Crucifix… Je ne sais pas.

IV

PLUS TROUBLÉ QU'IL NE VOULAIT l'admettre, Crispin laissa s'écouler plusieurs minutes avant de regagner la Grande Porte. Il prit la pleine mesure des sons et du spectacle des rues puis, sans quitter le sol des yeux, mettant ainsi à rude épreuve la patience de Jack, il revint à l'endroit précis où sa course s'était terminée.

L'enfant jouait avec son poignard et ne cessait de lécher ses lèvres crevassées. Crispin regardait toujours par-dessus son épaule.

Quand la Porte fut à nouveau en vue, Jack se signa pour la centième fois.

— Dépêchons-nous d'aller voir ce Juif, j'ai hâte de regagner mon lit.

— Oui, répondit son maître d'un air distrait avant de se ressaisir.

Que lui arrivait-il donc ? Cette histoire d'enfants morts l'affectait plus que de raison. Un homme rentrait chez lui retrouver son foyer. Un homme de grande taille. Un tailleur de pierre, peut-être, ou un maçon. Les ombres avaient le pouvoir de rendre sinistre la chose la plus ordinaire, il le savait bien, pourtant l'inquiétude qui le tenaillait était la plus forte. Il n'en dit rien à Jack et ils franchirent en silence la Grande Porte menant à la vaste cour extérieure. Sous une arche, entouré de plusieurs pages, un gardien se réchauffait les mains à un brasero.

Crispin s'approcha et l'homme sursauta avant de le menacer de sa lance.

— Halte-là !

— J'ai un message pour Jacob de Provençal, dit Crispin en s'inclinant. Je devais le retrouver ici.

Le gardien se tourna vers les pages, peu enthousiastes à l'idée de devoir s'éloigner du point de chaleur.

— Je peux envoyer mon serviteur si vous refusez de remplir votre fonction, déclara Crispin en désignant Jack qui affichait une mine renfrognée.

Un page aux cheveux aussi noirs que ceux du Limier se leva enfin et tira sur son tabard.

— Je vais aller prévenir le Juif. Qui dois-je annoncer ?

— Il saura, se contenta de répondre Crispin.

Le page échangea un regard entendu avec le gardien puis s'en alla remplir sa mission.

Le brasero se trouvait, hélas, sous le portique de pierre, de sorte que Crispin et Jack durent patienter dans la cour enneigée sans profiter du feu. L'enfant sautillait sur place pour se tenir chaud tandis que son maître demeurait immobile, stoïque, enveloppé dans sa cape. Attendre par toutes sortes de temps le début d'une bataille l'avait habitué à ce genre de situation.

Le page revint avec le médecin qui, l'air déplaisant, traversa à grands pas la cour pour aller à la rencontre de Crispin.

— Vous avez tardé, reprocha-t-il d'un ton sévère.

— Mais je suis tout de même là. Comment suis-je censé entrer au palais ?

Jacob regarda le gardien et les pages avant de l'attirer à l'ombre de l'enceinte de la cour.

— Nous échangerons nos capes.

Il montra la sienne à Crispin. La rouelle jaune le désignant comme juif y était cousue.

— Votre serviteur et moi emprunterons le pont de la Reine pendant que vous passerez par ici.

— Une ruse bien faible, dit Crispin dont le menton mal rasé ne ressemblait en rien à la barbe poivre et sel du médecin.

— Gardez la tête baissée. Chacun m'ignore ici et l'on ne me voit que pour des raisons bien précises.

Crispin se défit de sa cape et la tendit au médecin qui lui passa la sienne, propre. Un peu gêné, il la jeta sur ses épaules et remonta la capuche pour dissimuler son visage.

— Le couloir proche de la Chambre peinte[1], précisa Jacob avant de quitter la cour à la hâte.

La Chambre peinte ? Mais c'était dans les quartiers royaux, près des appartements du roi et de ceux de Lancaster ! Le cœur de Crispin se mit à battre à tout rompre, mais il se tourna vers Jack et lui fit signe de suivre le vieil homme. L'enfant prit l'air dégoûté et obéit tout de même.

La tête baissée, Crispin marcha comme un vieillard et passa sous le portique sans que ni le gardien ni les pages lui demandent quoi que ce soit.

Il eut un petit rire nerveux. Le Juif avait raison, personne ne le remarquait. Il ne perdit pas de temps et emprunta des couloirs familiers pour gagner la partie sud des bâtiments. Il lui était arrivé de s'introduire dans le palais en diverses occasions mais, après le dernier incident avec le roi, il doutait d'être accueilli avec chaleur.

Des torchères en métal éclairaient le chemin. Parfois, l'on entendait des rires étouffés derrière la porte d'un appartement.

Il attendit dans l'ombre sans quitter sa capuche.

Un pas traînant. Il leva la tête et vit deux silhouettes s'approcher : le vieux médecin et Jack Tucker à quelques pas de lui, l'air grognon.

— Par ici, dit doucement Jacob.

Jack et Crispin le suivirent. Ce dernier se demandait à quoi pouvaient ressembler les appartements d'un Juif et il en éprouvait

1. Ainsi nommée parce qu'elle était décorée de quatre peintures sur bois de noyer, l'une représentant un séraphin et les trois autres, les prophètes Isaïe, Jérémie et Jonas.

un certain malaise. Seraient-ils aussi curieux que les habitations des Sarrasins qu'il avait vues en Terre sainte ? Seraient-ils pleins de meubles étranges et de parfums exotiques ? Son cœur battit plus vite quand la porte s'ouvrit, mais ses yeux s'habituèrent à la pénombre et il éprouva une vague déception en découvrant une pièce des plus banales.

Un feu timide brûlait dans l'âtre. Jack prit le tisonnier, remua les braises et ajouta une grosse bûche. Crispin regarda le bois avec envie. Chez lui, il n'y avait pas de bûches, rien que de la tourbe et de menus fagots ramassés çà et là sur les marchés.

À l'aide d'une paille, Jacob alluma plusieurs bougies. La pièce s'illumina et Crispin observa tout autour de lui. De belles tapisseries ornaient les murs. Des alcôves plongées dans la pénombre éveillèrent aussitôt la curiosité de Crispin avec leurs tables chargées de fioles et de récipients divers. D'étranges odeurs s'en échappaient, mais en dehors de cela la pièce ressemblait à n'importe quel salon de médecin. Sur la gauche, une porte devait donner sur une chambre à coucher. Pas mal, pour un Juif, ne put-il s'empêcher de penser.

La porte en question s'ouvrit d'un coup.

Crispin posa machinalement la main sur sa dague. Un jeune homme mince et pâle apparut. Crispin le prit d'abord pour un page, mais la rouelle jaune cousue sur une robe lui tombant jusqu'aux chevilles le fit bien vite changer d'avis. Il portait à la taille une large ceinture écarlate à laquelle étaient accrochés une clef, une aumônière et un court poignard. La lourde chaîne d'or barrant sa poitrine semblait avoir pour but de masquer la rouelle. Ses petits yeux verts étincelaient.

— Mon père, dit-il en français avec beaucoup de déférence.

Sa voix était plus grave que ce à quoi s'attendait Crispin. Ses cheveux bruns se balançaient sur ses joues et une calotte noire perchait au sommet de son crâne.

Jacob eut un signe de tête en direction du jeune homme.

— Voici Julien, mon fils.

Celui-ci adressa à Crispin un regard chargé de méfiance. Jacob s'en aperçut et fronça les sourcils.

— Est-ce ainsi que je t'ai enseigné l'hospitalité ? Tu as une étrange façon d'accueillir des invités.

Julien serra les dents et s'approcha d'une table disposée devant la fenêtre. Il emplit quatre bols de vin et offrit le premier à son père. Quand il eut calé le sien contre sa poitrine, il s'adossa au mur et continua d'observer Crispin.

— Qui sont ces mendiants ? demanda-t-il avec dérision et toujours en français.

— Parle anglais ! lui lança son père, exaspéré.

— Nous ne sommes pas des mendiants, répondit Crispin, en français lui aussi.

Il ne put s'empêcher d'ébaucher un sourire en voyant Julien sursauter au point de répandre un peu de vin.

— De nombreux Anglais parlent notre langue, dit Jacob. Cela t'apprendra à te tenir coi.

Julien se reprit et vida son bol d'un trait. Ses joues étaient encore roses de honte.

— Veuillez excuser mon fils, soupira Jacob en indiquant une chaise à Crispin. Il est souvent prompt à juger et lent à changer d'avis. C'est le défaut de la jeunesse.

— Je préfère l'honnêteté à la flatterie inutile, répondit Crispin : « Le flatteur bien souvent méprise l'objet de sa flatterie. »

Jacob rit doucement en voyant Julien embarrassé qu'on parle de lui.

— Vous citez Aristote. Comme c'est intéressant.

Crispin abaissa le bol qu'il portait à ses lèvres.

— Je suis surpris que vous reconnaissiez les paroles d'un philosophe païen, maître Jacob. J'ignorais que les... hommes de votre peuple lisaient de tels auteurs.

— Ce sont les lettrés juifs qui ont tiré de l'obscurité les œuvres des philosophes païens.

Crispin eut une vague moue dubitative, mais Jacob n'en tint pas compte et poursuivit.

— J'ai appris bien des choses de sources multiples, maître Guest. Si les Saintes Écritures et les mots des anciens rabbis font résonner mon art, j'ai très tôt compris au fil des études que la sagesse des siècles n'est pas entièrement le fait des Juifs... seulement une grande partie.

Julien ébaucha un sourire.

Jack se tenait derrière la chaise de Crispin. Il s'empressa de vider son bol avant que son maître ne le lui prenne.

— Maître Jacob, peut-être pourrions-nous parler de l'affaire qui nous réunit...

— Père, je ne comprends pas pourquoi vous avez introduit ce Gentil dans notre suite, grommela Julien. Qui se préoccupe de ce que l'on dérobe à un Juif ? ajouta-t-il l'air mauvais en se tournant vers Crispin. Un homme qui fait cela pour de l'argent... N'y a-t-il donc pas un shérif pour ça ?

— Eh bien, faites-le venir, dit Crispin en déposant sur la table la petite bourse en cuir qu'il avait reçue. Reprenez vos pièces, maître Jacob.

— Tu vois ce que tu as fait ? lança Jacob à son fils.

— Je m'en moque bien ! Nous n'appartenons pas à l'Angleterre. Leurs lois sont ignominieuses. Nous nous rabaissons en venant ici ! Nous appartenons à Avignon, où un Juif est traité avec dignité.

— Tu ne sais rien du tout ! répliqua Jacob avant de s'adresser à Crispin. Maître Guest, je vous implore. J'ai besoin de votre aide. Londres a besoin de votre aide.

— Dans ce cas, je conseillerais à votre fils de garder pour lui ses réflexions.

Julien s'avança d'un pas et ouvrit la bouche, mais son père se planta devant lui.

— Cela suffit !

Surpris, le jeune homme cligna les yeux et resta bouche bée. À son côté, son poing était agité de tremblements.

— Maître Guest, je vous prie d'excuser cet accueil si peu chaleureux. Mon épouse est décédée alors qu'il était en bas âge.

Je crains qu'il n'ait pas bénéficié de la patience que procure le contact maternel. Asseyez-vous, je vous en prie. Reprenez du vin. Julien, apporte un siège pour ce petit serviteur.

— Vous êtes bien énigmatique, messire, déclara Crispin quand Julien se fut exécuté. Tout d'abord, vous me dites qu'un objet dangereux vous a été dérobé. Puis vous m'apprenez que ce larcin ne concerne que de simples parchemins. Et voici que vous laissez entendre que la ville de Londres est elle-même en danger. Je pense qu'il convient enfin de parler franc.

Les flammes de l'âtre mettaient en valeur le visage blême de Jacob, ses rides dues à l'âge et le souci. Julien avait pris place sur un siège pliant et ne quittait plus son père du regard.

— Je suis certain, maître Guest, que vous avez été formé aux sciences de l'esprit. Vous me semblez être un homme de grande éducation.

— Je ne crois pas qu'elle aille si loin.

— Permettez-moi de ne pas être de votre avis, dit Jacob en s'asseyant plus confortablement sur sa chaise agrémentée d'un coussin moelleux. Avez-vous jamais entendu parler de votre compatriote, Guillaume d'Ockham[1] ?

— Certainement, il alimente même ma philosophie personnelle. *Lex parsimoniae. « Entia non sunt multiplicanda praeter necessitatem. »*

Bien que surpris que Jacob connût cet auteur, il n'en laissa rien paraître.

Derrière lui, Jack toussota et il se retourna pour lui traduire cette phrase.

Crispin regarda le jeune homme au petit sourire suffisant et faillit lui adresser en retour un sourire admiratif. Il fit tourner le

1. Philosophe anglais du début du XIVe siècle, surnommé le « Docteur invincible », il est surtout connu par le principe de raisonnement philosophique dit du « rasoir d'Ockham », à savoir « Les multiples ne doivent pas être utilisés sans nécessité », soit en termes modernes « Les hypothèses les plus simples sont les plus vraisemblables ».

bol d'argent dans sa main et ses doigts effleurèrent les motifs gravés.

— Aristote a écrit quant à lui : « Si l'invraisemblable arrive, c'est donc que ce qui est invraisemblable est vraisemblable », que l'on peut aussi traduire par : « Il faut préférer ce qui est impossible mais vraisemblable à ce qui est possible mais invraisemblable. »

Julien l'approuva de la tête comme s'il se souvenait de cette citation.

— J'ai appris que la vérité est vérité, maître Jacob, quelle que soit l'époque, quel que soit le philosophe.

Jacob ébaucha un sourire.

— Vous êtes un homme fort intéressant, maître Guest, mais il y a encore beaucoup à dire. Si j'ai évoqué les sciences de l'esprit, c'est qu'elles sont appropriées à notre discussion. Les grands lettrés de notre temps – Thomas d'Aquin, John Duns Scot, Roger Bacon, Gersonide – professent la vérité unique, celle que nous chérissons tous. Celle qui dit que le Seigneur Tout-Puissant, béni soit Son nom, est l'architecte de notre univers, de tout ce que nous pouvons comprendre et concevoir. Que le Seigneur détient la réponse à chaque mystère. N'en est-il pas ainsi ?

— Oui, fit Crispin avant de lécher sur ses lèvres les dernières gouttes de vin.

— Et à ces rares lettrés, Il entrouvre la porte et laisse filtrer une lueur infime. Il y a tant d'autres choses à savoir.

— Quelqu'un vous a donc dérobé le fruit de vos recherches ? s'enquit Crispin, pressé que son interlocuteur en vienne à l'objet de leur entretien.

— Mes recherches ? Oh non, ce ne sont pas les miennes.

— Les vôtres alors ? dit Crispin en se tournant vers le jeune homme.

Julien parut surpris qu'on s'adresse directement à lui. Il allait ouvrir la bouche pour répondre quand Jacob se dirigea vers la table chargée de livres. Il les contempla un instant avant de fouiller parmi eux. Il y avait là des piles de parchemins assemblés au sein de reliures en cuir. Des rouleaux couverts d'une écriture étrange, aux yeux de Crispin, tout au moins. Jacob en prit un puis le reposa pour un autre.

— L'astrologie nous enseigne beaucoup de choses. Nos personnalités, nos humeurs. La divination par les nombres et les formes…

— Père !

Jacob releva la tête. Julien avait un regard de dément.

— Vous faites trop confiance à ce Gentil ! s'écria-t-il.

Crispin avait commencé à trouver le jeune homme intelligent et de bon commerce, jusqu'à ce qu'il ouvre la bouche.

— Mon argent est à présent dans sa bourse, dit paisiblement Jacob.

— Et vous croyez vraiment que cela suffira à acheter son silence ? Je vous en supplie, faites-le partir, oubliez ces parchemins et…

— Non ! Le malheur est déjà là ! Et mon cœur saigne de penser… Maître Guest, si vous me donnez votre parole, je vous ferai confiance. Pouvez-vous prêter serment et m'assurer que vous ne retournerez pas contre moi ces informations ?

— Maître Jacob, répondit Crispin qui sentait le regard mauvais de Julien se poser sur sa nuque, il me serait difficile de jurer avant de tout savoir.

Le vieil homme paraissait sincère, mais Crispin ne pouvait oublier que c'était un Juif et qu'il avait peu d'expérience avec ses coreligionnaires. Cependant, il avait besoin de cet argent. Et puis flûte !

— Je vous donne ma parole, prononça-t-il lentement, et si vous désirez que je jure, je le ferai.

— Ce ne sera pas nécessaire, messire, je vous crois. Tu vois, dit-il en se tournant vers son fils, les hommes ne sont pas tous fourbes. Et certains, même s'ils sont anglais, sont dignes de confiance.

— Vous vous aventurez en terrain dangereux, mon père. Nous sommes ici par la grâce du roi, une grâce qui ne s'étend peut-être pas à… ceci.

Jacob émit un profond soupir.

— Maître Crispin, avez-vous jamais entendu parler de la Kabbale ?

La Kabbale ? Le souvenir de vagues légendes lui traversa brièvement l'esprit, léger comme une volute de fumée.

— La magie juive, oui…

— Non, messire, ce n'est pas de la magie, mais de la théologie. La nature spirituelle de la…

— Par les orteils du Christ ! De la magie juive ? J'ai risqué ma vie en venant à la cour pour une question de magie juive ? Le Diable emporte le fieffé imbécile que je suis !

Il se leva et marcha droit vers la porte, l'ouvrit et lança un regard à Jack. L'enfant se saisit à la hâte de la cape de son maître et se dépêcha de le rattraper.

Crispin entendit le pas rapide de Jacob derrière lui, mais il ne s'arrêta pas pour autant, ralentissant seulement pour que Jack puisse jeter la cape sur ses épaules.

— Maître Guest ! Maître Guest !

Il se rappela soudain où ils se trouvaient et se retourna pour plaquer la main sur la bouche du médecin et l'attirer à lui comme s'il l'enlaçait.

— Taisez-vous !

Un coup d'œil rapide au couloir le rassura : il n'y avait rien d'autre que la lueur des torchères.

Une douleur aussi vive qu'inattendue déchira son bras, celui qui tenait le médecin par le cou.

— De par Dieu !

Il vit une grosse tache rouge s'étaler sur sa manche. Relevant la tête, il foudroya du regard Julien qui brandissait son poignard ensanglanté.

— Laissez mon père tranquille, espèce de chien !

— Va au diable !

Il se précipita sur le jeune homme et le colla au mur en lui coinçant sa main armée dans le dos. La soudaineté de l'attaque lui arracha un cri et le poignard tomba à terre avec un bruit sourd. Jack s'empressa de le ramasser. Vu son regard, il n'aurait pas hésité un instant à frapper Julien.

— Qu'as-tu donc fait ? cria Jacob en saisissant son fils par le bras.

Crispin le libéra et se recula.

Chacun se figea au son d'une porte qui s'ouvrait.

Sans réfléchir, Crispin rentra dans les appartements de Jacob et s'en voulut aussitôt de se terrer comme un lâche.

— Que se passe-t-il ici ?

C'était une voix de femme dotée d'un fort accent étranger. Crispin regarda discrètement à travers l'entrebâillement de la porte. Elle était sortie de la chambre de la reine. C'était l'une de ses dames de compagnie, une Bohémienne, sans nul doute possible. Elle découvrit la scène : Jacob près de son fils, Jack debout, un couteau à la main.

— Messire le médecin ? dit-elle d'une voix teintée de frayeur.

Jacob posa une main sur son cœur et s'inclina devant elle de façon obséquieuse.

— Maîtresse, ce jeune garçon est un patient, mais il refuse que je le soigne.

— Dois-je appeler la garde ?

Il secoua la tête. C'était vraiment un modèle de calme.

— C'est inutile. Tu vas venir dans mon cabinet, n'est-ce pas, mon garçon ?

Jack regarda le médecin puis la femme et hocha la tête.

— Oui, fit-il en essayant de dissimuler le poignard derrière son dos.

— Je, euh… je me suis coupé. Avec ce couteau. Le bon médecin a dit qu'il allait m'aider.

— Sa Majesté la reine a-t-elle besoin de moi ? demanda Jacob.

— Non, nous avons entendu du bruit et j'ai été envoyée voir ce qui se passait.

— Tout va bien, vous pourrez le dire à Sa Majesté.

Il saisit Jack par le bras et le ramena chez lui. D'un signe de tête, il fit comprendre à Julien qu'il devait le suivre. La femme regardait toujours dans leur direction quand Jacob referma la porte à clef et y appuya son front.

Il reprit son souffle et indiqua le bras de Crispin.

— Laissez-moi m'en occuper.

Crispin foudroya Julien du regard.

— Vous avez attaqué mon père.

— Je l'ai seulement fait taire. Il a prononcé mon nom dans le couloir. Savez-vous ce qu'il serait advenu de nous tous si l'on m'avait découvert ici ?

— Qui nous avez-vous amené là, père ?

— Julien, ne t'ai-je pas dit un millier de fois de te tenir tranquille ? Nous avons besoin de cet homme. Et à l'instant présent, notre protection lui est nécessaire.

Julien s'effondra sur son siège, l'air profondément désespéré.

Crispin pressa les lèvres de sa blessure en lançant un regard mauvais à Julien qui secouait la tête. Certes, il ne pouvait lui en vouloir d'avoir cherché à défendre son père. Jack aurait fait de même pour lui. L'enfant tenait toujours le poignard ensanglanté. Sa main tremblait.

— Jack, repose cette arme, je ne cours aucun danger.

Jack se tourna vers Julien, mais Crispin lui fit signe que non.

— Je te le répète, je ne risque rien.

Jack déposa doucement le poignard sur un petit meuble et prit le pichet.

— Maître ?

— Tu as besoin de me le demander ?

Il trouva le bol de Crispin, le remplit et le lui tendit. Son maître le prit de sa main valide et but d'un trait.

— Je me méfierais du vin, maître Guest, dit Jacob. Une dose est bonne pour le sang, mais de trop grandes quantités…

Il s'empara du bol et le donna à Jack. Doucement, il empoigna le bras blessé de Crispin et l'allongea sur sa jambe. Il remonta alors jusqu'au coude la manche de sa cotehardie et fit de même avec sa chemise ensanglantée. Une fois le bras découvert, Crispin examina sa blessure. Elle n'était pas profonde, mais le sang continuait de suinter.

Jacob murmura quelque chose dans une langue inconnue. Crispin chercha à retirer son bras, redoutant quelque étrange incantation maléfique, mais Jacob ne le lâcha pas.

— Ne craignez rien, maître Guest. J'ai la réputation d'avoir la main légère.

— Ce ne sont pas vos doigts que je crains.

— Je prononçais une prière, messire, dit Jacob en le regardant dans les yeux. En hébreu.

— Contentez-vous de prier en anglais désormais.

Le médecin ne répliqua pas et approcha son visage de la plaie.

— C'est peu profond, mais bien net, dit-il en lui retournant le bras pour faire s'écouler le sang. Mon fils est un excellent chirurgien quand la colère ne le pousse pas à se servir de son poignard. Je n'ai pas besoin de recoudre, mais je vais apposer un cataplasme avant d'entourer votre bras d'un linge.

— Je ne veux pas de cataplasme. Bandez-moi, cela suffira.

— Le cataplasme a pour but d'aider à la guérison, d'atténuer la douleur et de faciliter la cicatrisation.

— Vous m'avez compris ? Je ne veux pas de votre cataplasme !

Jacob haussa les épaules et tendit la main à son fils. À contrecœur, Julien s'approcha de la table couverte de pots et d'onguents et prit une bande de lin qu'il donna à son père.

D'une main experte, Jacob l'enroula autour du bras de Crispin avant de la nouer proprement juste au-dessus de la blessure. Il entreprit alors de dérouler ses manches, mais Crispin l'en empêcha pour s'en charger seul.

— Je vous remercie, dit-il de l'air le plus caustique dont il était capable. Jack, allons-nous-en.

— Attendez, insista Jacob, le visage suppliant.

Il ramassa la bourse de cuir dont Crispin s'était débarrassé et la lui tendit.

— Les parchemins. J'en ai absolument besoin. Il faut qu'ils me reviennent. Je vous en prie. Prenez cet argent.

Une main posée sur l'épaule de Jack et l'autre sur le bouton de porte, Crispin se retourna.

— Nous nous mettons mutuellement en danger, je le crains. Allez trouver les shérifs.

Crispin regarda dans le couloir vide et se demanda comment il allait faire pour quitter le palais et, surtout, passer devant la chambre de la reine.

— Il y aura d'autres meurtres, lança Jacob.

Crispin s'immobilisa puis se retourna.

— Qu'avez-vous dit ?

— Les meurtres. Les enfants. Je suis au courant.

Sa langue passa sur ses lèvres sèches.

— Je connais le responsable.

V

— PÈRE ! LE MIT EN GARDE JULIEN.

Jacob paraissait las et il ferma les yeux.

— Expliquez-vous, lui enjoignit Crispin.

— Je vous en prie, installez-vous, dit le médecin en lui désignant un siège près du feu.

Son bras lui faisait mal. Il jura à voix basse et finit par s'asseoir.

— Je sais que vous trouvez tout cela très déplaisant, maître Guest, commença Jacob en s'asseyant à son tour. Pardonnez-moi, mais l'aide dont j'ai besoin ne peut venir des shérifs ni de la cour. J'ai fait appel à vous parce que la rumeur prétend que vous avez souvent affaire à des objets de nature religieuse. Est-ce exact ?

Crispin sentit la chaleur du feu sur ses joues. En revanche, il ne pouvait rien contre le froid qui se glissait en lui.

— C'est mon destin, plaisanta-t-il à moitié.

Le médecin ne vit là rien d'amusant. Il se pencha vers lui.

— Dans ce cas, vous n'êtes pas étranger à la main du Seigneur.

— Oh non, j'en ignore tout. Les reliques n'ont de valeur que pour les hommes qui les considèrent comme telles. Pour ma part je n'y accorde que peu d'importance, ajouta-t-il bien que ce ne fût pas tout à fait vrai. Voulez-vous dire que ces parchemins sont des reliques ? Qu'elles ont à voir avec le crime ? Par tous les saints, je ne comprends rien. Parlerez-vous enfin ?

— Je crains, maître Guest, que le monstre n'ait été libéré.

Jack sauta à bas de son siège en poussant un cri aigu.

— Dieu me damne ! Un monstre ?

— Non, fit Crispin en secouant la tête, il ne voulait pas parler d'un vrai monstre, seulement de ce qu'il a d'inhumain…

— Non, mon bon maître, il faut prendre ce mot dans son sens propre. Ce sont les parchemins disparus. Ils contiennent les mots de la Création, dit-il d'un air accablé. Et ils m'ont filé entre les doigts. Quel insensé je fais ! Je ne me le pardonnerai jamais.

Crispin repensa à la forme sombre qui disparaissait dans la brume et laissait des empreintes de pas démesurées. La peur.

— Qu'est-ce… comment est-il ce… ce monstre ?

— Mais nous l'avons vu, maître ! s'écria Jack. Nous l'avons vu !

— Que dis-tu ? bredouilla Jacob d'une voix blanche.

— Tout cela est absurde, murmura Crispin en passant les doigts dans ses cheveux emmêlés. C'était un homme, certainement. Grand, carré. Avec une… petite… tête.

Jacob porta sa main tremblante à sa bouche.

— Le golem. Il a été animé. Nous sommes morts, gémit-il en agrippant le pan de sa robe.

— Père !

Julien s'agenouilla auprès de lui et l'empêcha de froisser l'étoffe précieuse.

— C'est impossible ! Cet homme est un menteur !

— Je ne mens pas, répliqua Crispin. Voilà bien un péché dont je ne suis pas coupable.

Il se tourna vers Jack comme pour avoir confirmation de ses dires, mais l'enfant était trop terrorisé pour parler.

— Écoutez-moi, tous les deux. Il n'y a pas de monstre. Il n'y a qu'une superstition juive et des circonstances malheureuses.

— Les meurtres…, commença Jacob.

— Je trouve étrange que vous soyez au courant.

— Quand cela a commencé, j'étais le seul médecin à me tenir à proximité. On m'a fait appeler. Depuis j'ai entendu parler des deux autres. J'ai vu les cadavres des enfants. Hormis un monstre, qui pourrait commettre des crimes aussi abominables ?

— Que voulez-vous dire ? Que ce… ce golem… a massacré ces malheureux ?

— J'ai vu ce qui leur a été fait.

— Comment saviez-vous que j'enquêtais à ce sujet ?

— La rumeur, une fois encore, mais c'était après que j'avais résolu de faire appel à vous.

Crispin ferma à demi les yeux et observa la pièce. Dans l'ombre des alcôves, se détachaient les formes étranges de tout un matériel d'alchimiste.

— Qu'est-ce au juste qu'un… golem ?

Jacob se leva et regagna sa table de travail où il déroula un parchemin de ses mains tremblantes.

— Ceci, maître Guest, est le *Séfer Yetsirah*, le *Livre de la Création.*

Curieux, Crispin traversa la pièce et regarda par-dessus l'épaule du médecin. Il serra les dents en voyant une page où d'étranges symboles étaient accompagnés d'étoiles de David.

— Ces symboles sont des seguloth, des sigils, dit Jacob, et ils expliquent le Livre. Notre Père Abraham a reçu la révélation divine de ces pages du Seigneur – béni soit Son nom – et les rabbis des temps anciens les ont longuement discutées et analysées. Vous voyez ici, ajouta-t-il en posant la main sur le parchemin brunâtre, la compréhension de la Création. Comment l'univers fut créé par le fait des sephirot, les Dix Nombres sacrés…

— Assez ! hurla Crispin que toute cette magie juive faisait frissonner. Ce monstre, ce golem, qu'est-ce que c'est ? Est-ce vous qui l'avez conçu ?

— Moi ? Oh non, jamais ! Je ne le tenterais que dans des circonstances exceptionnelles et fort du conseil de plusieurs rabbis. Voyez-vous, maître, le mot « golem » signifie « masse informe ». Il est fait de boue ou d'argile. Le golem est créé pour protéger du mal le peuple juif. C'est une obligation sacrée. Celui qui a un golem pour serviteur est naturellement imprégné de sagesse et de piété. La sagesse, en ce qu'il est capable de choisir le bon chemin, et la piété pour discerner la volonté du Tout-Puissant. S'il ne possède pas ses qualités, maîtriser son serviteur lui sera impossible. Non, maître Guest, ce n'est pas moi, mais quelqu'un d'autre, quelqu'un désireux de s'approprier la puissance du démon.

— Ainsi donc, c'est un démon.

Jacob ouvrit la bouche comme pour lui expliquer, mais il n'en fit rien et se contenta de froncer les sourcils. Il parla ainsi qu'un professeur devant son élève.

— Adam, le père de l'Homme, a été créé à partir de boue ou d'argile. Le Seigneur lui a ensuite insufflé la vie. Il en va de même pour le golem. Il est fait d'argile et peut être animé quand on lit les paroles du *Séfer Yetsirah* et qu'on inscrit sur son front le mot « Emet », « vérité ». C'est un être sans âme ni émotions ni pitié. Celui qui se sert d'un golem dans un but impie est lui-même un monstre.

— Pourquoi croyez-vous que votre golem est bien l'auteur de ces crimes ?

— L'étrangeté de la chose. L'abdomen incisé. Les entrailles arrachées…

Il vit Crispin tressaillir et poursuivit.

— Mais vous l'aurez vous-même remarqué. Je ne pense pas qu'un golem ait besoin de se nourrir, mais nous savons si peu de chose de ces créatures. Le sang et les viscères d'un enfant constitueraient une nourriture immonde, mais c'en serait tout de même une. Il en sera ainsi si le créateur du golem l'a souhaité. Un golem n'est qu'une coquille vide, il fait ce qu'on lui dit.

Crispin se dirigea vers les alcôves dont les instruments et les odeurs étranges semblaient le subjuguer.

— Quand ces papiers vous ont-ils donc été volés ?

— Ce devait être il y a deux mois. C'est là que le premier meurtre fut découvert.

— Deux mois ? Mais pourquoi avez-vous attendu si longtemps pour parler ?

— Je ne voulais pas y croire, je ne le pouvais pas, mais les meurtres se sont répétés…

— Cela concerne le shérif.

— Maître Guest, vous avez vous-même dit que vous enquêtiez, vous pourriez rester discret.

— Avec un monstre en liberté ? Ne devrais-je pas avertir la population ?

— Oh non, ce serait catastrophique !

— Pour qui ? Pour vous ? demanda-t-il d'un air sournois.

— Je ne crains pas la foule des Gentils. Des vies sont en jeu. Cela compte plus que l'existence d'un médecin juif.

— Que voilà une noble réflexion, dit Crispin avec mépris, mais pourquoi croirais-je tout ceci ? Comment puis-je savoir si vous me dites la vérité ?

Jacob leva les bras en signe d'impuissance.

— C'est vrai, mon bon maître, vous n'avez aucune raison de me croire. À vos yeux, je ne suis qu'un misérable Juif. J'avais la faiblesse de penser que, si quelqu'un devait me croire, ce ne pouvait être que vous.

— De par le Christ !

Il frotta son menton hérissé de picots et regarda le sol.

— Qui savait que vous déteniez de tels papiers ?

— Je ne pourrais vous répondre, dit Jacob après un temps de réflexion, mais ce que je sais, c'est que mes appartements avaient déjà été visités.

— Quand ?

— À de nombreuses reprises depuis mon arrivée. Mon intimité ici s'est révélée bien faible. C'est très compréhensible quand on sait que je suis proche de Leurs Majestés.

— Vos parchemins, réfléchit Crispin, sont-ils écrits en hébreu ?

— Oui.

— Dans ce cas, le coupable est un lettré à même de déchiffrer cette langue.

— C'est vrai.

— Qui sait lire l'hébreu à la cour ?

— Je ne pourrais vous le dire, mais l'on trouve ici d'innombrables astrologues et alchimistes. J'ignore quel en est le nombre.

— Verrouillez-vous votre porte, maître Jacob ?

— C'est une évidence. J'y appose une barre chaque nuit et je ferme à clef chaque fois que je m'absente.

— Et vous, jeune homme ? dit-il en se tournant vers Julien. Êtes-vous aussi prompt à tourner la clef ?

— Bien entendu ! Je ne fais pas confiance à des Gentils anglais !

— Maître ! s'écria Jack. C'est l'heure de complies et le couvre-feu va tomber sur Londres. Les portes sont peut-être déjà fermées. Comment allons-nous rentrer ?

Avant que Jack n'en parle, Crispin n'avait pas remarqué le lointain tintement des cloches.

— J'ai quelques astuces, Jack, ne t'inquiète pas.

Se déplacer après le couvre-feu ne l'enchantait pas particulièrement. Il se demanda avec amertume s'il s'était remis à neiger et regarda la fenêtre drapée d'un rideau.

— Quand êtes-vous arrivé sur nos rivages, maître Jacob ?

— Il y a deux mois.

— C'est alors que les meurtres ont commencé.

— À mon grand regret.

— Ce sont des enfants chrétiens, dit Crispin en fixant le médecin droit dans les yeux. L'explication pourrait être bien plus simple qu'un monstre imaginaire. *« Entia non sunt multiplicanda praeter necessitatem. »*

Jacob écarquilla les yeux et, pour la première fois, parut terrorisé.

— Vous… vous m'accusez, moi ?

— Fils de catin ! gronda Julien. J'aurais dû vous trancher la gorge au lieu de vous blesser au bras !

— Je n'ai pas dit que je vous disculpais, maître Julien, répliqua Crispin avec calme, ce à quoi le jeune homme réagit avec un cri d'indignation.

Jacob s'adossa à la table.

— Je... je comprends que votre sensibilité chrétienne puisse m'accuser d'un tel forfait, maître Guest, mais je vous assure... je vous jure sur mon honneur de médecin que je ne puis tuer. J'ai prêté serment. Et un enfant... Jamais ! Jamais !

Crispin se sentait mal à l'aise en entendant Jacob plaider ainsi sa cause. Il paraissait trop sincère, trop compatissant. Julien, en revanche...

— Je dois réfléchir à tout cela, maître Jacob. Ces nouvelles me plongent dans l'embarras.

— Mais...

— Je vous ferai savoir quand j'en serai venu à quelque conclusion.

Il lança un regard méprisant à Julien et fit signe à Jack.

Fort bien, mais comment allaient-ils sortir du palais sans se faire voir ?

Il ouvrit la porte avec précaution et passa la tête pour scruter le couloir plongé dans la pénombre. Les appartements de Jacob n'étaient pas très éloignés de ceux du roi. Le sens de l'humour du Créateur ne le fit pas rire.

Il tira sa capuche sur son front pour mieux dissimuler son visage puis il prit son souffle et sortit dans le couloir, suivi de près de Jack.

— Maître, qu'est-ce...

— Chut...

Il pencha la tête pour mieux écouter. Il était tard. La plupart des membres de la cour étaient déjà au lit, à moins qu'ils ne disputent une dernière partie d'échecs.

Il avança dans ce couloir par trop familier et entendit la porte se refermer doucement derrière lui. Voilà. Ils étaient seuls.

Crispin progressa à pas de loup, longeant les murs et tendant l'oreille avant de faire un pas. Il repensa à Jacob et à ses parchemins. Une histoire détestable. Si ce Juif était responsable de la mort des enfants, il ne voulait en aucun cas donner l'impression qu'il l'aidait. Il se remémora des rumeurs évoquant des crimes rituels perpétrés par des représentants de la communauté juive. Dans le cas présent, il ne s'agissait pas seulement de meurtre. Il y avait eu viol, mutilation, et cela ne pouvait lui faire songer qu'à la sorcellerie. Jacob reconnaissait le caractère magique des textes, pourtant sa consternation ne semblait pas feinte. Mais était-il entièrement sincère ?

Le couloir bifurquait. Le plancher grinça sous son pied et il fit halte, mais rien n'arriva et il reprit sa lente progression ainsi que ses réflexions.

Et ce Julien ? Un détestable individu, pour sûr. Il ne masquait pas le dégoût que lui inspirait ce pays. Quand Crispin l'avait plaqué au mur, le cri qu'il avait poussé évoquait la faiblesse. Il n'aurait pu affirmer sa supériorité que sur des enfants, mais était-il assez monstrueux pour sodomiser et assassiner ? Le père avait en horreur des actes de ce genre, mais qu'en était-il du fils ?

Il se rendit compte qu'il avait négligé de fouiller les appartements du médecin. Il songeait tant à en sortir qu'il en avait oublié les gestes les plus rudimentaires de l'investigation. Il ne commettrait plus jamais une telle erreur.

Tout ceci était fort bien, mais comment allait-il s'y prendre pour mener son enquête ? Il lui faudrait interroger des personnages de la cour alors que la malédiction royale était encore sur lui ? Après que Crispin eut commis la sottise de ne pas s'agenouiller pour récupérer ses terres, Richard avait crié à la cour qu'il ne devait jamais revenir. Il avait même refusé l'or du roi. Comment pouvait-on être aussi stupide ?

Il remarqua que Jack n'était pas aussi délicat et qu'il s'était empressé d'accepter la bourse d'argent du médecin. Au moins l'un des deux avait-il la tête sur les épaules. Mais pour combien de temps encore ?

Crispin allait demander à l'enfant ce qu'il comptait faire quand une porte s'ouvrit près de lui. Il ne put réagir. Une main le saisit par la capuche et le tira à l'intérieur d'une pièce.

VI

CRISPIN CHERCHA À S'EMPARER de sa dague, mais ses bras s'empêtrèrent dans sa cape. Tout était allé trop vite. La porte, l'homme. Jack étouffa un cri et le suivit machinalement.

Crispin se débattit et lança un regard noir à l'inconnu pour découvrir qu'il s'agissait… du duc de Lancaster !

— Par le Christ ! s'écria son ancien mentor. Que faites-vous ici ?

Crispin ferma la bouche et remit de l'ordre dans ses habits avant de rejeter sa capuche et de présenter son visage à son seigneur. Son ancien seigneur, corrigea-t-il en son for intérieur.

Avec ses sourcils épais et sa barbe noire, Jean de Gand avait l'air grave. Il était l'oncle du roi de sorte que ses appartements étaient proches de ceux de Richard et de sa reine, Anne.

— Votre Grâce, dit Crispin en s'inclinant avec toute la dignité dont il était capable, aussitôt imité par Jack. Comment saviez-vous que j'étais ici ?

— J'ai entendu ce tohu-bohu dans le couloir et je vous ai attendu. Comment pouvez-vous être aussi fou pour vous aventurer ici ?

— On me rétribue pour un travail, monseigneur, fit Crispin en baissant les yeux comme un enfant gourmandé. Je dois aller où le service l'exige.

— Vous voulez dire chez ce médecin juif ? Je le répète, que faites-vous ici ?

Il leva la tête vers cet homme qui l'avait éduqué, sauvé et enfin trahi. Il ne savait plus quoi penser. Calmé, il regarda le duc droit dans les yeux.

— Je vous le dis, je cherche à gagner ma vie. Puis-je m'en aller ?

— Je vous l'interdis !

Lancaster se dirigea vers l'âtre imposant puis fit les cent pas, les mains dans le dos, si crispées qu'elles en blanchissaient.

— Rebelle. Entêté. Obstiné.

— C'est tout moi.

— Épargnez-moi votre désinvolture, Guest !

Crispin soupira. Comment diable sortirait-il de ce palais ? Pis que ça, comment ferait-il pour y revenir ? Peut-être que…

— Monseigneur, j'ai grand besoin de vos conseils.

— Ah !

Le duc s'était planté devant le feu. Sa houppelande rouge était ceinte de reflets dorés et son visage disparaissait dans l'ombre.

Crispin osa avancer d'un pas. Lancaster pouvait tout autant le frapper pour insolence que lui venir en aide et il se demanda ce qui était le plus probable.

— Monseigneur, il y a eu des meurtres… abjects. On m'a chargé d'enquêter à leur propos.

— Des meurtres ? dit Lancaster en se retournant. Quel shérif vous a envoyé ? Cet incapable de John Froshe ou ce Nicolas Exton à tête de poisson ?

Crispin hésita. Après tout, il n'était pas censé divulguer l'identité de son employeur.

— Peu importe, trancha Lancaster. Je constate votre dévouement à l'égard de ces imbéciles. Bien mal à propos, une fois de plus, Guest !

Cette réflexion lui fit l'effet d'un coup de poignard. Pourquoi lui reprocher son loyalisme ?

— Tout Londres connaît ma fidélité.

Ce n'était pas de la vantardise et Lancaster en était parfaitement conscient. Le duc se contenta de le regarder avant de se tourner vers le feu.

— On vous a enjoint de ne plus vous présenter à la cour, dit-il avec calme. Combien ce médecin vous paye-t-il ? Assez pour risquer votre vie ?

— Il n'y a pas que l'argent.

Vous le sauriez si vous me connaissiez mieux, aurait-il aimé ajouter, mais il s'en abstint.

— Ces meurtres… Je ne puis me résoudre…

— Vous ne pouvez jamais vous résoudre à abandonner.

Il secoua la tête et Crispin observa son dos bien droit, ses mains endurcies par le fer de l'épée. Cette pièce ne lui était que trop familière. Des souvenirs l'assaillaient, il se voyait assis devant ce même âtre avec Lancaster tandis que les enfants du duc s'ébattaient près de la porte.

— Pas quand il s'agit de crimes odieux, monseigneur.

— C'est vous qui le dites, Crispin. Bien. Quelle faveur me demanderez-vous cette fois-ci ?

— Il me faut mener mon enquête. À la cour même.

— Eh bien, bonne chance ! Rappelez-vous que le roi vous a formellement interdit de revenir. Je vois comment vous obéissez. Pour quelques pièces, Crispin ? Non, bien sûr. Parce qu'il y a eu meurtre. Il n'empêche que vous êtes ici et que votre présence y est détestable et malvenue. Est-ce donc votre désir le plus profond qu'encourir la colère royale ? Ne me répondez pas. Je suis las de votre impudence.

Crispin releva l'épaule. Son bras commençait à lui faire mal à l'endroit où Julien l'avait frappé. Peut-être aurait-il dû accepter le cataplasme du Juif.

Lancaster soupira et secoua la tête avant de se laisser choir sur l'un des sièges proches de la cheminée.

— Crispin, Crispin… Comment en sommes-nous arrivés là, vous et moi ?

— Par l'exactitude de votre jugement. Je ne puis me résoudre.

Lancaster leva la main et lui fit signe de s'installer sur l'autre siège. Il hésita. Lancaster allait-il l'aider ou lui faudrait-il entendre d'autres sermons de sa part ?

Tout compte fait, cela n'avait pas d'importance. Crispin voulait prendre place à son côté et jouir du temps passé en compagnie de son ancien mentor. En revanche, il n'était pas assez sot pour baisser la garde. D'un air las, il s'assit et contempla longuement le profil du duc. Les flammes dessinaient des méandres d'ombre et de lumière sur sa joue pâle et teintaient ses moustaches.

— Demandez à votre serviteur de nous servir du vin, Crispin. Il fait si froid.

Il se tourna vers le garçon tapi dans un coin et Jack s'empressa de chercher des yeux le flacon. Il le trouva posé sur une commode et remplit deux coupes avant d'en offrir une à Lancaster d'une main tremblante. Crispin prit l'autre et avala quelques gorgées puis l'écarta. Il avait déjà bu chez le médecin et il lui fallait avoir les idées claires pour discuter avec le duc.

Celui-ci semblait déguster le vin. Seigneur, comme la vie à la cour lui manquait avec ses intrigues, ses ragots, les menus détails qu'on lui confiait dans de sombres recoins ou même des chambres à coucher encore plus obscures.

Crispin s'éclaircit la voix et posa la question qui lui brûlait les lèvres.

— Hier... j'ai appris que le roi avait accordé mes... mes terres à Gilles de Risley.

Lancaster ne manifesta aucune émotion et se contenta de cligner les yeux.

— C'est exact.

— Mais pourquoi ? s'écria Crispin avec une violence qu'il ne pouvait contenir. Pourquoi lui ?

— Pour vous punir d'avoir refusé sa bienveillance. Toute la cour sait que Risley et vous étiez rivaux, en quelque sorte. Pour Richard, cela signifiait que vous étiez ennemis. La haine qu'il vous porte est profonde. Il savait que vous vous en apercevriez un jour ou l'autre, selon moi. Vous devriez vous réjouir que vos biens soient aujourd'hui en la possession d'un ami.

— Après tant de temps, murmura Crispin, le regard perdu dans le feu. Ma maison…

— Allons, Crispin, elle ne vous appartient plus depuis longtemps. Cessez de larmoyer sur le passé. Vous êtes la dernière personne dont j'attendais pareille réaction. Vous n'avez pas saisi votre chance quand le roi vous a offert de vous rendre votre nom et vos possessions. Pourquoi ?

— Vous le savez très bien.

— Oui, je le sais.

Ils restèrent longtemps sans parler, jusqu'à ce que Crispin soupirât.

— Je dois trouver le moyen de pénétrer dans le palais.

— Celui d'en sortir ne vous serait-il pas plus utile ?

— Par le Christ, jura-t-il doucement. Cela aussi, monseigneur, mais je vais avoir besoin de revenir. Je… je répugne à vous demander de l'aide et…

— C'est faux. Vous n'êtes pas sot. Loin de là.

Le silence, à nouveau.

— Par tous les saints, Crispin, soupira le duc. Vous avez le don de me mettre dans des situations que je n'aurais jamais…

Un coup frappé à la porte leur fit tourner la tête à tous les deux.

— Oncle Jean ? prononça une voix trop familière qui fit sursauter Crispin.

— Le roi ! dit Lancaster à voix basse.

Crispin bondit sur ses pieds et Lancaster lui indiqua une alcôve dissimulée derrière une tapisserie suspendue à une tringle de fer. Crispin s'y cacha au moment même où la porte s'ouvrait. Il s'efforça de se faire tout petit. Dieu seul savait où Jack se trouvait en cet instant.

— Oncle Jean ? répéta Richard en pénétrant dans la pièce. Je vous ai entendu parler.

Jack, songea Crispin en jurant à voix basse. Il perçut quelque chose rampant sur le sol puis une forme poussa la tapisserie, manquant de peu de révéler la présence de Crispin. Le gosse leva vers lui des yeux terrifiés.

— Je voulais discuter de notre déplacement à Sheen à l'occasion de l'Avent, mon oncle, dit Richard. Je souhaite y arriver pour la Saint-Nicolas.

Crispin ne put s'empêcher d'écarter discrètement la tapisserie. Richard arborait une barbe et une moustache peu fournies que justifiaient ses dix-sept ans. Il s'approcha de l'âtre et ses doigts ceints de bagues empoignèrent la seconde coupe de vin.

Malheur.

Richard haussa le sourcil et se tourna vers son oncle avant de parcourir la pièce du regard. En revanche, il ne dit rien. Crispin remit la tapisserie en place au moment où le roi s'intéressait à l'alcôve. Il ne savait que faire.

— Peut-être la soirée est-elle trop avancée pour parler de cela, dit le roi dont la voix se rapprochait de l'alcôve.

Crispin vit Jack se signer, les yeux fermés, et prononcer une prière muette.

— Vous me semblez par trop occupé, poursuivit Richard. Je croyais que votre dame s'absentait cette nuit.

— Effectivement, Votre Grâce.

— Ah ?

Au son de sa voix, Crispin comprit qu'il se tenait juste derrière la tapisserie. Il s'attendait qu'elle s'ouvre à tout moment et retint son souffle. Il ne pouvait tirer sa dague comme il l'aurait fait en d'autres circonstances. C'était le roi, il lui faudrait se soumettre à ce qu'il exigerait de lui.

— Je n'approuve pas la présence de cette dame Swynford, lâcha le roi avec une impatience certaine.

Gand ne répondit rien. Crispin savait fort bien pourquoi. Nul n'ignorait que le duc avait depuis dix ans des relations privilégiées avec Catherine Swynford[1]. Elle avait été la gouvernante des filles

1. Belle-sœur du poète de cour Geoffrey Chaucer, auteur des *Contes de Canterbury*.

de Gand et ils s'étaient rapprochés à la mort de son mari. Crispin en avait même parlé avec Lancaster d'un ton désapprobateur, et il sentait encore le coup reçu sur la tête pour son audace.

— La sainteté des liens matrimoniaux ne doit pas être souillée, prononça Richard avec solennité. Et dame Constance mérite mieux.

— Pardonnez-moi, sire, répliqua Gand d'une voix ferme, mais ceci ne concerne pas les affaires de la Couronne.

— Ce sont donc vos affaires, mon oncle, mais je ne saurais tolérer qu'un scandale éclabousse ma cour. Puis-je vous suggérer qu'elle ne nous accompagne pas à Sheen ? dit-il en s'éloignant de la tapisserie.

— Comme il vous plaira, fit le duc après un long instant de silence.

— Parfait !

Crispin entendit Richard prendre un siège. Seigneur Dieu, allait-il donc rester là toute la nuit ? Et lui, pourrait-il enfin s'échapper de ce palais ?

— Je souhaite la présence de mes barons, mais je ne désire pas aborder les questions cruciales alors que je suis en résidence, oncle Jean. Je compte sur vous pour éloigner mes conseillers. Je tiens à ce que la reine prenne plaisir à son séjour et ce n'est pas le cas quand je suis soucieux. Le temps n'est pas à la jovialité. Avec la bénédiction de Dieu, nous pourrions avoir au moins un héritier pour envisager l'avenir. Ce maudit médecin juif me coûte assez cher et j'espère sincèrement qu'il se montrera à la hauteur de sa réputation.

Lancaster ne dit rien. Richard avait dû faire signe qu'on lui apporte du vin car le duc écarta la tapisserie et présenta un visage rougi à Crispin et Jack.

— Petit, sers-nous à boire.

Jack adressa un regard désespéré à Crispin avant que le duc ne le fasse sortir de l'alcôve. Crispin l'entendit aller chercher le flacon.

— Par les plaies du Christ, oncle Jean, mais où avez-vous trouvé ce pouilleux ? On dirait un va-nu-pieds !

Lancaster se contenta d'un grognement et ils burent en silence.

— Approche, mon garçon. Ressers-nous et tâche de ne pas en renverser sur mes souliers. Je pourrais bien te faire écorcher pour transformer ta peau en pantoufles.

Crispin serra les dents en entendant du vin se répandre sur le sol. Jack réprima un sanglot.

— Allons, mon neveu, allons, vous terrorisez cet enfant. Là, calme-toi, je m'en occupe, regagne ta paillasse.

Jack s'empressa de franchir la tapisserie, le visage caché dans les mains. Il tremblait et Crispin le prit par les épaules pour le calmer.

— C'est un local bien inhabituel pour un serviteur. Je ne me souviens pas d'un tel endroit.

— Ma dame aime changer la disposition de ces lieux. Je ne puis que la suivre.

— Hum… Peut-être devriez-vous ouvrir cette tapisserie. Après tout, vous êtes le maître de maison, n'est-ce pas ?

— Je la préfère tirée.

— Vraiment ? Et y a-t-il d'autres serviteurs que vous cherchiez à me cacher, mon oncle ?

— Aucun, je n'ai nul secret à votre égard, mon neveu.

— Non ? Dans ce cas, tirez cette tapisserie.

Crispin se plaqua au mur. Jack et lui échangèrent des regards inquiets.

Des pas se firent entendre et le duc posa la main sur la tapisserie. Crispin retint son souffle. Il vit les ongles lisses des doigts de Gand, ses bagues d'or étinceler d'une lumière froide.

— Peu importe, dit alors le roi.

La main du duc ne bougea pas, mais Crispin vit trembler doucement l'étoffe.

— Il est tard, reprit Richard, l'air satisfait.

Ne se lassait-il donc jamais de jouer ? se demanda Crispin. Il eut très vite la réponse à sa question.

— À moins que vous ne disputiez avec moi une partie d'échecs ?

— La reine est-elle donc au lit ? s'enquit Lancaster d'une voix posée.

Richard abandonna son siège sur-le-champ.

— Peut-être devrais-je la rejoindre. Elle a horreur de ces hivers anglais. Elle est convaincue que sa chambre est en proie à un courant d'air. Je ne me suis aperçu de rien. Les femmes ont parfois de ces idées.

Lancaster garda le silence.

Les pas du roi se dirigèrent vers la porte et Lancaster se hâta de la lui ouvrir.

— Bonne nuit, mon oncle, et suivez mon conseil : ne souillez pas le lit conjugal par une liaison furtive. Prenez exemple sur moi. J'honore ma femme et elle m'est toujours loyale. Ne donnez jamais à votre épouse d'excuse pour vous trahir.

— Oui, sire. Vous êtes de bon conseil. Dieu vous accorde un juste repos.

La porte grinça puis se referma lourdement.

Crispin attendit. Il savait que Lancaster aurait besoin d'un instant pour se ressaisir. Le cœur battant, il se rendit compte qu'il en allait de même pour lui. Enfin la tapisserie s'écarta.

— Hors de ma vue, votre misérable serviteur et vous-même !

— Bien volontiers, Votre Grâce. Et comment sortirai-je ?

— Par le Ciel, Crispin, vous n'abandonnez donc jamais ?

— Ces meurtres, monseigneur. Des enfants innocents. On les a retrouvés flottant sur la Tamise. Profanés et mutilés. Je ne puis accepter cela.

— Des enfants ? Vous ne m'avez jamais parlé d'enfants. Quand est-ce arrivé ? Dans quelles circonstances ?

— Je vous aurais donné ces détails, monseigneur, mais vous sembliez peu désireux de discuter.

— Je le suis toujours, mais ce n'est plus la même chose. Des enfants, dites-vous ?

— Quatre. Depuis la Saint-Michel.

— Quatre ?

Lancaster semblait sincèrement touché et Crispin sut qu'il avait gagné.

— Pourquoi ne m'a-t-on rien dit ?

— Je suis... étonné que vous ne sachiez rien.

— Ces shérifs ont la langue collée au palais.

Le duc lissa sa moustache et posa les yeux sur Jack dont le visage ruisselait de larmes.

— Je suppose... qu'il va vous falloir un moyen de revenir.

La main de Crispin était toujours appuyée sur l'épaule de Jack qui tentait de retrouver son calme.

— Peut-être, dit le duc en se tournant vers le feu, vous ferai-je porter une livrée. Résidez-vous toujours... au même endroit ?

Crispin comprit qu'il ne pouvait se résoudre à mentionner le quartier de la Boucherie.

— Oui, monseigneur.

— Bien. Je vous la ferai donc parvenir. Soyez prudent, Guest, vous voyez à quel point le roi nous est voisin.

— Oui.

— Dans ce cas, emmenez votre garçon et disparaissez.

Crispin s'inclina et Jack l'imita sans pour autant cesser de trembler et de renifler. Il allait atteindre la porte quand le duc l'interpella.

— Crispin... prenez garde à vous !

Il regarda Lancaster en songeant une fois encore qu'il ne le reverrait peut-être jamais. À nouveau, il s'inclina.

— Oui, monseigneur.

Il entrouvrit la porte en souhaitant que les flambeaux éclairant le vestibule soient éteints. L'obscurité lui serait favorable. Il releva sa capuche, fit de même pour celle de Jack et s'engagea dans le passage.

Ils parcoururent ainsi plusieurs couloirs. Un garde était en faction près d'une porte, mais il n'y en avait aucun devant la chapelle Saint-Étienne. L'accès à la Grande Salle lui étant interdit, il décida de traverser la nef pour rejoindre le cloître.

Le lieu saint était sombre et seuls quelques rayons de lune franchissaient les étroits vitraux de l'abside. Ils avaient à peine fait quelques pas que Jack se figea au milieu.

L'enfant semblait hypnotisé par les hautes colonnes soutenant une voûte décorée d'étoiles et bordée d'armoiries. Le vitrail apportait quelques couleurs à la grisaille du lieu. La bouche grande ouverte, il contemplait ces merveilles. En d'autres circonstances, Crispin aurait pu lui expliquer le sens de tous ces symboles religieux, mais l'heure n'était pas à la visite.

— Viens, dit-il en incitant l'enfant à le suivre.

Un étroit passage séparait la chapelle du cloître puis une porte débouchant sur l'extérieur leur permit de rejoindre les jardins longeant la Tamise. Là, ils escaladèrent un muret et se retrouvèrent bientôt sur le chemin de Charing Cross. Personne ne les avait arrêtés ni interrogés, personne n'avait donné l'alerte.

Il prit enfin le temps de s'arrêter un instant dans la neige pour souffler. Il était tard. Le couvre-feu était en vigueur et les portes de Londres fermées pour la nuit, mais cela ne le découragea pas. Il connaissait d'autres moyens d'entrer en ville.

— Il va vraiment falloir retourner au palais, maître ?

Crispin regarda l'enfant. Son murmure pitoyable était entrecoupé de gémissements et de reniflements.

— Oui, Jack. Moi, tout au moins. Si cela te terrorise, je ne te demanderai pas de m'accompagner.

L'enfant s'essuya plusieurs fois le nez sur sa manche et releva la tête. Des larmes perlaient dans ses cils.

— Vous ne pouvez pas y aller tout seul.

— Je suis seul depuis longtemps, Jack. Ne crains rien.

— Si… si vous vous faites prendre ? Je ne le saurais que trop tard.

— Trop tard pour quoi ?

— Pour vous sauver !

La sincérité de Jack lui fit chaud au cœur.

— Dans ce cas… tu pourrais venir pour veiller sur moi.

— Je crois que ce serait mieux comme ça, maître, dit Jack avec un soupir. Je ne me le pardonnerais jamais s'il vous arrivait quelque chose.

Crispin pressa avec affection l'épaule de l'enfant puis il retira sa main. Il respira l'air frais à pleins poumons.

Le rideau de nuages s'était entrouvert sur un coin de ciel obscur piqueté d'étoiles lui rappelant la voûte constellée de Saint-Étienne. La neige fraîche assourdissait les sons pour peu qu'il y en eût, la majeure partie des habitants de Westminster étant au lit depuis longtemps. La Tamise clapotait sur les pierres de ses rives, les bateaux à l'ancre se soulevaient en grinçant, mais en dehors de cela tout était tranquille.

Ils marchèrent le long du Strand.

Au bout d'un moment, Jack releva la tête. Sous sa capuche, son souffle formait une brume glacée.

— Maître, pourquoi la France a-t-elle des Juifs et pas l'Angleterre ?

— C'est une bonne question, Jack. Comment te répondre simplement ? Notre roi Édouard Ier les a chassés d'Angleterre.

— Pourquoi ?

— Pour usure et autres actions inqualifiables.

— Ah… Et c'est quoi l'usure ? ajouta Jack après un bref silence.

— C'est prêter de l'argent avec un intérêt démesuré.

— Et c'est quoi, l'intérêt ?

— Rembourser plus qu'on ne doit.

— Mais pourquoi…

— Jack, comprends seulement que cela a posé de gros problèmes.

— Ah… Ce médecin a pourtant l'air bien inoffensif, remarqua-t-il le front plissé comme s'il ne croyait pas vraiment à ce qu'il disait. Je n'en penserais pas autant de son chien de fils, ajouta-t-il, plus convaincu. Non, le père est sûrement très bien. Ce ne sont peut-être pas tous les Juifs qui ont posé problème.

Crispin ne répondit rien. Comment expliquer à un enfant que tous les hommes peuvent duper, même ceux que l'on croit bienveillants ? Pourtant... Son instinct viscéral lui avait permis de se tirer de plus d'une situation embarrassante. Et ce même instinct lui disait que Jacob était bien celui qu'il semblait être. La remarque innocente de Jack était plus fine que l'enfant ne l'aurait cru. Crispin avait eu affaire aux Juifs en Terre sainte. Des marchands soupçonneux, des prêteurs obséquieux. Il les avait vus vivre en France, en Avignon, où ils étaient libres de leurs agissements. Il avait pensé qu'ils étaient tous comme il l'imaginait, comme on les lui avait décrits.

Ses réflexions prenaient une direction déplaisante et il préféra les reporter sur le brutal Julien car il était plus facile de trouver le mal chez ce jeune homme aux yeux plissés. Il ressemblait davantage à l'image du Juif dont il était familier. C'était à lui qu'il ne pouvait faire confiance. Son bras blessé le lui rappelait sans cesse.

Le silence était plus marqué au fur et à mesure qu'ils approchaient de Londres. La glace crissait sous leurs bottes. Ils dépassèrent Temple Bar puis Fleet Street avant de s'orienter vers le nord. Il leur faudrait entrer dans Londres par Newgate, même si cela déplaisait fortement à Crispin. C'était la seule...

Oh là. Qu'est-ce que c'était ?

Il fit halte, saisit Jack par la cape et le força à s'arrêter.

L'enfant ne parla pas et Crispin leva la main pour lui faire signe de tendre l'oreille.

Un bruit sourd et régulier s'approchait d'eux. Des pas pesants. La garde ? Peut-être rien de plus qu'un homme portant un lourd fardeau qui ralentirait sa progression. Ou encore un blessé...

Il frémit à ce son familier. On eût dit...

Une silhouette imposante surgit de l'ombre. Jack poussa un petit cri et Crispin se figea sur place. La silhouette fit halte entre deux bâtisses proches l'une de l'autre. Un rayon de lune se posa sur le corps massif, mais pas assez pour révéler son visage. Il présentait des épaules d'une largeur inhabituelle et une tête assez petite.

Ils se regardèrent pendant quelques secondes, distants d'à peine plus d'un jet de pierre. Tout d'un coup, l'homme fit demi-tour et regagna l'ombre à la hâte.

Le sortilège se rompit et Crispin s'élança vers l'endroit où il s'était arrêté, mais il n'y avait plus trace de son passage. Un chien aboya dans le lointain comme pour renforcer la sensation d'isolement de cette rue vide.

Jack se tenait derrière Crispin, agrippé à sa cape.

— Où est-il passé ? dit-il dans un souffle.

— Je l'ignore.

— Était-ce le même… que l'autre fois ?

— C'est possible…

— Dieu me damne !

Si c'était bien le même personnage, que fallait-il en conclure ? Crispin scruta la pénombre et tendit l'oreille pour déceler un lointain bruit de pas, n'importe quoi susceptible de lui apporter une réponse. Il remarqua à peine Jack tombé à genoux dans la neige.

L'enfant tâtonnait le sol et émit un petit cri. Crispin ne voyait pas ce qui se passait, mais il le sentait trembler.

— Jack, qu'y a-t-il ?

Il ne répondit pas tout de suite, mais il tenait quelque chose. Crispin se pencha vers lui pour mieux voir.

— Jack, qu'est-ce que c'est ? Qu'as-tu trouvé ?

Il se releva. Il fixait ce qu'il avait dans la main. Dans la semi-obscurité, Crispin crut distinguer une pierre.

— La Sainte Mère nous protège.

Jack continuait de trembler, mais il parvint tout de même à tendre la main en direction de Crispin. Il ne voyait toujours rien.

— Maî… maître.

— Qu'est-ce que c'est, Jack ? Je veux savoir !

— Regardez, maître Crispin. C'est de l'argile !

VII

IMPOSSIBLE, OUI, MAIS CRISPIN n'avait-il pas été témoin de nombreuses impossibilités au cours de ces dernières années ? N'en était-ce qu'une de plus ?

C'était de la démence. Il y avait de toute évidence une explication logique à la présence de cette argile. Son esprit avait du mal à la trouver, rien de plus. Il fit signe à Jack de s'essuyer les mains.

— C'est le golem ! répéta Jack en frottant ses paumes souillées sur sa cape. Sainte Mère de Dieu, protège-nous !

Et il entama une litanie de prières murmurées.

— Ce n'est rien de tel !

D'une main, Crispin serrait sa dague et, de l'autre, refermait les pans de sa cape. Il scruta une nouvelle fois les rues obscures. Il n'aurait jamais cru à la présence de cet homme s'il ne l'avait vu de ses propres yeux. Il ne pouvait toutefois oublier les fragments d'argile souillant la neige telles des taches de sang. Cette maudite argile…

— Rentrons à Londres, Jack. Notre couche nous attend.

Il s'éloigna, mais Jack frissonnait toujours dans la neige, incapable d'avancer.

— Jack ! Jack !

Une lumière s'alluma derrière une fenêtre, un volet s'entrouvrit. Crispin attrapa l'enfant par la capuche et le tira dans l'ombre.

Un homme apparut à la fenêtre, regarda en contrebas puis referma.

— Viens, murmura Crispin.

Il marchait dans la neige qui crissait et, au bout d'un moment, n'eut plus besoin de traîner Jack. Ce dernier se serrait à lui et leur ombre commune se mêlait à celle des maisons.

Une fois arrivés devant les murs de Londres, ils se dirigèrent vers Newgate. Jack se crispa en voyant se dresser vers le ciel les tours sévères dont les parois se couvraient de givre.

— Maître, on ne va quand même pas passer par là ?

— C'est la seule porte que je suis certain de pouvoir franchir.

— Et on pourra repasser dans l'autre sens ?

La question était judicieuse et il ne chercha pas à y réfléchir.

Sans hésitation, Crispin frappa à la lourde porte de bois aux pentures de fer. Il attendit quelques secondes et répéta son geste. Cette fois, il entendit un bruit de pas et un portillon s'ouvrit sur un homme arraché au sommeil. Une calotte de cuir râpée était posée sur ses cheveux en bataille. Il leva sa lampe à huile pour mieux voir.

— Par le voile de la Vierge ! Maître Crispin ? Mais que faites-vous ici à pareille heure ? Surtout de l'autre côté de la porte.

— Je cherche à entrer, répondit-il simplement.

— Les shérifs sont couchés, maître, dit-il en secouant la tête. Ils n'aimeraient pas recevoir un message si tardif.

— Je ne cherche pas à leur parler. J'ai seulement besoin de traverser Londres.

L'homme fit la grimace.

— Le couvre-feu est déjà instauré.

Crispin était prêt à lui donner une menue pièce et le visage du garde s'illumina en voyant le petit disque dans la paume de sa main.

— Peut-être qu'il n'est pas si tard que ça, après tout !

Ses doigts sales se refermèrent sur la pièce et, avec une parodie de courbette, il s'écarta.

— Par ici, maître.

Crispin poussa Jack devant lui et franchit le seuil de pierre en s'efforçant de ne pas songer à ce qu'il y avait dans les tours ou, pire encore, dans les cellules putrides aménagées dans leurs sous-sols.

Il ne leur fallut pas longtemps pour arriver au marché de Newgate et, de là, au quartier de la Boucherie.

Au logis, Jack ranima le feu jusqu'à ce qu'ils soient réchauffés puis il le couvrit. Tous deux se couchèrent, mais leur sommeil fut des plus agités. Quand le matin fit entrer une lumière grisâtre dans la pièce misérable, Crispin se frotta les yeux. Jack n'était plus sur sa paillasse. Où diable était-il donc passé ? Dans une bouilloire suspendue au-dessus du feu bouillonnait quelque chose qui ressemblait à de la nourriture. Il s'assit au bord de sa couche, jeta la couverture misérable sur ses épaules et alla voir de quoi il s'agissait.

De la bouillie de navet. Il jura, mais ramassa tout de même la cuillère et le bol en bois posés à terre. Il versa la préparation, souffla dessus pour la refroidir et tenta d'en avaler un peu. C'était atroce. Il l'engloutit en un instant sans réfléchir.

Il fit chauffer de l'eau pour se raser puis procéda à une toilette rapide sans cesser de se demander comment il allait pouvoir poser ses questions à la cour.

Les meurtres étaient d'une certaine façon associés à la disparition des parchemins et l'énigme lui paraissait se situer bien au-delà de ses capacités. L'expérience lui avait enseigné qu'en l'absence de témoins fiables, les meurtriers échappaient bien souvent à la justice. Quand, au sein d'une paroisse, deux individus se battaient ou qu'un personnage tentait d'en escroquer un autre, tous les habitants étaient aussitôt au courant. Il était facile de désigner le coupable quand les circonstances étaient connues de tous.

La mort de ces enfants était demeurée secrète ou, plutôt, nul n'en avait parlé depuis des mois. Les éventuels témoins gardaient le silence. Peut-être vivaient-ils dans la crainte de représailles ou cherchaient-ils à protéger quelqu'un.

Quant au vol, c'était une tout autre chose, le genre de fruit que Crispin pouvait croquer. Un homme ne peut s'empêcher de se vanter d'avoir commis un larcin et, ainsi, de se dénoncer. Même si l'auteur d'un forfait ne s'en glorifie pas, quelqu'un d'autre remarque qu'il est soudain en possession d'un bien qu'on ne lui connaissait pas. Un serviteur, par exemple. Il lui faudrait donc en interroger un certain nombre. Et si par chance le vol était lié aux meurtres, il ferait d'une pierre deux coups en appréhendant l'assassin.

Crispin attendait avec impatience le retour de Jack ou l'arrivée du messager de Lancaster. Ni l'un ni l'autre ne s'étant présenté en fin de matinée, il s'enveloppa de sa cape et sortit. Il pouvait encore trouver quelqu'un qui aurait vu quelque chose près du fleuve et qu'il aurait négligé.

Il descendit quatre à quatre les marches de l'étroit escalier, se retrouva dans la rue et prit la direction de Westminster.

Il frissonna. Il faisait si froid ! La Saint-Nicolas était toute proche et Noël allait bientôt suivre. Un autre Noël de solitude. Au Sanglier, Gilbert et Eleanor l'avaient invité à plusieurs reprises à leur humble repas de fête, mais il avait chaque fois décliné leur offre.

Il avait trop de souvenirs de festins partagés avec ses égaux, barons ou seigneurs. Les bûches brûlaient dans les âtres imposants de la Grande Salle de Westminster. La chaleur et la camaraderie repoussaient les rigueurs de l'hiver. L'on servait des têtes de sanglier rôties, des terrines de volailles, des pâtés dégoulinants de sauce, des miches de pain blanc et chaud, mais aussi des butors et des cailles nageant dans de riches brouets. Enfin des gâteaux agrémentés de gros raisins d'Espagne ou recouverts de miel.

Il était certain que le repas préparé par Gilbert et Eleanor serait délicieux, mais il n'y aurait que de petites portions d'oie et de fromage, peut-être du pain rassis et un triste dessert, le tout accompagné du vin suret de la taverne, bien éloigné des futailles auxquelles il avait goûté en Gascogne.

Non, il ne pourrait se résoudre à accepter l'invitation.

Il se mit à neiger. Pas de légers flocons, mais de petits blocs de neige le frappant aux joues comme le ferait un adversaire venu le défier. Il faillit ne pas voir l'attelage arriver dans la direction opposée. Un beau cheval de trait, un cocher, des rideaux de toile tirés devant les fenêtres d'un carrosse dont la forme rappelait celle du tonneau. Encore un riche seigneur ou une gente dame coupant par le marché de Newgate.

L'attelage ralentit et s'arrêta. Crispin ne s'en préoccupa pas jusqu'à ce qu'un rideau se relève.

— Holà, vous !

Crispin continua de marcher, dissimulé sous sa capuche pour éviter les lourds flocons.

— Vous ! répéta la voix avec plus d'arrogance.

Par la fenêtre, une silhouette lui fit signe. Crispin se retourna siffisamment pour s'assurer que c'était bien lui qu'on interpellait ainsi. Il fit demi-tour sans pour autant trop se rapprocher.

— Vous m'avez appelé ?

— Vous êtes bien... Crispin Guest ?

La prudence s'imposa à lui.

— Qui le demande ?

Il n'obtint pour toute réponse qu'un rire grave et mélodieux.

— Puis-je vous conduire quelque part ?

Crispin observa le cocher, qui regardait droit devant lui et ne lui prêtait pas la moindre attention. Il ne portait pas de livrée susceptible de le renseigner sur son mystérieux passager.

La portière du carrosse s'ouvrit, le rectangle sombre ne donnant sur rien. Y avait-il d'autres hommes à l'intérieur ? Lui tendait-on une embuscade ?

— Vous n'allez pas dans ma direction.

— Nous pouvons faire un détour, dit l'homme en riant. Où vous rendez-vous ?

— Westminster.

— Hum... Montez.

Crispin ne bougea pas. La neige s'entassait autour de ses pieds.

— Qui êtes-vous ?

— Je n'aurais jamais cru le grand Limier aussi soupçonneux.

— Ni aussi prudent.

Cet homme l'appâtait, mais était-ce bien raisonnable de mordre à l'hameçon ? Ses doigts gantés tapotèrent le rebord de la fenêtre avec impatience.

— Montez, répéta-t-il d'une voix plus ferme quoique toujours affable.

Crispin jura, s'avança vers la portière, hésita un instant et obtempéra.

Le carrosse se mit en branle dès qu'il fut installé. L'homme était seul, sans serviteur, sans garde du corps. Il n'y avait que le cocher.

Les ombres du carrosse dissimulaient tout, mais les yeux de Crispin s'habituèrent bientôt et il put distinguer quelques détails du mystérieux personnage. Un homme, plus jeune que lui-même peut-être, vêtu d'un manteau noir bordé de fourrure. Un col haut remontait jusqu'à son menton rasé de frais. Des yeux bleus le regardaient sous des paupières paresseuses. Une calotte de feutre recouvrait ses cheveux blonds. Il semblait perdu dans ses habits, comme s'il était fait de brindilles et non pas de chair. Il ne dit rien tandis que Crispin le détaillait. Le carrosse cahotait dans les rues au sol inégal. Ce n'était pas une promenade très agréable, mais cela valait tout de même mieux que marcher.

— Bien, je suis là, dit Crispin. Comme vous le souhaitiez.

L'homme se pencha en arrière pour l'observer à loisir. Il sourit. Les mouvements brusques du carrosse ne semblaient pas le déranger.

— Vous êtes un homme étrange, Guest.

Crispin se trémoussait sur son siège, incapable de profiter du maigre coussin.

— Vous l'avez dit.

— Et vous ne prenez même pas la peine de le nier. Vous ne trouvez pas cela étonnant ?

— L'étonnant, c'est cette conversation. Vous ne vous êtes pas encore présenté, messire. Ou convient-il de dire « monseigneur » ?

Un doigt ganté se posa sur son menton. Sa bague n'était en rien une chevalière.

Crispin attendit. Il regarda par la fenêtre et constata qu'ils se dirigeaient bien vers Westminster.

— De toute évidence, vous espérez quelque chose de moi.

— De toute évidence.

À nouveau, le silence. Il serra les mâchoires. S'il était une chose qu'il détestait, c'était bien ce petit jeu. Il se trémoussa encore une fois pour indiquer son impatience, mais l'étranger paraissait avoir tout son temps.

Crispin sursauta quand l'homme reprit la parole même s'il souhaitait cet instant depuis longtemps.

— Je crois que vous êtes l'un des rares hommes à apprécier l'ordre.

Le petit jeu n'était pas terminé.

— J'en doute. La plupart des individus chérissent l'ordre. Il en va de même pour Dieu en son Paradis. Le roi sur son trône. Ses seigneurs autour de lui. Même le plus insignifiant vilain aime savoir que tout va bien.

L'homme joignit les mains comme en une prière et effleura ses lèvres du bout des doigts. Il ne répliqua pas cependant.

— Je sais que vous trouvez cela étrange de ma part… dit Crispin en tentant de briser le silence.

— Non, pas du tout. Je vous ai averti, je savais que vous pourriez apprécier… l'ordre.

— Et me méfier de son absence ?

— Exactement.

Leur échange évoquait une partie d'échecs où aucune intention ne se révèle dans un premier temps. Le visage de l'inconnu était impassible. Peut-être devrait-il avancer sa première pièce ?

— Et de quel manque d'ordre, je vous prie, devrais-je m'inquiéter ?

— L'absence d'ordre peut être néfaste. Pour une paroisse, pour un royaume. Ceux qui ne respectent pas l'ordre défient Dieu. N'êtes-vous pas d'accord ?

— Le Tout-Puissant façonne notre existence. Ceux qui nous gouvernent ont pour mission divine d'en faire autant. En revanche, ceux qui défient ce même ordre…, dit Crispin aimablement, ne peuvent qu'en souffrir.

— C'est cela même, maître Guest. Vous l'avez fort bien compris. Quel dommage que ce ne fût pas avant de céder à la trahison, répliqua l'homme dont le sourire s'éteignit. Mais peu importe. Vous avez bien servi Londres au cours des années postérieures à votre disgrâce.

Merci, Votre Honneur, songea Crispin avec un certain amusement.

— L'ordre est fondamental, reprit le personnage. Sans lui, nous sommes pareils à un château dont les murs sont sapés. Les fondations cèdent, les murs s'écroulent et l'ennemi se précipite.

Crispin eut un geste d'approbation. Il tenta de deviner l'identité de cet homme à ses habits, mais rien n'indiquait son affiliation ou son nom de famille. Sa personne ne témoignait d'aucune fraternité paroissiale. Sa bourse était toute simple, sa ceinture banale et son poignard sans aucun ornement. Il était assez riche pour posséder un carrosse, mais pourquoi celui-ci n'arborait-il pas ses armoiries ? Pourquoi le cocher n'était-il pas en livrée ? Et pourquoi n'était-il pas accompagné d'autres serviteurs ?

De plus, l'homme n'avait pas d'épée. Il n'éprouvait donc pas le besoin de se défendre. Dans un pays où même le roi en portait une, ce mystérieux personnage n'en avait pas. Que penser d'un tel individu ? Il pouvait de toute évidence s'offrir une épée, à la différence de Crispin qui en déplorait chaque jour l'absence, comme si on l'avait amputé d'un membre. L'homme était jeune, de surcroît, mais d'un âge indéterminé. Plus jeune que Crispin, mais plus vieux que Jack. Parfois, quand il tournait la tête, son visage prenait des airs juvéniles, mais lorsque la timide lumière du soleil éclairait ses yeux, l'intelligence de la maturité s'y révélait.

— Quoi qu'il en soit, dit-il, je souhaite que vous poursuiviez.

— Que je poursuive quoi ?

— Votre enquête.

Il polit sa bague à l'aide de son autre gant et en étudia l'effet.

— À propos de ces meurtres.

Crispin eut l'impression de recevoir un coup en pleine poitrine, mais il n'en manifesta rien.

— De quels meurtres parlez-vous ?

L'homme rejeta la tête en arrière et se mit à rire. Crispin croisa les bras sur sa poitrine et attendit qu'il eût fini.

— On m'avait prévenu que vous répondriez cela et je suis heureux de constater que vous ne me décevez pas. Je veux également parler des parchemins dérobés. J'escompte vous les voir récupérer au plus vite. Je serai alors votre obligé quand vous me les apporterez au lieu de les rendre au vieux Juif.

L'homme en savait beaucoup sur les agissements de Crispin.

— Pardonnez-moi, mais je crois utile que vous me disiez qui vous êtes. Sur-le-champ.

C'était risqué. L'homme était riche, de toute évidence, et son accent n'avait pas la rudesse de celui d'un marchand ou d'un alderman[1] bien qu'il dût être étranger. Venait-il du nord ? S'il s'agissait d'un membre de la noblesse, l'audace de Crispin pourrait lui coûter cher.

Au lieu de manifester sa colère, l'homme regarda par la fenêtre.

— Oh, nous voici arrivés.

Crispin tourna la tête et vit les portes du palais.

— Comment saviez-vous que c'était l'endroit exact où je voulais me rendre et non une autre partie de ce quartier ?

L'homme était impassible. Excédé, Crispin se leva et dut baisser la tête à cause de la faible hauteur du plafond du carrosse.

---

1. Officier municipal, conseiller du maire (déformation de « older man », soit « senior »).

Il attendit. L'homme était aussi muet qu'une tombe. Cette histoire commençait à lui déplaire fortement. On cherchait à le manipuler et il en avait assez.

— Bon, dit Crispin avec froideur. Soyez au moins remercié de m'avoir transporté.

— De rien, mais je suppose qu'une caution de ma part ne vous sera pas inutile.

Il ouvrit la sacoche qu'il portait à la ceinture et prit une petite bourse qu'il lança à Crispin. Celui-ci la saisit et sentit les nombreuses pièces qu'elle contenait, mais avant même que l'homme ait pu battre des paupières, il la lui rendit.

— Je ne vous connais pas. Ni vos raisons de m'engager. Quand vous souhaiterez me révéler votre projet ainsi que votre nom, messire, vous pourrez vous remettre en rapport avec moi. On me trouve rue de la Boucherie.

— Je sais parfaitement où vous vivez, dit l'homme avec un sourire.

Cette phrase le glaça. L'homme contempla sa bourse sans cesser de sourire et ne regarda pas Crispin quand il le congédia d'un geste.

— Portez-vous bien, Crispin Guest, et que Dieu vous assiste.

— Vous de même.

Il descendit du carrosse puis se retourna pour poser à nouveau sa question, mais l'attelage s'élançait déjà dans St. Margaret's Street, en direction de Londres.

Cet individu, qui était-il ? Et comment était-il au courant des meurtres alors que Lancaster en ignorait tout ? Pourquoi voulait-il pour lui les parchemins volés ? Désirait-il, lui aussi, concevoir un golem… à moins que ce ne fût déjà fait ?

Il songea un instant à courir après le carrosse, mais que découvrirait-il avec un homme refusant avec obstination de dire son nom ? Sans parler du cocher aux larges épaules qui ne se laisserait certainement pas faire.

Il tira sur sa cape pour la déplisser et observa les rues alentour. L'inconnu connaissait-il Jacob de Provençal ? Il frissonna au souvenir de l'étrange silhouette entrevue la veille au soir. Le médecin était convaincu qu'il s'agissait du golem fabuleux, mais lui-même ne l'était pas maintenant que le jour était revenu. Certes, il l'avait vu de ses propres yeux, mais ceux-ci pouvaient bien l'avoir trahi. Il faisait froid et il était tard. L'imagination peut jouer des tours en pareilles circonstances. Jacob de Provençal pensait différemment. Pourquoi ? Sa magie juive l'aveuglait. Il était crédule. Puis Crispin repensa au fils, à qui l'on pouvait moins faire confiance qu'à son père.

Crispin jura à voix haute et un adolescent portant un panier d'œufs le dévisagea d'un air mauvais. Quel imbécile, se dit-il. Il aurait dû fouiller leurs appartements ! Bah, il en aurait bien le temps quand Lancaster lui aurait fait porter une livrée. Si, lui aussi, était digne de confiance.

Il soupira. Des intrigues. Elles s'abattaient sur lui où qu'il se rende. La seule chose certaine, c'étaient les faits. Ils vous regardent droit dans les yeux et n'essayent pas de vous tromper, mais même eux peuvent être déformés. Il faut un œil avisé pour distinguer un fait d'un mensonge.

Dans le cas présent, les faits étaient on ne peut plus clairs : quatre jeunes garçons étaient morts. Il ne pouvait se prononcer que sur le quatrième parce qu'il avait vu de près le corps : c'était un mendiant ou un petit serviteur. Il ignorait tout des trois autres car les rapports du coroner ne s'intéressaient pas à ce genre de détail. On n'avait signalé la disparition d'aucun enfant, ce qui signifiait qu'ils vivaient seuls, sans foyer, mais peut-être venaient-ils de loin et ne seraient-ils pas recherchés avant longtemps. Dans ce cas, leur identité demeurerait à jamais inconnue.

Pour sa part, Jacob de Provençal clamait que les parchemins magiques dérobés pouvaient déclencher une folie meurtrière. Quelle absurdité !

Grâce aux rouleaux du coroner, il était au courant des incisions pratiquées sur l'abdomen des garçons et de l'ablation de leurs entrailles comme si elles représentaient une sorte de trophée. Cela faisait penser à un médecin. Ou à l'irascible Julien, un apprenti médecin. Un jeune homme en colère ayant un but précis.

La mort avait pour fin de masquer la sodomie. Un apprenti médecin pourrait profiter du décès pour procéder à des vivisections. Et s'adonner à d'autres viles pratiques. Crispin fit la grimace à cette idée.

Quant au noble personnage du carrosse, que savait-il des meurtres ? Trop de choses.

Il se sentit mal à l'aise. Avait-il été distrait par un criminel vicieux ?

Des faits nombreux, mais aucun n'avait de sens. Il faudrait pourtant qu'ils en aient un, se jura Crispin.

Commençons par le commencement. Jacob et sa magie juive le dérangeaient. Elle pouvait être à l'origine de tous ces maux, mais c'était peut-être aussi une diversion un peu stupide. Une seule personne pourrait lui apporter des informations sur ces esprits dérangés, et c'était Nicolas de Litlyngton, le supérieur de l'abbaye de Westminster.

Crispin tourna les talons et prit la direction de l'église.

VIII

L'ABBAYE DE WESTMINSTER SE DRESSAIT à l'extrémité d'une vaste cour recouverte de neige. Avec ses flèches et ses arches, on eût dit un hérisson. La neige voletait pour s'infiltrer dans les détails de la maçonnerie, les saillies et les trèfles dont elle soulignait la texture et les courbes.

Crispin se demandait s'il entrerait dans l'église par le portail nord ou retraverserait le cloître glacial. Il opta pour la première solution, l'église lui paraissant plus chaude, et suivit le chemin enneigé en direction du portique roman. L'intérieur était sombre, mais la grande rosace et les fenêtres à claire-voie projetaient une lumière pâle et colorée comme si elle avait traversé les ailes irisées d'un éphémère.

La nef n'était pas vide et grouillait au contraire d'hommes de tous genres. Certains étaient agenouillés près du jubé alors que d'autres arpentaient le sol de pierre. Les affaires étaient florissantes. Clercs, scribes et avocats cherchaient à se faire engager par des marchands et des nobles. Au passage de Crispin, un clerc leva justement les yeux, plein d'espoir, puis il fit la grimace en découvrant ses habits rapiécés.

Cela sentait l'encens et le moisi. Un courant d'air faisait trembler les flammes des cierges. Le regard de Crispin s'adapta à la pénombre et il chercha autour de lui quelqu'un portant soutane.

Les colonnes de la nef étaient entourées d'échafaudages. Les grandes cathédrales d'Angleterre étaient alors toutes en réfection ou embellies. Crispin trouvait que c'était de l'argent judicieusement dépensé bien qu'il y eût toujours autant de mendiants devant les portails. Il n'y avait jamais songé à l'époque où il distribuait généreusement ses deniers pour la construction d'une chapelle à Sheen. Une chapelle où Gilles de Risley venait prier aujourd'hui.

Les piliers, plus hauts que les plus hauts arbres, étaient de pures merveilles. L'art des bâtisseurs était une chose admirable. Il se prit à regretter de ne pas avoir été de leurs apprentis parce qu'il n'aurait jamais manqué de travail.

Il vit, non loin des stalles du chœur, un moine occupé à allumer des cierges et il s'approcha de lui.

— Mon bon frère…

Le moine s'interrompit. Il était très jeune, à peine plus qu'un enfant. Sa capuche retombait sur ses sourcils. Ses yeux bruns brillèrent d'étonnement qu'on s'adresse ainsi à lui, mais il ne dit rien.

— J'ai besoin de voir l'abbé Nicolas, pourriez-vous me conduire jusqu'à lui ?

Le moine écarquilla les yeux. Crispin ne fut pas surpris et il reprit la parole avant que le religieux ne bredouille une excuse.

— Monseigneur l'abbé et moi sommes de vieux amis. Il me recevra. J'attendrai ici si c'est ce que vous préférez. Dites-lui que Crispin Guest le demande.

Le moine ne pouvait rien répliquer. Il souffla sur la longue mèche qu'il tenait à la main, s'en alla vers la partie sud du transept et se retourna à deux reprises pour le dévisager. Crispin le suivit un instant, certain qu'il reviendrait par le même chemin. Au-dessus de la porte voûtée, trois grands trèfles s'inscrivaient au sein de cercles de pierre surmontés de fenêtres en ogive. La porte serait fermée par une barre. Il attendrait.

Très vite, un visage familier apparut. C'était le frère Éric qui lui souriait sous sa capuche. Il portait des socques et une robe de bure.

— Maître Crispin, dit-il. *Benedicaris a Deo.*

— Grâce soit rendue au Seigneur, répondit Crispin en lui prenant la main.

Il eut du mal à réprimer une grimace quand son bras se plia.

— Puis-je parler quelques instants à votre supérieur ?

Le frère Éric hocha la tête et lui fit signe de le suivre. Ils pénétrèrent dans le cloître et parcoururent côte à côte le péristyle. Le jardin du cloître n'était en cette saison que branches mortes et pieds de vigne rabougris.

Crispin n'était que trop familier du chemin qu'ils empruntaient. Ils foulèrent bientôt les marches glacées menant aux appartements de l'abbé.

Le frère Éric devança Crispin pour frapper discrètement à une lourde porte de chêne. Elle ne tarda pas à s'ouvrir et Crispin entra. La porte se referma derrière lui.

— Crispin !

Le visage du vieil abbé s'illumina et il voulut quitter sa table de travail, mais Crispin lui fit signe de n'en rien faire avant de s'approcher et de tendre la main au religieux.

— Monseigneur l'abbé.

— Quel plaisir de vous revoir, mon ami Crispin. Boirons-nous du vin ?

Crispin se dirigea vers le placard où l'abbé rangeait un flacon de bon vin de France, versa le liquide doré dans deux gobelets et en tendit un à l'abbé. Tous deux s'assirent. Le Limier porta le gobelet en métal à ses lèvres, ferma les yeux et huma le parfum fruité avant que sa bouche ne se délecte. Quand il rouvrit les yeux, l'abbé lui souriait.

— Un nectar, n'est-ce pas ? Un fût m'a été adressé, il y a peu. J'adore la douceur de cette variété.

Ils dégustèrent encore quelques instants le précieux liquide puis l'abbé Nicolas s'assit en soupirant.

— Je ne vous ai pas vu depuis quelque temps, Crispin. Notre partie d'échecs nous attend.

Les hautes fenêtres projetaient un arc-en-ciel qui illuminait les pièces abandonnées par les deux hommes un mois plus tôt. Crispin s'assit devant le clan des noirs et Nicolas, de l'autre côté. L'abbé but une gorgée de vin, reposa le gobelet sur la table et se frotta les mains.

— Je crois que c'est à vous.

— Cette partie sera terminée en neuf coups, dit Crispin avec un sourire.

— Vraiment ? Souvenez-vous, maître Guest, que l'orgueil est l'un des sept péchés capitaux.

— Il ne s'agit pas d'orgueil, monseigneur l'abbé, mais de vérité. « Platon m'est cher, mais la vérité me l'est encore davantage. »

— Ah, votre Aristote vous est encore plus précieux, me semble-t-il. Il n'est pas sage de ne vous fier qu'à une voix, païenne de surcroît, Crispin. « Je crains l'homme d'un seul livre », disait saint Thomas d'Aquin.

Crispin lui adressa un regard oblique avant d'étudier les pièces et d'avancer son cavalier.

— Vous jouez toujours le cavalier, dit Nicolas.

— C'est un personnage entreprenant.

— Sans nul doute possible.

Nicolas le regarda puis se consacra à nouveau à l'échiquier. Sa main effleura différentes pièces avant de se saisir du fou.

— Mais je crains que vous ne soyez pas venu ici pour le seul plaisir de disputer une partie avec moi, même si cela me réjouirait.

Crispin ne put s'empêcher de faire la moue.

— C'est exact, Nicolas. J'aurais aimé en avoir le loisir.

Pour la seconde fois, il avança son cavalier sans relever la tête. Il savait que son adversaire ne le quittait pas des yeux.

— De quoi s'agit-il alors ?

Ses deux mains se posèrent sur le bord de l'échiquier avant qu'il ne frôle chaque pièce, un peu au hasard.

— Je me demande où vous voulez en venir.

L'objet de cette conversation banale semblait plus être la partie que la présence de Crispin. Celui-ci se détendit quand l'abbé se décida enfin à avancer une pièce.

— L'affaire est grave, Nicolas. Avez-vous entendu parler du jeune garçon retrouvé mort dans la Tamise, il y a quelques jours ?

— Une telle nouvelle m'a affligé, dit l'abbé en se signant, mais cela fait du bien à mon cœur de savoir que vous enquêtez. Car vous enquêtez, n'est-ce pas ?

— Effectivement, mais il y a d'autres… considérations. Je suis venu chercher des informations propres à un sujet dont j'ignore tout.

— Que Dieu m'accorde le don de vous venir en aide, répondit-il avant d'avancer une pièce.

— Voilà. Que pouvez-vous me dire des Juifs et de leurs pratiques religieuses ?

Nicolas sursauta comme s'il venait de se brûler.

— Les Juifs ? Vous avez du nouveau ? Croyez-vous les Juifs responsables ? Il n'en reste plus sur nos rivages.

— Peut-être est-ce exact, mais j'ai des raisons de croire que le meurtre pourrait impliquer l'un d'eux.

Nicolas prit une profonde inspiration et ses joues d'ordinaire si pâles rosirent quelque peu.

— Les Juifs ne sont pas tous partis en exil sous le roi Édouard. Ils furent nombreux à se rallier au Christ par l'eau du baptême et, par ce geste, autorisés à rester. Ils vivent au Domus Conversorum, la maison des Convertis. Les plus récents, tout au moins.

— Et d'où viennent-ils ?

— Ce sont des voyageurs, des marchands. Ceux qui veulent demeurer ici doivent se convertir, dit Nicolas, le front plissé. Il y a eu des rumeurs, ajouta-t-il comme pour lui. Mais quelle importance ? C'était il y a longtemps. Même ainsi, il en est au sein de l'Église qui… Non, il y a des choses dont je n'ai pas la liberté de discuter avec vous, quels que soient les artifices dont vous usiez.

— Des artifices, Nicolas ? En ai-je jamais fait usage ?

— À bien des reprises, rusé renard que vous êtes.

Crispin réfléchit à ce que Nicolas ne lui avait pas confié et chercha à en trouver la signification. Son visage ne le trahit pas cependant.

— Vous souhaitez connaître leurs coutumes, commença l'abbé, mais il vous faut d'abord comprendre pourquoi ils furent chassés. Je puis vous assurer que ce fut parfaitement justifié. L'histoire de saint Guillaume de Norwich et celle de Petit saint Hugues de Lincoln[1] vous sont-elles familières ?

— Le nom de ces saints ne m'est pas inconnu, répondit Crispin en avançant l'une de ses pièces, mais, je le confesse, j'ignore les détails de leur existence.

— Je vous éclairerai donc. Guillaume de Norwich était un garçon très pieux qui chantait jour et nuit les louanges de Notre Dame. Apprenti d'un tanneur, il était obligé de fréquenter le quartier de la Juiverie de Norwich. Ses prières les irritèrent et, comme un seul homme, ils se jetèrent sur lui et le massacrèrent avant de jeter son corps sur un tas d'ordures. Mais même mort, il continua de chanter le *Alma Redemptoris Mater*. Ce fut son premier miracle. Les Juifs furent accusés de torture et de meurtre et nombre d'entre eux furent exécutés le jour même.

Il joua avec sa tour puis la reposa sur sa case.

Crispin fronça les sourcils. Il comprenait que les habitants de la ville puissent être irrités par un tel acte, mais il ne convenait pas de faire soi-même justice. Il revenait aux autorités de régler le problème. La Couronne fut, sans nul doute, ébranlée par cette affaire.

— Et qu'en est-il de ce Petit saint Hugues ?

— Un autre enfant, un autre innocent. Massacré par un Juif, un certain Copin ou Jopin qui avoua que la coutume voulait

1. Ne pas confondre avec Hugues de Lincoln, ou Hugues d'Avalon, évêque français qui vécut au XIIe siècle.

que l'on crucifie un enfant chrétien chaque année à l'occasion de la Pâque.

— Je croyais que Petit saint Hugues avait été jeté dans un puits.

— Peut-être fut-il crucifié et ensuite jeté dans un puits.

— Dans ce cas, pourquoi n'y a-t-il pas d'autres témoignages de petits chrétiens crucifiés ? demanda Crispin tandis que l'abbé avançait sa tour.

— Qu'est-ce qui vous fait croire cela ?

— Je n'ai jamais entendu rien de tel.

— Je suis certain que de telles histoires existent, dit Nicolas en secouant la tête. C'était une époque difficile, Crispin, et je ne regrette pas qu'elle soit venue à son terme. Il vaut mieux que les Juifs restent en exil, loin de l'Angleterre, pour que la souillure de l'usure et de l'impiété n'y prolifère plus.

Crispin se renfrogna.

Comme si le vol et l'assassinat n'existaient plus à Londres, songea-t-il, mais l'abbé Nicolas poursuivait sans prendre garde à la déconfiture de son hôte.

— Les édits leur ont amplement donné le temps de se préparer, de vendre leurs terres et de réunir leurs biens.

Crispin n'eut aucun mal à les imaginer cédant tout au prix le plus bas à des Anglais profitant de leur condamnation. Les affaires avaient dû être florissantes en cette année 1290 !

Cela ne voulait pas dire qu'il compatissait. Lui aussi jugeait ces histoires infâmes. L'image du Juif cupide et assoiffé de sang qu'il avait en tête s'en trouvait renforcée, elle ne correspondait cependant pas au portrait du paisible médecin qui l'avait engagé.

— En Avignon, les Juifs sont prospères, s'entendit-il dire.

— Je le sais, mais les mœurs sont différentes en France.

— Voudriez-vous les envoyer en un autre lieu pour qu'ils y soient massacrés ?

— Je n'aime pas parler de la mort. Notre vénérable saint Bernard de Clairvaux a dit : « Ne touchez pas aux Juifs et ne leur parlez qu'avec bienveillance car ils sont la chair et les os du

Messie et si vous les molestez vous risquez de blesser le Seigneur dans la prunelle de son œil. »

— Hum, fit Crispin. Et vous y croyez ? Que faire si l'on ne peut les tuer tout en étant dans l'impossibilité de les côtoyer ?

— Laisser la Couronne régler cette affaire, ainsi qu'elle l'a déjà fait.

— S'en décharger sur autrui ?

— Précisément.

Crispin ne répliqua pas, avança son cavalier, saisit son gobelet et but un peu de vin.

— Échec et mat, dit-il enfin.

— Quoi ?

Nicolas examina les pièces de l'échiquier puis son front se plissa.

— Seigneur !

Du bout du doigt, il tapota son roi qui tomba sur l'échiquier et manqua entraîner le fou dans sa chute.

— Bien joué, Crispin, dit-il en prenant à son tour son gobelet.

— C'est un fait, monseigneur l'abbé, pas de l'orgueil.

Nicolas secoua la tête et entreprit de remettre en place les différentes pièces.

— Ah, les étrangetés des coutumes juives… Nous ne pouvons nous y résigner. Ne voient-ils pas qu'ils se condamnent eux-mêmes par leurs actes démoniaques ? Qu'ils aient crucifié Notre Seigneur suffit à les enchaîner à un boulet, mais s'obstiner à commettre ce péché atroce qu'est la mise à mort de jeunes enfants…

S'il n'y avait que ça, songea Crispin, mais il se lassait de ce sujet.

— Monseigneur l'abbé, avez-vous jamais entendu parler d'un golem ?

— Un gobelin, voulez-vous dire ?

— Non, un golem. C'est un élément de leur magie juive.

— Non, mais je vous conseille de rester à l'écart de cela, maître Guest. Il est déraisonnable de vous impliquer dans leurs pratiques monstrueuses. Nous comprenons bien mal l'esprit des Juifs et encore moins leur magie.

Crispin acquiesça. Leurs rites ne l'intéressaient pas, si de telles choses étaient possibles. Puis il se réprimanda : il n'y avait jamais cru auparavant, pourquoi commencerait-il aujourd'hui ?

— Vous m'avez donné objet à réflexion. Ces rituels de crucifixion. Je me demande si une autre forme de torture n'a jamais été mentionnée.

— Je détiens un texte de Thomas de Monmouth où tout ceci est décrit, et bien d'autres choses encore. Aimeriez-vous me l'emprunter ?

— Volontiers.

Crispin se leva et l'abbé en fit de même avant de chercher sur ses étagères le manuscrit relié pleine peau dont il avait parlé. Quand il l'eut trouvé, il le tendit avec précaution à Crispin qui le prit à deux mains et en éprouva le poids. Ses propres livres lui manquaient. Il en détenait un certain nombre dans sa bibliothèque personnelle, à Sheen, et le duc de Lancaster lui en avait offert plusieurs. Il savait le prix d'un tel ouvrage et la confiance que l'abbé lui accordait.

— Je vous suis très reconnaissant, abbé Nicolas, dit-il en s'inclinant.

— Il y a là tout ce qui est susceptible de faire arrêter le meurtrier de cet enfant, précisa-t-il en caressant les motifs de la reliure, usés par le temps. Thomas était un contemporain de ces événements, survenus il y a près d'un siècle. Ses écrits sont très clairs.

— Merci, Nicolas, j'en prendrai grand soin.

— Je le sais. Attendez, je vais vous donner de quoi le transporter.

Il décrocha une besace et la lui tendit. Crispin en plaça la lanière en diagonale sur sa poitrine.

— À bientôt, Crispin, et peut-être vous battrai-je aux échecs.

Crispin regarda l'échiquier où toutes les pièces avaient été remises en place en vue d'une prochaine partie. Il sourit et s'inclina à nouveau.

— Rien ne vous empêche d'essayer, monseigneur l'abbé.

Fort de cette nouvelle source d'information, Crispin quitta l'abbaye et s'arrêta sur la place recouverte de neige. Il y avait donc des précédents à la mise à mort d'enfants chrétiens par des Juifs. Il soupesa le livre et réfléchit. Les Juifs ne vivaient plus en Angleterre. Il ne croyait pas trop aux rumeurs de l'abbé Nicolas. Ils auraient bien des difficultés à se cacher, à pratiquer leur culte ou à trouver les aliments auxquels ils avaient droit. Les Londoniens vivaient trop près les uns des autres et chaque paroisse était au courant des agissements de chaque citoyen. Les Juifs vivaient dans certaines régions de France et en Lombardie où il s'était rendu lors de ses voyages en compagnie de Lancaster. Il n'avait jamais entendu parler de crimes de cet ordre, lesquels auraient certainement suscité un grand émoi parmi la population. Son esprit ne pouvait toutefois se détacher de l'image de l'irascible Julien. Un meurtre rituel, oui, ce jeune était assez mauvais pour en perpétrer un, mais si une seule mort par an était nécessaire, pourquoi en comptait-on déjà quatre en deux mois ? Les rapports du coroner n'avaient jamais fait état de crucifixion, même si d'autres actes innommables avaient été commis.

Il remit en place la lanière de sa besace et scruta la rue. Le palais de Westminster était tout proche, mais il ne pouvait y pénétrer sans la livrée du duc. Il lui faudrait attendre qu'on la lui apporte pour aller parler aux serviteurs des parchemins dérobés.

Et attendre était une chose qu'il avait en horreur.

— Par le Saint Crucifix ! s'écria quelqu'un derrière lui.

Crispin se retourna. À califourchon sur son cheval, un homme portant une splendide houppelande de velours s'adressait à un autre cavalier.

— Que fait donc Crispin Guest si près du palais ? dit-il en le regardant droit dans les yeux.

Le Limier eut la présence d'esprit de s'incliner devant ces deux personnages qu'il ne reconnaissait pas.

— J'étais seulement…, commença-t-il avec un geste en direction de l'abbaye, mais il n'acheva pas sa phrase.

L'homme mit pied à terre et son compagnon l'imita, l'air amusé. Son sourire moqueur céda la place à un vague rictus.

— Vous n'avez pas la permission d'approcher du palais, traître que vous êtes. Quelle qu'en soit la raison.

Crispin était sur ses gardes. Ses sens en éveil guettaient le moindre bruit, le moindre mouvement. Comme il détestait ce genre de rencontre ! Il ignorait le nom de ce seigneur, mais quelle différence cela faisait-il ? Chaque fripon doté d'un blason savait que Crispin était aussi vulnérable qu'un cerf et leur petit jeu consistait à le harceler de temps à autre.

L'homme s'approcha de lui, flanqué de son compagnon et de son cheval. Il avait l'air sombre avec sa barbe noire bien taillée et son chapeau à large bord dont le liripipe[1] présentait une longueur peu commune.

L'autre personnage était jeune et rasé de frais comme Crispin. Il s'agissait certainement d'un serviteur ou d'un intendant, en aucun cas l'égal du premier homme. Sous son bonnet, ses cheveux avaient la blondeur du blé sous la pluie. Petit, d'apparence fragile, il avait des membres grêles et de longues mains. Un léger accent teintait sa voix lorsqu'il s'adressait à l'homme sombre. Flamand, peut-être ?

Le seigneur était planté devant Crispin qu'il regardait des pieds à la tête.

— Quel forfait allez-vous commettre aujourd'hui, Guest ? Hein ? Dans quelle sale affaire allez-vous plonger ?

---

1. Bande d'étoffe pouvant entourer le cou ou être jetée sur les épaules.

— Une sale affaire, monseigneur ? Je jure devant Dieu que je n'en ai pas le projet.

— Eh bien vous y voici tout de même impliqué, dit-il en soufflant son haleine fétide au nez de Crispin. Les traîtres ne devraient pas avoir le droit de marcher dans la rue.

Il poussa Crispin avec violence et celui-ci tomba sur le dos dans la neige boueuse.

L'homme se dressait au-dessus de lui et riait doucement, de manière insidieuse. Son compagnon blond ne semblait plus s'amuser et avait même l'air soucieux.

Le seigneur tira son épée et Crispin sentit son cœur faire un bond dans sa poitrine. Son regard se porta sur l'un et l'autre personnage. Allait-il être tué en pleine rue, comme un chien ? Ses doigts grattaient la neige et ne saisissaient rien.

Crispin vit la pointe de l'épée approcher de son visage et s'attarder sur son nez. Il s'enfonça dans la neige pour se tenir le plus loin possible de l'acier. La lame glissa le long de son cou, s'arrêta sur sa gorge puis se glissa sous sa cape qu'elle écarta d'un coup.

— Quelle tenue déplorable, Guest. Immonde, même. N'avez-vous pas honte de vous exhiber ainsi en pleine rue ?

Crispin retenait son souffle.

— Vous avez fait un mauvais choix, Crispin. Vous n'avez pas comploté de manière réfléchie. Vous n'avez rien préparé. Dieu ne vous a pas souri, oh non. Il se détourne des faibles. Les forts ont accès au pouvoir…

— Monseigneur ! lui souffla l'homme blond.

— Maître Cornelius, ne vous inquiétez de rien. Je puis dire ce que je veux à ce pouilleux.

La lame descendit doucement le long du corps de Crispin jusqu'à ce qu'elle touche la lanière de la besace et la tranche.

— Qu'avons-nous ici ?

L'homme se pencha et souleva le rabat de la besace dans laquelle il plongea la main pour trouver l'ouvrage que l'abbé venait de confier à Crispin.

— Voyons…, dit-il avant de soulever la couverture et de lire quelques lignes. Thomas de Monmouth ? Où vous êtes-vous procuré ce livre ? L'avez-vous volé ?

— Non, monseigneur, fit Crispin entre ses dents. L'abbé de Westminster me l'a prêté et…

— Vous mentez. Que pourrait bien faire avec vous ce saint homme ?

— C'est mon ami, répondit Crispin avec plus de hargne qu'il ne l'aurait souhaité.

— Votre ami ? Il prêterait des livres de valeur ? À vous ?

L'homme se tourna vers son compagnon. Des badauds commençaient de s'attrouper.

— Encore un mensonge, Guest. Tant de mensonges… Tant de secrets… Il est vraiment étonnant que personne n'ait songé à vous épargner tant de misère.

Son visage se tordit en une déplaisante grimace. Le blond le regarda fixement, mais l'autre ne tint pas compte de son avertissement.

Pour la première fois depuis longtemps, Crispin craignait vraiment pour sa vie. Il lui était impossible de se défendre. Ce personnage le dépassait en stature, de toute évidence, et il était au-dessus des lois, alors que lui-même n'était qu'un pitoyable ver de terre.

Et Crispin ne connaissait pas son nom !

Il lança des coups d'œil désespérés aux curieux dissimulés sous leur capuche. Des journaliers stupides à la bouche veule, des boutiquiers effrayés, des hommes à cheval. Personne ne tenterait la moindre chose pour le sauver.

L'homme sourit et la lame de son épée se posa sur le cou de Crispin comme pour s'enfoncer dans sa chair.

— Dites-moi, Guest, oserai-je ? Vous arracherai-je à ce monde impitoyable pour vous envoyer dans un autre bien plus clément ? À moins que vous ne pensiez que l'Enfer vous attend. Alors quel est le pire châtiment ?

La lame appuya un peu plus et Crispin se raidit.

— Suppliez-moi de vous épargner et je me montrerai généreux.

Il n'aurait pas dû dire cela. Crispin serra les dents. S'il fallait mourir, ce serait mieux ainsi. Il avait envie de cracher sur cet homme, mais la lame l'empêchait de tourner la tête.

— Radulfus !

Le seigneur se retourna. Gilles de Risley mit pied à terre, prit l'homme par le bras et l'écarta de Crispin.

— Par tous les saints, mais que faites-vous ?

— Je m'amuse un peu, mon cousin. J'ai vu ce traître rôder près du palais et j'ai songé à l'arrêter.

— Imbécile ! s'écria Gilles, horrifié.

Il se tourna vers Crispin, mais avant qu'il puisse lui venir en aide, deux cavaliers apparurent derrière le petit groupe de badauds.

— Que se passe-t-il ici ?

Cette voix, Crispin n'aurait jamais espéré l'entendre. La foule s'écarta devant Nicolas Exton et John Froshe. L'un était monté sur un cheval gris, l'autre sur un blanc. Ils tentèrent aussitôt de s'imposer, mais sans grand succès.

— Lord shérif, dit Radulfus d'une voix mielleuse sans même prendre la peine de se retourner.

Il repoussa Gilles et posa à nouveau sa lame sur la gorge de Crispin.

— J'ai surpris un rôdeur, ils pullulent par ici.

— Je le vois bien, dit Exton en passant la langue sur ses lèvres de poisson. Que faisait donc cet homme pour bénéficier d'une justice aussi expéditive ?

Il présenta le livre avant de le laisser tomber dans la boue.

— Je l'ai surpris en flagrant délit de vol.

Crispin chercha à se dégager, mais la pointe de l'épée l'en empêcha. Il ne voulait pas perdre une bribe de cette conversation.

Le shérif fit faire quelques pas à sa monture. Il regarda d'abord Radulfus puis Gilles qui secouait vigoureusement la tête. Il se tourna alors vers Crispin, une lueur d'hystérie dans les yeux.

— Qu'avez-vous à dire pour votre défense, maître Guest ?

— Je ne l'ai pas volé, répondit-il d'une voix rauque. Il m'a été prêté par l'abbé de Litlyngton. Vous pouvez le lui demander.

— Peut-être le ferai-je, mais pour cela…, dit-il en s'adressant à Gilles de Risley, il me faut l'accusé. Auriez-vous l'obligeance de le faire savoir à votre ami, monseigneur ?

Gilles prit pour la seconde fois l'homme par le bras. Le cœur de Crispin n'avait pas cessé de battre la chamade et l'intervention d'Exton lui paraissait bien modeste. L'homme allait-il tout de même le transpercer ? Défier Gilles et le shérif rien que par plaisir ?

Exton n'insista pas et attendit, le regard vide. Son cheval piaffait d'impatience.

En soupirant, Radulfus retira son épée et la remit ostensiblement au fourreau. Crispin toussota et ne parvint qu'à se faire mal à la gorge. Il sentait le sang chaud couler sur son cou.

Risley l'aida à se relever, mais Crispin le repoussa. Que cet homme puisse assister à ce moment de faiblesse le révoltait.

— Ramassez le livre, dit le shérif, le doigt tendu vers la neige boueuse.

Crispin jura. Le précieux ouvrage que l'abbé Nicolas lui avait confié était à présent trempé et maculé. Il se pencha et le secoua pour chasser l'eau en partie.

— J'ai désormais les choses en main, lança Exton, plus sûr de lui.

Gilles ne semblait pas pressé de quitter la scène.

— Crispin, je…

— Messeigneurs, dit ce dernier en s'inclinant comme pour les congédier.

Radulfus se mit à rire et Gilles le foudroya du regard ainsi que le blond Cornelius en proie à une certaine nervosité.

Les trois hommes montèrent enfin à cheval, tirèrent sur les rênes et lancèrent un dernier regard au shérif.

— Je suis persuadé que vous savez quoi faire de ceux qui violent la loi, lord shérif, dit Radulfus.

— Certainement, monseigneur.

Il salua les hommes avant que Radulfus et Cornelius ne partent au trot vers les portes du palais. Gilles semblait gêné. Quand ils eurent disparu, Exton se tourna vers Crispin.

— Maître Guest, votre comportement est inadmissible.

— Qu'avez-vous donc fait pour susciter sa colère ? ajouta Froshe.

Crispin se frotta le cou et vit le sang dans la paume de sa main.

— Absolument rien, messeigneurs, sinon croiser son chemin, à ce salezart[1]. Je ne l'avais jamais vu avant ce jour.

— Dispersez-vous ! cria Exton aux curieux. Sur-le-champ, à moins que vous ne vouliez être arrêtés pour trouble à l'ordre public !

Les badauds ne demandèrent pas leur reste et disparurent dans les venelles ou les échoppes.

— Peut-être souhaitez-vous parler en toute sérénité, commença Exton.

— Et avec plus de déférence ! ajouta Froshe.

— Oui, bien plus sereinement pour ne pas insulter les courriers rencontrés dans les rues, que vous connaissiez leur nom ou pas !

— C'est un immonde bâtard et bien plus encore ! dit Crispin en pressant fortement son cou d'où le sang ne cessait de couler. Et ce que j'ai dit n'est autre que la vérité. Ma seule existence l'a poussé à la violence, apparemment.

— Je commence à le comprendre ! Nous faudra-t-il nous rendre à l'abbaye de Westminster pour prouver vos dires à propos de ce livre ?

— Bien sûr que non !

La peau de son cou était endormie par le froid de la neige, pareille à celle d'un cadavre. Il choisit de ne plus se préoccuper

1. Insulte du Moyen Âge : salaud.

des gouttes écarlates qui tombaient sur le sol et frotta sa cape sans grand effet.

— L'abbé me l'a prêté, je le jurerais sur mon épée si j'en avais une.

Exton se renfrogna. Il commençait à ressembler à Wynchecombe, le shérif à qui il avait succédé. Il regarda alentour. Personne ne pouvait les entendre.

— Je suppose, s'enquit-il en se penchant sur le pommeau de sa selle, que vous êtes ici pour enquêter sur les… vous savez bien.

Crispin tendit le cou. L'engourdissement était toujours là, mais aucune neige n'aurait pu tempérer l'humiliation qui lui rosissait encore les joues.

— Oui.

— Avez-vous du nouveau ?

Crispin regarda lui aussi autour de lui et aperçut un visage familier et rassurant.

— Non, mais si vous me faites confiance, je poursuivrai mon enquête.

Les deux shérifs se redressèrent, l'air encore moins aimable que d'habitude.

— Est-ce là la façon de nous remercier d'avoir épargné votre misérable vie ? dit le poissonnier. J'aurais dû le laisser vous clouer au sol.

Crispin prit sur lui pour afficher un visage souriant et s'incliner avec respect comme on le fait à la cour.

— Je vous en suis profondément reconnaissant, lord shérif.

— Hum. J'imagine que vous l'êtes. Mon conseil ? Tenez-vous à l'écart de Risley et des gens de son espèce. Faites-nous votre rapport dès demain. Si nous devons dépenser de l'argent pour vous, maître Guest, je veux des résultats !

Il fit faire demi-tour à son cheval et s'éloigna, bientôt suivi de Froshe. Le bruit des sabots résonnait dans la poitrine de Crispin.

Du coin de l'œil, il vit s'approcher un enfant rouquin revêtu d'une cotte aux armes du duc de Lancaster.

— Maître, murmura-t-il timidement, maître Crispin…

Jack était blême. Il avait de toute évidence assisté à la disgrâce de Crispin. Il serrait contre lui un paquet et se mordillait les lèvres.

Le Limier se sentit mal à l'aise d'être ainsi scruté. Il s'efforça de chasser le souvenir des derniers instants, mais celui-ci collait à sa peau comme la boue incrustée à sa cape. Il se détourna sous prétexte de surveiller la place.

— Jack, se contenta-t-il de prononcer.

— Voici la livrée, dit l'enfant en lui présentant le paquet.

Il y avait de l'autre côté de la rue un passage étroit. Crispin s'y dirigea et invita Jack à le suivre. Cette courte marche lui fit du bien et dissipa quelque peu la honte qui pesait sur ses épaules. Une fois dans la pénombre de la ruelle, Jack lui tendit le paquet qu'il ouvrit pour découvrir une seconde cotte frappée du blason des Gand. Il s'empressa de la passer après avoir ôté sa cape, cacha dessous la besace et remit sa cape.

— De quoi ai-je l'air ?

Jack haussa les épaules. Il ne savait trop que dire après la scène à laquelle il avait assisté.

— Tu n'es pas intervenu, dit Crispin en lui posant une main sur l'épaule. C'est très bien comme ça.

— Je ne vous ai pas protégé ! J'avais… peur.

La véhémence et la teneur de ses paroles surprirent Crispin. Il lui fallut un instant pour se ressaisir.

— Jack, tu fais de ton mieux, déclara-t-il d'une voix forte, sans lâcher l'épaule de l'enfant. Cependant dans de telles circonstances, il est plus sage que tu te tiennes loin de moi.

— Mais…

— Non, Jack, ne discute pas. C'est un ordre que je te donne. C'est aussi mon désir le plus profond.

Jack battit des paupières, les yeux humides. Bouche bée, il s'inclina. Crispin l'imita puis s'engagea dans la rue ouverte devant eux.

IX

LE VISAGE DISSIMULÉ PAR LA CAPUCHE, et les armoiries de Lancaster représentées sur la manche, Crispin et Jack franchirent sans encombre le grand portique près duquel étaient réunis gardes et pages. L'enfant ne parlait pas. Sa peur était tangible alors que Crispin s'efforçait de dissimuler son inquiétude. Il craignait à chaque pas de retrouver Gilles et son infâme cousin. Que ferait-il de sa nouvelle livrée ? L'accuserait-on de l'avoir volée ? Aucun shérif ne pourrait alors mettre un terme à la vengeance de Radulfus.

La Grande Salle accueillait d'innombrables petits groupes : citoyens espérant être reçus en audience par de nobles personnages, pages prévenants auprès de leur maître ou encore serviteurs tentant de ne pas se faire remarquer.

C'était pourtant ceux-ci que Crispin souhaitait questionner. Il se dirigea vers une porte qu'il savait donner sur un étroit couloir qu'empruntaient souvent les artisans. Jack se tenait derrière lui, serré comme un poussin contre sa mère.

Ils croisèrent de nombreux pages en livrée et Crispin décida de commencer par eux.

— Toi, là ! lança-t-il à un jeune garçon blond portant les armoiries d'un représentant de la petite noblesse.

— Oui, répondit l'enfant surpris.

— Saurais-tu me désigner les serviteurs chargés des appartements du Juif ?

L'enfant dévisagea successivement Crispin et Jack avec étonnement.

— Et pourquoi voudriez-vous le savoir ?

— Mon seigneur désire ce renseignement, fit-il en se redressant pour mieux exhiber les armes de Gand. Imagines-tu d'autres raisons ?

Impressionné, le jeune page haussa les épaules et regarda autour de lui. De la main, il montra un homme d'âge mûr aux cheveux poivre et sel et aux yeux sombres.

— C'est Bill Wodecock, il doit être au courant.

Ceci dit, l'enfant s'éclipsa dans l'ombre. Cela importait peu à Crispin qui préféra observer l'homme désigné. Il portait la livrée royale et avait donc un certain ascendant sur les autres serviteurs.

— Maître Wodecock ! J'aimerais vous parler.

L'homme se retourna et, de toute évidence, chercha immédiatement à mettre un nom sur le visage de l'individu l'interpellant ainsi. S'il était au service du roi depuis plusieurs années, il y avait de fortes chances qu'il reconnaisse Crispin. Il lui fallait donc se hâter.

— J'aimerais vous entretenir d'un sujet d'importance. Y a-t-il un endroit où parler librement ?

— Je ne puis m'attarder, dit l'homme en continuant de marcher d'un pas rapide. Si vous voulez m'interroger, suivez-moi.

— Fort bien, répondit Crispin en lui emboîtant le pas, escorté de Jack. Je cherche les serviteurs du médecin juif.

— Pourquoi ?

— Je dois leur poser des questions.

— Je vous le répète, pourquoi ? dit Wodecock en regardant la cotte et les armoiries du duc de Lancaster.

— Ce n'est pas pour moi ! C'est mon maître qui désire savoir certaines choses.

Ils arrivèrent dans un couloir dont l'extrémité était occupée par un garde. Wodecock s'arrêta soudain et lança un regard glacial à Crispin.

— Je sais que vous mentez. Vous êtes Crispin Guest. Donnez-moi une bonne raison pour ne pas alerter tout le monde.

Crispin soupira. Jack était à présent plaqué contre lui.

— Je vous soupçonnais de me connaître. Et je pense que vous savez pourquoi je suis ici.

— Je n'ai pas la prétention de savoir quoi que ce soit et l'on ne demande pas à un serviteur de faire des suppositions. Je sais tout de même à quoi vous vous employez, maître Crispin. J'ai des oreilles, n'est-ce pas ? Mais certains ici ne vous parleront pas, quelle que soit la chose sur quoi vous enquêtez. C'est trop dangereux.

— Il me faut donc parler à ceux qui ne craignent rien.

— Je vois que le roi n'a pas tué l'orgueil qui est en vous, dit-il avec un sourire en coin. Dieu vous protège.

Il voulut s'en aller, mais Crispin le rattrapa par le bras.

— Il ne s'agit pas d'un simple caprice, messire. J'ai besoin de votre aide pour empêcher que la situation n'empire.

— Je ne suis pas votre serviteur, maître, répondit l'autre en cherchant à se dégager, et peu m'importe celui que vous étiez jadis. Je me moque bien de ce que vous croyez faire. Soyez reconnaissant que je n'aie pas appelé la garde.

— Je vous en supplie. Je suis ici pour sauver des vies. Ce que vous pouvez penser de moi et de mon caractère n'a rien à voir avec ma mission présente.

— Ah, soupira Wodecock, vous êtes toujours aussi imprudent, maître Guest. Bon, je ne fais pas cela pour vous, uniquement pour le neveu de ma femme que vous avez sauvé du gibet il y a deux ans. Même s'il le mérite amplement depuis. Approchez-vous le plus possible du couloir du Juif, je vous enverrai quelqu'un susceptible de vous parler. Je ne puis promettre davantage.

— Merci, maître Wodecock, dit Crispin en s'inclinant.

L'homme ne répondit rien et se hâta de disparaître.

— Jack, dépêchons-nous d'atteindre la chambre de la reine.

— Tout ceci ne me plaît pas, gémit l'enfant aussi tremblant qu'un chaton perdu dans un chenil. Peu importe la livrée que nous portons. C'est de la folie que revenir dans ce couloir. Le roi pourrait apparaître.

— Il le peut en tout lieu, n'oublie pas que c'est son palais.

Ils empruntèrent un dédale de couloirs pour arriver dans celui desservant la chambre de la reine. Un garde y était en faction. Les appartements du duc de Lancaster se trouvaient non loin de là. Crispin fit confiance à sa livrée et passa devant l'homme sans être arrêté.

S'attarder dans ce couloir éveillerait-il les soupçons ? Il se rendit compte qu'il savait peu de chose de la vie des serviteurs qu'il avait côtoyés depuis l'enfance. Certes, il avait été le page de Lancaster, mais sa vie n'avait aucun rapport avec celle de Wodecock ou des hommes et des femmes chargés d'alimenter le feu et de laver le linge. Nombre d'entre eux dormaient dans des alcôves exiguës dans la chambre de leur maître.

Alors qu'ils attendaient, un responsable de la garde-robe royale sortit des appartements de la reine en compagnie de deux femmes portant des draps. Crispin tourna la tête en sentant son regard posé sur lui. Ils disparurent bientôt à l'extrémité du couloir.

— Combien de temps pouvons-nous traîner ici sans attirer l'attention ? chuchota Jack dans la manche de Crispin.

— Pas longtemps, je le crains, dit Crispin en constatant que le garde l'observait. Je fais des vœux pour que ce serviteur ne tarde pas.

Il avait à peine fini de parler qu'un homme revêtu d'une tunique ouatinée bleu de nuit passa devant le garde. Sa tête était coiffée d'une calotte de cuir dont les rabats n'étaient pas attachés. De plus forte corpulence que Crispin, mais à peu près de la même taille, il portait un paquet constitué de fagots et de bûchettes. Il fit semblant de ne pas prendre garde à Crispin, mais lui murmura de le suivre en passant devant lui. Jack et Crispin le rejoignirent quand il ouvrit la porte des appartements du Juif avec une clef rouillée.

L'ombre les engloutit et l'homme se plaça dos à la porte.

— Maître Wodecock m'a demandé de vous parler, dit-il d'une voix enrouée.

Vu de près, il paraissait plus âgé et une bonne dizaine d'années devaient le séparer de Crispin. La pâleur de son visage tacheté avait quelque chose de maladif.

— Je n'irai pas par quatre chemins, attaqua Crispin en observant le couloir par la porte entrouverte. Le médecin juif se prétend victime d'un vol. Des parchemins lui ont été dérobés.

L'homme écarquilla les yeux une fraction de seconde, mais ce fut tout.

— Peut-être êtes-vous au courant d'un tel larcin ?

L'homme se pourlécha et ses yeux s'attardèrent sur la livrée de Crispin.

— Un larcin ?

Crispin décela quelque chose derrière ce regard inquiet.

— Oui, mais peut-être n'en est-ce pas vraiment un. Mettons qu'un noble personnage ait voulu cela… et payé un serviteur pour le laisser entrer…

L'homme baissa les yeux. Crispin lissa négligemment sa livrée.

— C'est si peu de chose, en fin de compte, n'est-ce pas ? Ouvrir une porte à un seigneur. N'est-on pas dans la demeure du roi ? Ces seigneurs ne sont-ils pas ses laquais ? Et qu'est donc ce Juif sinon un valet du roi ?

L'homme avait les mâchoires crispées.

— Je donnerais volontiers un demi-penny à qui partagerait avec moi cette information, dit Crispin en effleurant sa bourse. Ce serait de l'argent bien gagné, ajouterais-je. Et vu que je suis aussi discret qu'un prêtre, nul ne saurait que l'on m'aurait parlé.

Les yeux du serviteur ne cessaient d'aller de droite à gauche comme la navette d'un métier à tisser.

— Alors ?

L'homme ouvrit la bouche quand un bruit dans le couloir le fit sursauter. Le regard mauvais, il déposa bûchettes et fagots dans l'âtre, essuya ses vêtements couverts de poussière de bois et rejoignit la porte. Il l'entrebâilla davantage, la main crispée sur la poignée.

— Je vais peut-être mériter ce demi-penny. Retrouvez-moi à Charing Cross. À l'heure de complies.

— Ne pouvez-vous parler mainte…

— Pas le temps ! Plus tard !

Sur ce, il franchit la porte qu'il referma derrière lui.

Crispin se sentit lésé. Sa question était pourtant toute simple, mais peut-être ne l'était-elle pas. Le fait qu'ils se trouvent à l'intérieur des appartements du Juif s'imposa à lui : n'était-ce pas l'occasion idéale pour fureter ?

Jack demeura près de la porte et Crispin s'approcha de la chambre intérieure, close, qu'il n'avait pas eu l'occasion d'examiner auparavant. Il posa la main sur la poignée. C'est alors que Jack fut violemment repoussé : quelqu'un était entré, un poignard à la main.

Crispin écarta Jack avant qu'il ne lui arrive malheur puis la porte se referma et l'homme marcha jusqu'à l'âtre.

— Que signifie ceci ?

La voix de Julien avait retenti dans la pièce. Sa lame réfléchissait la lueur des flammes. Son visage était toujours plongé dans la pénombre, mais ses yeux semblaient incandescents.

— Nous parlions avec un serviteur, dit Crispin en s'assurant que Jack se trouvait bien derrière lui.

— C'est ce que j'ai vu, mais pourquoi dans nos appartements ?

— J'enquête sur un vol. Vous vous attendiez certainement que je regarde dans votre chambre.

— Vous n'êtes qu'un menteur !

Julien leva son poignard, mais il demeura sur place, tendu comme la corde d'un psaltérion. Ses narines palpitaient.

Crispin lui présenta ses paumes vides pour le rassurer sur ses bonnes intentions, mais ce n'était qu'une ruse. Il plongea en avant. Une main se referma sur le poignet armé de Julien, l'autre sur son cou. Il projeta le jeune homme sur le mur, l'étrangla un peu plus et écrasa le poignard sur le plâtre de la paroi jusqu'à ce qu'il tombe à terre. Il entendit Jack se précipiter pour le ramasser sans quitter Julien des yeux pour autant. Son adversaire hoquetait.

— Vous êtes prompt à jouer du poignard, mon garçon, lui assena Crispin. Je me demande ce que vous avez à cacher.

Le visage du jeune homme s'empourprait, ses yeux semblaient vouloir sortir de leurs orbites. Crispin s'approcha tout près de sa joue.

— Ce ne doit pas être très beau pour risquer ainsi la mort par suffocation.

— Maître ! s'écria Jack derrière lui.

— Peut-être avez-vous quelque chose à voir avec la triste fin de ces enfants, non ? Les meurtriers me font horreur. Surtout les meurtriers de petits innocents ; alors, dites-moi, qu'est-ce que ça fait de se sentir impuissant ?

— Maître !

— Quoi ? demanda Crispin sans relâcher sa prise.

— Arrêtez, maître, il ne peut pas vous répondre !

Crispin continuait d'étrangler Julien et souffrait toujours de la blessure reçue au bras, mais il comprit tout de même le sens des paroles de Jack. Comme il aurait aimé faire payer cet ignoble personnage ! Il le regarda d'un air dédaigneux et desserra lentement son étreinte. Voir les marques rouges que ses doigts avaient laissées le fit jubiler.

Julien porta la main à son cou et toussa. La peur panique se lisait encore dans ses yeux.

— Vous êtes complètement fou ! dit-il d'une voix tremblante avant de murmurer quelques mots en hébreu.

— Assez de votre magie, le Juif ! Gardez pour vous vos incantations.

— C'est une prière, le Gentil ! Je me doutais bien qu'un impie tel que vous ne s'en rendrait pas compte.

Il repoussa Crispin et se dirigea vers la cheminée d'un pas mal assuré.

Crispin l'observa sans manifester la moindre émotion. Comme il aurait aimé brandir devant lui le livre de Thomas de Monmouth !

Julien se pencha pour ramasser une paille enflammée et allumer la mèche d'une bougie puis de plusieurs autres, chassant peu à peu les ombres de la pièce.

L'air mauvais, il se tourna vers Crispin. Celui-ci ne lui adressa qu'un rictus en guise de réponse et entreprit de s'intéresser au matériel alchimique présent sur les tables et dans les alcôves, touchant les objets et arrachant chaque fois une grimace de dégoût au jeune homme pâle.

De petits brûleurs et d'étranges récipients de verre côtoyaient des tuyaux de plume brisés et des fragments de parchemin. Une matière sombre se calcinait au fond d'un creuset empestant le soufre. Il regarda Jack qui tenait toujours le poignard de Julien et s'approcha de l'autre alcôve.

La table y était de même encombrée. Une boîte en verre fumé renfermait une substance visqueuse. Il souleva le couvercle et constata que cela sentait la lavande.

— Un remède pour soigner les nerfs, dit Julien d'un ton acide. Peut-être devriez-vous en prendre.

Crispin ne répondit rien. Il tira sur l'anneau de la porte de la pièce intérieure, mais celui-ci résista. La serrure était fermée.

— Donnez-moi la clef.

— Non.

— Vous m'avez peut-être mal entendu, ajouta Crispin en se redressant de toute sa hauteur.

— Je crois plutôt que c'est vous qui ne m'avez pas entendu. J'ai dit non.

Crispin n'eut besoin que de trois enjambées pour saisir le jeune homme par le col de son habit et le soulever du sol.

— Donnez-moi la clef de cette porte ou je la fracasse avec votre crâne !

La lèvre inférieure de Julien frémit et ses yeux se mirent à briller, mais ses larmes refusèrent de couler.

— Que voilà un vaillant et fort chevalier, articula-t-il en français.

Ces mots piquèrent au vif Crispin. Certes, il aurait pu forcer la porte, il y aurait même pris plaisir pour démontrer que ce garçon était un meurtrier. Cependant, de telles méthodes lui déplaisaient. Ces Juifs étaient ses hôtes, en théorie, et même si le fils méritait sa juste colère, il n'en allait pas de même pour le père.

Il le reposa à terre et ses doigts abandonnèrent l'étoffe de son habit.

— Vous n'êtes qu'une brute d'Anglais, dit Julien en tentant de réprimer un sanglot. C'est notre domaine privé, pourquoi laisserais-je des gens de votre sorte y pénétrer ?

Il essuya les larmes qui coulaient sur ses joues rouges. Crispin en éprouva une certaine culpabilité, mais il n'était pas question qu'il s'excuse. Ce garçon le troublait. Il y avait en lui quelque chose qu'il ne parvenait pas à identifier et cela le mettait d'étrange humeur.

Il n'avait que des soupçons et pas la moindre preuve, ce qui lui interdisait de faire ce qu'il voulait. Même s'il en mourait d'envie, il ne pouvait lui arracher la clef.

De par Dieu ! Il tenait absolument à ce que ce garçon soit coupable, mais il ne suffit pas de vouloir une chose pour qu'elle soit vraie. Les réponses se cachaient peut-être derrière cette porte. Ou dans la bouche d'un serviteur qu'il retrouverait à complies. Il se ressaisit et revint vers la porte d'entrée.

— Ce n'est pas fini, maître Julien.

— Je le regrette fort, maître Guest.

Il cracha ces mots et frotta son cou endolori. Crispin s'arrêta sur le seuil, regarda derrière lui et manifesta quelque regret. Le jeune Julien était résolu, il était le protecteur de son père et de sa religion. Crispin ne put s'empêcher de songer qu'il faisait de même quand il avait son âge.

Cela ne voulait toutefois pas dire qu'il devait le traiter comme un petit être fragile.

— Soyez assuré que je reviendrai, dit-il d'une voix ferme, et j'examinerai cette pièce. Vous n'aurez alors rien à redire. Jack !

L'enfant lança le poignard qui retomba bruyamment sur la table.

— C'est la seconde fois que je vous désarme, souffla-t-il à Julien. Ne vous en prenez pas à mon maître ou vous en subirez les conséquences.

Julien ricana et fit semblant de se jeter sur Jack. Celui-ci ne s'y était pas attendu et il recula au point de bousculer Crispin. Julien éclata de rire.

— Va-t'en, petit homme, je n'ai pas peur de toi. Ni de vous, Guest !

Crispin fit claquer la porte derrière lui. Il se sentait perdu. Dénoncer la culpabilité du fils du médecin, c'était la solution la plus facile, de toute évidence, mais facilité et sagesse ne font pas toujours bon ménage. Facilité et vérité non plus. Se ralliait-il à Guillaume d'Ockham pour qui la plus simple explication était toujours la meilleure ? Pourtant ce garçon dissimulait quelque chose. Cette pièce… Par orgueil, il n'avait pas contraint Julien à lui en donner la clef. Que lui arrivait-il ? Devenait-il trop tendre ?

Crispin se hâta de parcourir les couloirs en maudissant le serviteur qui ne lui avait pas déjà dit ce qu'il savait. Il aurait pu mettre à profit le temps libre jusqu'à complies en explorant le palais, mais le regard sévère de Jack l'en empêchait. Le lieu regorgeait d'espions ainsi que de nobles et de serviteurs à même de le reconnaître et de faire appeler la garde. Il s'étonna d'être allé aussi loin sans se faire arrêter. La livrée de Gand faisait office de sauf-conduit et le roi ne voyait en lui qu'un page, mais cela durerait-il ?

Ils pénétrèrent dans la chapelle Saint-Étienne pour quitter à nouveau le palais en toute discrétion. Quelques personnes étaient agenouillées dans l'enceinte sacrée. Une femme en robe verte pressait son front contre ses mains jointes. Un homme, un négociant de toute évidence, bredouillait des mots, tourné vers le jubé.

Il traversait la chapelle quand une ombre se profila derrière lui. Sa réaction fut instantanée. Il se retourna, la dague à la main, mais faillit la laisser tomber quand il se retrouva face à des yeux bleus. L'étranger du carrosse lui souriait et guettait chacun des mouvements de Crispin, qui remit son arme dans sa gaine.

Il dévisagea Crispin, remarqua sa cotte et sourit.

— Maître Guest…

Crispin avait pris l'habitude de se placer devant Jack pour le protéger.

— Oui, monseigneur, dit-il en s'inclinant. Est-ce que vous me… suivriez, monseigneur ?

— Moi ? s'étonna l'homme avant de lancer un bref regard en direction de Jack. Comment se déroule votre mission, Crispin ?

L'idée qu'il pût être surveillé lui était désagréable, mais le fait de ne pas l'avoir remarqué était pire encore. Qu'avait-il vu ? Qu'avait-il entendu ?

— Comme l'on pouvait s'y attendre, articula-t-il avec lenteur. Je m'y emploie…

L'homme acquiesça.

— Monseigneur, je suis persuadé que c'est par inadvertance, mais vous avez omis de me dire qui vous étiez lors de notre précédente rencontre. Puisque mes agissements vous intéressent, une indication de votre part serait la bienvenue.

L'homme ne semblait pas pressé de divulguer quoi que ce soit. Il glissa la main dans sa besace pour en ressortir une bourse que Crispin connaissait bien.

— Je suis toujours désireux de vous régler vos services, maître Guest. Ces parchemins me soucient beaucoup et il est impératif que je les détienne. Au plus tôt. Qu'en dites-vous ?

— Si parchemins il y a, qu'en feriez-vous ?

L'homme serra plus fort la bourse qu'il tenait.

— Cette somme d'argent ne vous autorise pas à accéder à la moindre de mes pensées, Crispin. C'est seulement le prix à payer pour un travail bien fait. J'insiste pour que vous la preniez.

— Non.

— Non ?

— Je choisis mes propres clients, monseigneur. Il ne me reste plus grand-chose hormis cette liberté.

— Allons, Crispin, c'est bien plus que vos misérables six pence par jour. Je pourrais doubler la somme, la tripler.

Jack émit une sorte de gémissement et Crispin le rappela à l'ordre d'un léger coup de pied.

— Je ne le mérite certainement pas, monseigneur.

L'homme le regarda avec étonnement. Il n'avait de toute évidence pas l'habitude qu'on lui résiste.

— Vous êtes désarmant, décidément, dit-il en rangeant la bourse, mais le temps viendra, mon cher Crispin, peut-être même très bientôt, où vous regretterez cette décision.

Crispin sentit chanter son ventre. Oui, il se reprochait déjà de ne pas avoir pris l'argent, mais pas assez pour revenir en arrière.

Un serviteur approcha. Crispin reconnut en lui le cocher.

— Votre Excellence, dit-il à l'étranger avant de prononcer d'autres paroles que Crispin n'entendit pas.

Votre Excellence ? C'était ainsi que l'on honorait un évêque, mais cet homme était bien jeune pour en être un. En revanche, cela expliquerait pourquoi il roulait dans un si riche équipage et ne portait pas d'arme, mais pourquoi n'exhibait-il pas ses beaux habits sacerdotaux et ne jouissait-il pas de ses titres ?

Il pencha la tête vers son laquais, l'écouta puis se redressa.

— Je dois prendre congé, maître Crispin. Veuillez me pardonner.

— Mais certainement… Votre Excellence.

L'homme l'observa un instant avant d'ébaucher un sourire et de s'en aller, accompagné de son serviteur. Crispin les regarda s'éloigner puis il les suivit et quitta la chapelle au moment où ils foulaient le gravier de la cour.

Crispin sortit la besace de dessous sa cotte et se tourna vers l'enfant.

— Jack, prends ceci et rapporte-le rue de la Boucherie. J'ai d'autres chats à fouetter.

Crispin emboîtait le pas à l'inconnu quand Jack tira sur sa cape.

— Maître, je pourrais faire autre chose.

— Regagne notre logis, tu y seras en sécurité.

— Maître Crispin, je...

— Je n'aime pas me répéter, Jack.

Il s'en alla, les yeux rivés sur l'homme qu'il voulait suivre, mais trop distrait pour ne pas voir que Jack n'avait pas pris la direction du quartier de la Boucherie.

Crispin laissa s'éloigner le mystérieux personnage accompagné de son cocher puis les deux hommes reprirent le carrosse sur lequel veillait un serviteur de moindre importance. Il roula sans hâte, s'arrêtant lorsque la circulation était trop intense, puis se mêla au flot des carrioles et des charrettes chargées de marchandises.

Crispin les suivait toujours. Il n'aurait pu dire en quoi, mais cet homme était dangereux. Ses propos lourds de sens en attestaient. De plus, l'idée d'avoir été surveillé lui déplaisait fortement.

Ils quittèrent les abords du palais de Westminster et prirent la route de Charing Cross. Crispin se trouva coincé derrière un homme menant son porc à l'abattoir. Les badauds étaient nombreux et progresser n'avait rien de facile. Le carrosse était loin devant et il craignait de ne pouvoir jamais le rattraper. Il prenait la direction de Londres, sans nul doute possible, et le risque de le voir disparaître dans le flot de la circulation était sans cesse plus grand.

Crispin songea à sa cotte et il entreprit de s'en débarrasser de manière provisoire. Pour ce faire, il ôta sa cape, retira sa livrée, la remit à l'envers et se drapa à nouveau dans sa cape. Il serait toujours protégé du froid sans pour autant attirer l'attention.

L'homme et son porc bifurquèrent enfin vers le fleuve. Il put alors presser le pas et rattraper quelque peu le carrosse, mais celui-ci prit vers le nord au lieu de rejoindre les portes de Londres, ainsi qu'il s'y attendait.

Il s'engagea dans des rues moins fréquentées. Il craignait que le plus petit nombre de badauds ne le fasse remarquer, mais le cocher regardait toujours devant lui. Il longea tout de même les murs pour se fondre dans l'ombre et se réjouit de voir le mince brouillard planant au-dessus du fleuve. Le vent fit qu'il s'engouffra dans la rue et enveloppa le carrosse comme l'Ange de la Mort l'aurait fait de son aile. Ce ne fut plus alors qu'une forme fantomatique que seul le grincement des roues rattachait encore à la réalité.

Le cocher fit halte une fois arrivé dans Chancery Lane. Crispin redoubla de précaution et se colla à un volet entrouvert.

L'homme descendit du carrosse, pareil à un esprit gris perdu dans le brouillard. La silhouette floue d'un petit garçon chargé de lourds colis avançait doucement. Il s'arrêta un instant pour en déposer un à terre. L'homme s'approcha de lui, ramassa le paquet et le rendit à l'enfant à qui il adressa la parole.

Tous les sens de Crispin étaient en éveil. Le cocher surveillait les alentours et barrait la rue de son équipage. Seuls l'enfant et l'homme mystérieux se distinguaient encore au sein d'un brouillard toujours plus épais. L'étranger semblait converser gaiement avec l'enfant. Il glissa la main dans sa sacoche, se saisit d'un objet… une pièce d'argent qu'il tendit à l'enfant. Crispin se retint pour ne pas hurler. Autour de lui, le spectacle semblait figé et le brouillard ne révélait plus que des silhouettes : le cocher et son carrosse immobile, l'homme, l'enfant…

Le gamin ouvrit la main et la scène devint irréelle, comme sur ces tableaux représentant un petit berger implorant son maître ou Jésus enfant parlant aux vieillards du temple.

Le charme se brisa en un instant.

La main de l'homme jaillit pour se refermer sur le poignet de l'enfant, son autre main se plaqua sur sa bouche. Les colis tombèrent à terre. L'enfant ne put pousser qu'un cri de surprise avant d'être traîné vers le carrosse.

Sans même réfléchir, Crispin tira sa dague et s'élança. Son poing s'écrasa sur le menton du cocher avant même qu'il se rende compte de quoi que ce soit et il s'effondra sur son cheval qui se cabra en hennissant.

Crispin ne s'attarda pas et se jeta sur l'enfant dont il empoigna le bras libre.

— Lâchez-le ! hurla-t-il.

Les yeux cernés de celui qu'il pensait être un évêque se posèrent sur Crispin. C'en était fini de l'attitude hautaine qui avait été la sienne jusque-là. Il eut un regard mauvais et tira plus fort sur le bras de l'enfant, un pied déjà posé sur le rebord du carrosse.

Crispin accrut son emprise et leva sa dague puis il la plongea au plus profond de la cuisse de son adversaire. L'homme hurla et relâcha l'enfant. La lame se balançait sur sa cuisse alors qu'il se tenait, indécis, sur le marchepied. Sans hésiter, Crispin se pencha vers le gosse, le prit à nouveau par le bras et le projeta vers un tas de neige, loin de son agresseur. Il se retournait vers l'homme mystérieux quand un pied botté le frappa durement au menton. Il retomba en arrière et des étoiles explosèrent devant ses yeux.

Le brouillard s'épaississait autour d'eux. Le froid. Un froid mortel. Les traits de l'homme se perdaient dans la grisaille. Toujours monté sur le marchepied, il arracha la dague de sa cuisse ensanglantée pour la jeter au loin puis il mit pied à terre et regarda Crispin en ricanant.

Crispin reprit très vite ses esprits et son poing rencontra le ventre de l'homme qui émit un grognement et se courba, mais il ne fut pas long à réagir. Se relevant d'un coup, il lança en avant son bras armé d'un poignard.

Crispin esquiva. Il ne pouvait rien faire de plus. Sa propre dague était là, quelque part dans la neige.

À plusieurs reprises, son poing frappa l'inconnu, lequel ne cessait de tenter de le transpercer de sa lame. Jusqu'à ce que Crispin tombe un genou en terre et cherche à se protéger le visage.

Il n'avait pas vu le cocher se précipiter sur lui. Comme une masse, son poing s'abattit sur la nuque de Crispin, le monde s'évanouit et il se retrouva face la première dans la neige sale.

Crispin ne voulait pas revenir à lui. Cela ne ferait que renforcer la douleur qui lui envahissait le crâne. Il dut pourtant s'y résoudre quand un linge humide vint caresser son front et qu'une chanson murmurée résonna à son oreille.

Il cligna les yeux et distingua, bientôt réunies autour de lui, plusieurs personnes qu'il ne connaissait pas. La peur le fit s'asseoir.

— Le gosse ? Où est-il ?

Une main douce l'obligea à s'allonger.

— Je suis là, monseigneur, dit une petite voix à son côté. Je vais bien. C'est grâce à vous.

— Je ne suis pas un seigneur, répondit Crispin machinalement.

— Pour moi, vous l'êtes, messire.

— Pour moi aussi.

C'était la femme qui avait si délicatement tamponné son front brûlant.

Son bref sentiment de satisfaction céda la place à la perplexité. Sa rencontre avec ce vil personnage avait été des plus violentes. Une fois à terre, il avait bien cru qu'il ne se relèverait jamais, mais il était de toute évidence sorti victorieux de cette épreuve.

— Où est cet homme ? Celui qui voulait t'enlever ?

— Il a disparu, dit la femme. Avec les siens, dès que vous êtes tombé.

Il avait donc fait preuve de clémence. Pourquoi ?

— Je suppose que vous n'avez pas de vin ? demanda-t-il plein d'espoir, les yeux clos pour ne pas raviver la douleur.

Il ne lui fallut pas attendre longtemps pour que le rebord d'un gobelet se presse contre ses lèvres. Il but plusieurs gorgées avant qu'on ne le lui retire. Il s'efforça alors d'ouvrir les paupières et de comprendre où il se trouvait. La pièce ressemblait à un atelier. Des bancs étaient alignés le long d'un mur et de pâles rayons de soleil pénétraient à travers les volets clos.

— Où… où sommes-nous ?

Il comprit très vite qu'on ne lui répondrait pas. Des hommes, des femmes et des enfants se pressaient autour de lui, l'air grave.

Ils portaient toutes sortes d'habits, guenilles de serviteurs ou manteaux bordés de fourrures de commerçants. Que cela signifiait-il ? Était-il encore à Chancery Lane où l'avait-on transporté ailleurs ? Son regard se posa sur un individu qui s'empressa de se cacher derrière un autre et de baisser la tête. Sa tête douloureuse n'empêchait pas Crispin de se dire qu'il reconnaissait ce visage, mais d'où ? La sueur perlait à son front et il faisait des efforts désespérés pour savoir. Ah, il aurait donné tout l'or du monde pour mettre un nom sur ce… De l'or ? Un orfèvre ! Il releva la tête et regarda fixement l'homme.

— Je vous connais. Vous êtes… Middleton, c'est ça, oui. Matthew Middleton.

Des visages accusateurs se tournèrent vers le malheureux orfèvre qui, en cet instant, aurait souhaité disparaître dans un trou de souris.

Crispin se releva sur ses coudes.

— Il y a plusieurs jours, je vous ai interrogé. À propos de l'enfant mort. Oui, c'est bien vous, l'orfèvre.

L'homme se présenta à lui, mains ouvertes.

— Oui, messire, c'est moi.

— Qu'est-ce que je fais ici ? Quel est cet endroit ?

— C'est un lieu où chacun est en sécurité, messire. Nous vous sommes reconnaissants d'avoir sauvé notre enfant. Vous pourrez repartir quand vous serez remis.

Crispin repoussa la main qui cherchait toujours à l'apaiser et s'assit au bord de sa paillasse. Ce fut une erreur. La douleur revint. Il remarqua toutefois que ces gens lui interdisaient de sortir de la pièce.

— Soyez remerciés de toutes vos bontés, dit-il en se levant.

— C'est à nous de vous remercier, messire, répondit la femme qui l'avait soigné.

C'était probablement la mère du gamin. Dans la poche de son tablier, elle prit la dague ensanglantée de Crispin et la lui tendit, le manche en premier.

Il la remit au fourreau. Bientôt il pourrait repartir. Il fit quelques pas hésitants et chacun s'écarta devant lui, mais il ne comprenait pas le sens des visages inquiets, de ces regards désespérés ou furtifs. Le sauvetage de cet enfant n'expliquait pas tout. Pour la seconde fois, il examina les guenilles et les riches habits.

— Dites-moi qui vous êtes !

— Maître, je vous en prie, dit Middleton qui parlait malgré lui pour les siens. Il vaut mieux que vous partiez et ne pensiez plus à nous.

— Cela m'est impossible. J'ai juré de protéger les habitants de Londres. Et je n'ai pas oublié mon serment de chevalier. Je vous protégerai. Ne craignez rien. Je parlerai en votre faveur si quelqu'un vous cherche des noises, n'oubliez pas que j'ai été témoin d'une tentative d'enlèvement. Le shérif m'écoutera, ajouta-t-il avec une certaine exagération.

Les hommes qui s'étaient écartés pour le laisser passer resserraient les rangs comme pour empêcher son départ.

— Quoi, on me retient ici contre mon gré ?

— Non, mon bon seigneur, dit Middleton dont l'air inquiet ne fit que renforcer les doutes de Crispin.

— Expliquez-vous dans ce cas. Vous feriez bien de parler. Connaissez-vous l'agresseur de cet enfant ?

Tous secouèrent la tête. Certains baissèrent les yeux.

— Je vois. Comment puis-je vous aider si l'on me cache la vérité ?

— Maître Crispin, le supplia Middleton, je vous en prie. Laissez-nous en paix.

— Je le ferais si l'on ne m'empêchait pas.

Les hommes près de la porte semblaient confus.

— Faut-il faire venir ici un représentant de la loi ?

— Non ! s'écria Middleton en serrant les poings.

— Maître Crispin !

C'était l'enfant qui tirait sur son habit. Crispin le regarda. Il avait des taches de rousseur sur le nez et sur les joues, un peu comme Jack, et ne devait pas être beaucoup plus jeune que son petit protégé.

— Il ne faut pas appeler les shérifs, maître, ils ne doivent pas savoir…

— John ! s'écria sa mère, prête à le gifler.

— Non, mère, je vais le lui dire. C'est le Limier. Il protège les braves gens. J'ai entendu des histoires sur son compte.

— John, reprit Middleton, écoute ta mère.

— Laissez parler cet enfant, demanda Crispin en s'agenouillant devant lui pour mieux poser les mains sur ses épaules. Allons, que veux-tu me dire, mon garçon ?

— Il ne faut pas parler de nous, dit-il avec une gravité que n'arborait pratiquement jamais Jack Tucker.

— Je ne peux rien te promettre tant que je ne saurais pas de quoi il s'agit.

— Messire… nous pourrions en mourir…

Crispin se trouva incapable de détourner les yeux de ce gamin.

— Dans ce cas, finit-il par dire, je te le promets. Je garderai pour moi ce secret.

— Je le savais, soupira John, soulagé. Vous êtes comme les chevaliers des légendes.

Dans la pièce, chacun retenait son souffle. L'enfant se pencha vers lui pour lui murmurer à l'oreille comme s'ils étaient seuls.

— C'est parce que nous sommes Juifs, messire. Il faut que ça reste un secret. Vous comprenez maintenant pourquoi il ne faut rien dire ?

X

Crispin en resta bouche bée. S'entendre confirmer la révélation de l'enfant était chose inutile : en effet, chacun retenait son souffle et la tension était palpable.

Le petit John était certain que Crispin ne les trahirait pas. Il souriait, confiant. En revanche, Crispin n'était pas aussi sûr que lui.

Son regard se posa sur les hommes et les femmes réunis en ce lieu. C'étaient des Anglais, bien sûr que oui, pas des Juifs ! L'édit qui les avait bannis un siècle plus tôt était on ne peut plus clair et le fléau avait été éloigné de ces rivages.

Il y avait cet enfant, cependant. Comment éprouver avec lui la gêne occasionnée par la rencontre avec Jacob de Provençal ? Comment qualifier ce gamin de « fléau » ?

Peut-être se trouvait-il au Domus Conversorum, la maison des Convertis. Ils seraient donc tous chrétiens. Pourtant les visages graves de ces gens et le sourire apaisé de John lui montraient bien qu'il n'en allait pas ainsi.

— Par le sang du Christ, dit-il dans un souffle.

— Maî… maître Guest, osa Middleton.

Crispin le regarda avec méfiance.

— Maître, vous avez prêté serment devant cet enfant, nous l'avons tous entendu.

Crispin ne put s'empêcher de rire. Il avait été piégé. Ce n'était pas une illusion née du coup qu'il avait reçu à la tête. Non, ces hommes et ces femmes, qui n'auraient pas dû se trouver sur le sol anglais, étaient bien là, devant lui. Oui, c'en était risible.

— Comment le secret a-t-il été gardé ?

L'atmosphère se détendit. Quelqu'un lui redonna du vin et, sans réfléchir, il but goulûment et retomba sur la paillasse. Poussé par les autres, Middleton s'assit près de lui. Crispin n'éprouva aucun dégoût, cette fois-ci. Il s'en étonna. Était-ce l'effet du vin ? À moins que le coup reçu ne fût plus violent qu'il ne le croyait.

— Maître Guest, je sais que c'est difficile, mais si vous me laissez tout vous expliquer, vous aurez pitié de nous, j'en suis certain.

— Vous violez un décret royal, tous tant que vous êtes.

— Nous sommes nés à Londres, messire, et nous y avons grandi. Tout comme vous.

Crispin allait répliquer quand il vit l'enfant et son regard plein de confiance. Ces gens tournaient le roi en ridicule par leur simple présence. Il avait le devoir d'en informer le shérif, mais les yeux de John mettaient en péril son sens du devoir envers la Couronne.

Le gosse prit son gobelet et s'inclina devant lui.

— Fort bien, maître Middleton. Vous feriez mieux de tout m'expliquer, et vite.

— Voilà, dit Middleton d'une toute petite voix. Tout a commencé avec l'édit du roi Édouard. Les Juifs devaient se convertir ou quitter le pays. Vous pouvez imaginer le coup de tonnerre que ce fut. Le déchirement. Les terres que nos familles détenaient depuis des générations nous ont été brutalement confisquées. Nos maisons ont été vendues.

Crispin se sentit mal à l'aise.

— Nous avons dû laisser derrière nous les ossements de nos ancêtres. Nous avons versé de lourdes amendes au roi, nous avons payé pour passer en France ou dans tout pays qui voudrait bien de nous. Nous avons emporté dans d'autres lieux nos quelques bagages, mais aussi notre foi. Certains ont cependant préféré les fonts baptismaux et ils ont vécu au Domus Conversorum, non loin d'ici. C'étaient nos arrière-grands-parents, nos grands-parents. Beaucoup se sont ralliés à la religion chrétienne alors que d'autres menaient devant chacun une vie de bon chrétien tout en préservant secrètement celle de leurs ancêtres.

Middleton s'arrêta un instant de parler pour observer la réaction de Crispin.

Celui-ci ne savait que penser. Vu que sa propre foi n'était pas très profonde, ces faux chrétiens ne lui inspiraient qu'un faible dégoût, mais son malaise était peut-être dû à ce que Middleton lui racontait. Il n'avait jamais songé aux détails, au déracinement de ces enfants et de ces familles contraints à s'exiler en terre inconnue en n'emportant quasiment rien avec eux. Il avait vu de tels exodes à la suite de batailles sans toutefois y réfléchir. Il était juste que les vaincus soient chassés. En Terre sainte, les Sarrasins païens n'avaient-ils pas fait de même avec les chrétiens ?

Les visages qui se présentaient à lui ne ressemblaient pas à ce à quoi il s'attendait. Ils ne révélaient pas quelque mauvaise intention. Ils n'avaient rien de méprisant comme celui du jeune Julien. Ils étaient anglais…

Crispin ressentit un frissonnement.

Après avoir été chassé de la cour, il avait au moins été autorisé à demeurer à Londres, en terre familière. Mais être exilé dans un royaume lointain…

Sa tête lui faisait mal, son estomac se tordait. À cause de ces révélations. À moins que ce ne fût le vin juif. Il ne dit rien tant que Middleton n'eut pas repris la parole. Celui-ci semblait aussi avoir besoin de vin.

— Et voilà… vous nous voyez ici, dit-il en désignant l'assemblée. Cent ans plus tard. Nous ne causons aucun trouble. Nous respectons l'endroit où nous vivons. Même si nous n'avons pas de rabbi, de chef spirituel, les aînés lisent la Torah en hébreu à tous ceux réunis ici. Nous conservons nos traditions sans nous manifester. C'est ce que nous avons toujours souhaité.

Encore une fois Crispin regarda le petit John. Son visage était serein, lumineux, parce qu'il savait que son sauveur serait aussi son champion.

— Maître Middleton, commença-t-il avec une certaine gêne, des enfants ont-ils disparu ?

— Non, maître et, grâce à vous, John a été épargné.

Crispin réfléchit. Des enfants enlevés en pleine rue. L'homme qui voulait s'approprier les parchemins était-il responsable des quatre morts ? John aurait-il dû être la cinquième victime ?

Ou bien y avait-il deux hommes impliqués dans ces enlèvements ?

Et quelle place tenait le golem ?

— Cet individu qui a voulu prendre John, je vous le demande à nouveau, le connaissez-vous ?

— Non, répondit Middleton.

— Quelqu'un parmi vous connaissait-il les enfants disparus ?

Chacun secoua la tête. Cela ne le menait à rien. Il se leva avec plus d'assurance bien que sa tête lui fît tout aussi mal. Que pouvait-il faire ? Garder par-devers lui un secret si terrible ? N'avait-il pas assez de problèmes avec la Couronne ? Non, il avait donné sa parole, et son honneur était tout ce qui lui restait.

Il regarda à nouveau les visages des membres de la communauté. Des visages juifs. Et une terrible pensée traversa son esprit. Il n'y avait rien en eux de mauvais, n'est-ce pas ? L'humble porte-parole, le gamin à l'air aussi innocent que Jack Tucker… Pourtant ce démon, ce golem, avait jailli de l'esprit d'un de leurs semblables. Il ferait les volontés de son créateur, Jacob le lui avait expliqué. Les petits disparus n'étaient pas juifs. Le golem s'en prenait à de bons petits chrétiens et…

Non.

Quelles étaient encore ces idées ? Il se frotta la nuque. Il ne croyait pas à ce golem, non, certainement pas. Malgré ce qu'il avait vu ou cru voir, accepter une chose aussi invraisemblable lui était interdit.

Mais eux, s'ils y croyaient, qu'adviendrait-il ?

— J'ai une autre question. Avez-vous entendu parler d'un... golem ?

Chacun poussa un cri de surprise et la peur se lut dans les yeux.

— Nous n'évoquons pas de telles choses, dit un homme coiffé d'un chapeau à large bord.

— Bien sûr, mais moi je vous en parle. Qui parmi vous sait créer un golem ? Vous avez déjà admis connaître l'hébreu.

Un silence pesant s'abattit sur la petite communauté. Le jeune John chercha à se réfugier derrière quelqu'un.

— Personne, hein ?

Crispin passa parmi eux, scrutant chaque visage. Ils détournaient les yeux comme s'ils se sentaient coupables.

— Qui parmi vous a accès à la cour ?

Le silence, toujours.

— Si vous ne voulez rien dire, vous tous en pâtirez. Parlez. Je ne tiendrai pas pour responsable l'ensemble de la communauté si vous me donnez un nom.

Crispin se rendit compte que ce n'était pas la chose à dire. Middleton releva le menton et le défia du regard. Il se trouva bientôt entouré d'un mur de rébellion.

D'un côté, leur air provocateur le rendait furieux ; de l'autre, il admirait leur force d'âme.

— Je l'ai vu, affirma Crispin.

Une femme portant un bébé dans ses bras s'éloigna de son compagnon qui essayait de l'empêcher de parler et questionna :

— Qu'est-ce que vous voulez dire ? Vous avez vu... le golem ?

Il y eut des protestations, des remarques sur les femmes qui devraient tenir leur langue.

— Oui, dit Crispin d'une voix forte, j'ai vu le golem. Il était grand, avec de larges épaules et une petite tête. Il y avait de l'argile...

Un murmure parcourut l'assistance. Des têtes se baissèrent.

Ils savent de quoi je parle, pensa le Limier. Middleton ne pouvait dissimuler sa surprise. Et peut-être autre chose, mais quoi ?

— Je vais être très clair, les prévint Crispin. Si vous cachez cette créature ou ses agissements, je ne saurais être tenu responsable de ce qu'il advient de vous. Parlez !

Les murmures cessèrent et Crispin se retrouva là où il avait commencé. Quel entêtement chez ces Juifs !

Il posa la main sur le manche de sa dague.

— Pour l'instant, je ne vois aucune raison d'informer le shérif de l'existence de votre… petite communauté, mais je ne peux vous promettre un total anonymat. Si elle jouait un rôle dans cette affaire, je ne vois pas comment elle pourrait rester secrète.

— Et si elle n'y est pour… commença Middleton.

— Je ne puis établir des hypothèses. Merci de m'avoir aidé.

Il s'avança et chacun s'écarta sur son passage. Il se sentait étouffer et avait besoin d'air. Il franchit la porte pour se retrouver dans une petite pièce où un serviteur alluma une chandelle. Le décor était sobre ; sur un mur, une tapisserie représentant une feuille et une vigne avait été tendue au-dessus d'un buffet. Les autres murs étaient nus, sans crucifix ni images de saints. Puis il sortit dans une arrière-cour peuplée de rosiers dénudés et de vignes brunes, desséchées. Elle n'avait rien d'extraordinaire, en revanche, l'absence de châsses et de statues avait quelque chose de choquant.

Que faire de tout cela ? Le Londres qu'il croyait connaître lui devenait de plus en plus étranger.

Crispin s'engagea dans la rue pour bientôt s'arrêter à hauteur d'un poteau contre lequel il s'appuya. Près de lui, un brasero le réchauffait timidement. La nuit était tombée pendant son évanouissement et il était heureux de trouver ce maigre feu.

Cette rue, c'était Chancery Lane, que l'on appelait jadis la rue de la Juiverie, un nom qu'on lui donnait encore parfois, accompagné d'un ton assez méprisant. Elle était vide. La brume montée du fleuve s'était changée en un épais brouillard. Les formes sombres des maisons évoquaient les gargouilles des églises. Une lumière jaunâtre brillait derrière des fenêtres aux volets clos.

Parfois de la fumée s'échappait d'une cheminée. Ce n'était que froid, nuit et solitude.

Ces Juifs semblaient au courant de l'existence d'un golem, mais ce n'était pas un être magique qui avait tenté d'enlever un enfant en pleine rue. Il avait vu cet homme sans nom de ses propres yeux, il l'avait affronté pour ensuite sauver le gamin d'un destin atroce. Des actes indicibles pouvaient être perpétrés à l'intérieur d'un carrosse traversant des quartiers déserts. Il ne comprenait toutefois pas pourquoi l'homme en question l'avait approché. Pour se moquer de lui, pour le rabaisser ? Il songea au cousin de Gilles et obtint la réponse qu'il désirait. De tels individus avaient besoin d'humilier pour s'affirmer et leurs façons de faire n'étaient pas celles des hommes d'honneur.

Si ce prétendu évêque se repaissait de ces enfants, quelle était la finalité de ses actes ?

Et, de par la Sainte Messe, quel rapport cela avait-il avec des parchemins hébreux ? Cet évêque avait-il besoin d'un golem pour servir ses mœurs répugnantes ?

Crispin sentit que toutes ces réflexions le dépassaient. Et si le vieux Juif lui avait menti ? S'il avait, lui, fabriqué ce golem et perdu le moyen de le dominer quand ses parchemins lui avaient été subtilisés ? Et où étaient-ils à présent ?

— Les golems, ça n'existe pas ! cria-t-il.

Un homme portant une lourde charge sur ses épaules s'arrêta pour le regarder. Crispin posa les doigts sur le manche de sa dague et l'homme déguerpit sans demander son reste.

Crispin le vit disparaître dans le brouillard. Et si l'homme du carrosse n'était pas un évêque ? « Votre Excellence », ce titre honorifique était souvent accordé et pouvait même s'appliquer aux astrologues dont avait parlé Jacob. Il n'était pas rare que des médecins consultent des cartes du ciel. La divination jouait un rôle aussi important que les purges et les potions. Certains astrologues ne s'intéressaient cependant qu'à l'argent. On pouvait les consulter dans de riches demeures où ils amassaient de l'or avec leurs signes cabalistiques et leurs incantations, semblables aux prêtres des temples grecs de l'Antiquité. Il avait même connu des généraux incapables de mettre le pied à l'étrier tant que leur astrologue ne les y avait pas autorisés.

Et il ne se rappelait pas qu'ils aient été particulièrement glorieux.

Il y avait aussi des astrologues à la cour. La reine, disait-on, en consultait souvent un, toujours le même, mais une femme pressée de donner un héritier au trône était en droit de tout tenter. S'assurer les services d'un médecin juif, par exemple.

Des parchemins disparus écrits en hébreu. Un astrologue qui ne connaissait pas l'hébreu pourrait-il savoir où trouver quelqu'un capable de déchiffrer cette langue ? En enlevant un enfant juif, par exemple ?

Crispin secoua la tête. Tous ces arguments ne le menaient à rien. Il y avait une explication. Et un golem n'en était pas une.

— Je suis las…

Sa voix lui parut étrange dans cette rue déserte. Quelle heure était-il ? Les cloches de Westminster lui apportèrent la réponse en appelant à complies.

Le moment était venu de rencontrer le serviteur tout en évitant la garde car le couvre-feu était déjà instauré. Oui, il était temps d'abandonner un instant ces pensées tortueuses et de ne plus songer qu'à son rendez-vous de Charing Cross. Il s'éloigna à contrecœur du brasero et prit la direction de Westminster. La nuit et le brouillard rendaient le trajet encore plus long. Il s'engagea dans des venelles obscures conduisant à Temple Bar puis tourna à droite pour suivre le Strand, guidé par quelques lumières brillant derrière des volets clos.

La route longeait la Tamise. Il sut alors qu'il était tout proche. Masqué par le brouillard, il espérait que le serviteur l'apercevrait avant la garde.

La croix de pierre de Charing Cross se dressa soudain dans l'obscurité : en rien réconfortante, elle évoquait plutôt une nonne désapprobatrice qui lui barrerait le chemin.

Il n'était pas question d'aller à la recherche du serviteur et il préférait l'attendre dans le froid. Il se frotta les mains et piétina dans la neige sale. L'homme était au service d'autrui et il ne pouvait trop lui en vouloir pour son retard.

Les formes sombres des toits l'empêchaient de voir le palais de Westminster. Il se prit à imaginer ce que l'homme lui dirait, quel seigneur serait incriminé, s'il était ou non impliqué dans le vol des parchemins, s'il y avait été contraint par quelqu'un, si cette personne pouvait être coupable de meurtres multiples. Pouvait-ce être aussi simple que cela, sans mystérieux golem ni sinistre seigneur dans son carrosse ?

Il en avait assez d'attendre sur place et décida de faire le tour de la croix pour se réchauffer un peu. Son estomac grondait et il ne se rappelait pas la dernière fois qu'il avait mangé. Trouverait-il quelque chose une fois rentré chez lui ? Il espérait que Jack aurait préparé un plat. Autre chose que des navets en tout cas.

— Seigneur Dieu, comme je déteste les navets ! se prit-il à dire.

Après plusieurs tours de la croix à un rythme assez soutenu, il regarda dans la direction du palais comme si cela pouvait faire sortir l'homme de sa cachette.

Impatient, il entreprit de grimper les quelques marches du monument pour mieux observer l'artère perdue dans le brouillard. Son pied heurta alors quelque chose de mou.

À première vue, cela ressemblait à un tas de vêtements, mais son instinct lui fit vite comprendre que c'était autre chose. Cette forme, c'était celle d'une personne couchée sur les marches.

— Ce n'est pas un endroit où dormir, dit Crispin à l'individu pelotonné sur lui-même.

Avant même de le toucher, il comprit.

XI

SANS TORCHE, IL NE POUVAIT VOIR le cadavre et, bien qu'il fût réticent, il lui fallut avertir le voisinage afin qu'un messager aille trouver les shérifs.

Exton et Froshe arrivèrent sur place et il comprit, à leur air renfrogné, que la nature de leurs relations avec lui ne les enchantait aucunement. Et avoir été arrachés à leur souper les offusquait plus encore, de toute évidence.

— Comment se fait-il, maître Guest, commença Froshe en mettant pied à terre, que lorsque vous devez résoudre un meurtre vous en suscitiez d'autres ?

— Ce n'est qu'une question de malchance, lord shérif.

— Pas pour vous, mais pour les malheureux qui nous entourent et nous causent du souci.

Crispin ne répliqua pas et le shérif fit signe à son adjoint d'apporter une torche. Il avait les épaules larges et le nez aplati comme après une bagarre. Crispin se souvint qu'il se prénommait William. Il exerçait à Newgate et avait fidèlement servi le brutal Simon Wynchecombe. Ses nouveaux supérieurs lui déplaisaient, il n'aurait pu le nier.

Il ricana en découvrant Crispin puis approcha son flambeau du cadavre. La lueur tremblotante confirma qu'il s'agissait bien du serviteur qu'il devait rencontrer et qui devait lui faire des révélations, mais l'homme était mort et ses informations avec lui.

Cela donnerait à réfléchir à tout autre employé du palais ayant la velléité de parler.

Les trois hommes se penchèrent sur le corps. Crispin s'agenouilla le premier et, quand les shérifs en firent de même, William éclaira le visage du malheureux.

Ses yeux saillaient comme ceux d'une grenouille, sa bouche était relâchée et sa langue pendait. En revanche, il n'y avait pas de mousse sur ses lèvres, rien qui puisse faire penser à un empoisonnement. Crispin prit son souffle et approcha son visage de la victime. Il pensa qu'Exton et Froshe l'en empêcheraient, mais les shérifs ne dirent rien. Il valait mieux que ce soit lui et pas eux qui se salissent les mains, c'était évident.

Ses doigts se posèrent sur le col de la tunique de l'homme et défirent les lacets.

— Baissez votre torche ! ordonna-t-il à William qui, pour une fois, obéit sans rechigner.

La lumière révéla une marque sombre autour du cou, plutôt un sillon si profond que la peau rougie avait gonflé de part et d'autre. Quelqu'un avait exercé sur sa gorge et son cou une traction si violente que la tête aurait pu être tranchée si l'objet employé avait été plus aiguisé. En un mot, ce cou ressemblait à celui du jeune garçon repêché dans la Tamise.

Crispin se tourna vers Exton et celui-ci confirma son observation.

Il allait se relever quand quelque chose retint son attention. Dans les replis de peau, il avait trouvé un fil qu'il préleva. Un fil qui ne correspondait en rien aux habits de l'homme.

— Qu'avez-vous là, maître Guest ?

Le poissonnier était si près de lui que son souffle faisait vibrer les cheveux de Crispin.

— C'est l'arme du crime, lord shérif.

— Quoi, ça ?

— Je devrais plutôt dire que cela provient de l'arme du crime. Il a été étranglé avec une bande d'étoffe.

— Une bande d'étoffe ? répéta Froshe en se rapprochant à son tour. Qu'entendez-vous par là ?

— Un ruban, une lanière, un cordon de tablier. Du tissu en un mot. Un bâton ou un couteau a ensuite servi à le faire tourner sur lui-même. Un garrot, si vous voulez. Remarquez la violence de la strangulation. Oui, il s'agit bien d'un garrot.

Il tenta de mieux voir la couleur rougeâtre du fil, mais il lui faudrait pour cela attendre le lever du jour.

— Qui était-ce, maître Crispin ?

— Un serviteur de Sa Majesté, répondit-il en regardant une fois encore le visage du malheureux. Il allait me livrer des informations relatives à notre affaire.

— Hélas ! se contenta de dire Froshe.

Leur commisération silencieuse perdura quelques instants avant qu'Exton ne fasse signe à William et Froshe. Il lui semblait évident que Crispin était le personnage clef de ce drame.

— Faites venir la charrette ! dit Exton.

Il dispersa la petite foule des habitants de Charing Cross réveillés par les coups frappés à leur porte. Personne n'avait rien vu ni entendu. Crispin regarda par-delà le halo de torches et de bougies, mais le brouillard était encore trop épais.

Exton se mit en selle, bientôt suivi de Froshe. Crispin se demanda s'il devait évoquer la retraite secrète des Juifs, mais il garda le silence devant l'air irrité d'Exton et l'explosion de colère qu'une telle annonce ne manquerait pas de déclencher.

De plus, songea-t-il avec une certaine délectation, il avait donné sa parole.

Le shérif se pencha vers Crispin.

— Strangulation mise à part, cette mort ne ressemble en rien aux autres.

— Effectivement, ajouta Froshe.

Crispin regarda le cadavre que William s'apprêtait à déposer à l'arrière de la charrette telle une carcasse de bœuf.

— Non, ce meurtre a été commis dans la précipitation, par besoin. Les autres morts me semblent avoir exigé davantage de temps.

— En tout cas, cette mort ne vous rapproche en rien du meurtrier, maître Guest.

— Au contraire, lord shérif, quelqu'un s'inquiète de me voir toucher au but. On savait que je voulais parler avec ce serviteur. De plus..., hésita-t-il pour s'exprimer avec le maximum de précision, on m'a vu prendre ce rendez-vous.

— Hein ? s'exclama Exton avec tant de force qu'il faillit en tomber de cheval. Vous savez de qui il s'agit ?

L'expression de son visage rappelait celle d'un homme prêt à recevoir un prix convoité.

— C'est bien possible, fit Crispin en passant la main sur son menton qui commençait à se hérisser de picots noirs.

— Parlez dans ce cas.

Les deux shérifs s'accrochaient aux rênes pour mieux se pencher.

— Je l'attraperai, messeigneurs, ne craignez rien, mais il faut être patients. Il y a d'autres choses à découvrir.

— Quoi ? cria presque Exton. Vous allez m'amener immédiatement ce coupable, vous m'entendez ?

— Je ne le puis pas, lord shérif. J'implore votre indulgence.

— Mon indul... Maître Guest, vous foulez là une glace bien peu épaisse !

— Comme toujours, lord shérif.

Crispin s'inclina respectueusement devant les deux hommes avant de s'en aller. Leurs propos indignés parvenaient à ses oreilles et il ne put s'empêcher de rire. Ce n'était pas souvent qu'il pouvait se moquer ainsi d'un shérif et il savait que les poings massifs de William le lui feraient payer plus tard, mais il devait à tout prix revenir à la cour et mettre la main sur Julien : lui seul aurait pu l'entendre converser avec le serviteur.

Crispin attendit. Devant la Grande Porte, les gardes furent relevés et il profita d'un moment d'inattention de leur part pour se fondre dans l'ombre du mur. Quelques mois auparavant,

Lancaster lui avait confié l'existence d'un passage secret menant au palais. Il s'y glissa.

La nuit était silencieuse, les cloches s'étaient tues depuis longtemps et ne se réveilleraient qu'à l'aube. Le brouillard froid planait au-dessus de la cour et par-delà la muraille d'enceinte, de sorte que même le souffle de Crispin ne pouvait se déceler.

Il franchit le mur d'un jardinet et son pinacle de pierre et se laissa retomber de l'autre côté. Devant lui, se dressait la forme massive et sombre du palais. Il entrevit la chapelle Saint-Étienne. Il était dans la bonne direction.

D'autres murets à escalader. L'exercice réchauffait ses membres engourdis, mais la crainte de se faire prendre était toujours là. Il compta les jardins. Il savait où se trouvait chaque chambre, quelle fenêtre lui serait utile. Il lui faudrait entrer en force. Cette pensée le fit sourire. Il imaginait l'expression de surprise du roi Richard… et la violence des gardes qui se jetteraient sur lui.

L'appartement du Juif était là, devant lui. Il atteignit la fenêtre et posa le pied sur un rebord de pierre pour se hisser. Les lourdes tentures n'étaient pas entièrement tirées et une petite partie de la pièce était visible de l'extérieur. Tout était sombre. Le rougeoiement de l'âtre modifiait les ombres. Il discerna tout de même un lit à baldaquin. La voilure n'était pas fermée. Les Juifs n'étaient pas encore couchés. Tant mieux.

Crispin poussa les panneaux de la fenêtre, mais ceux-ci résistèrent. Il glissa alors sa dague entre eux, fit doucement remonter la lame et trouva une petite barre qu'il souleva. Le métal grinça. Il tendit l'oreille. Personne ne semblait avoir remarqué quoi que ce soit.

La barre se décrocha des panneaux et tomba à terre. Aussitôt, il ouvrit l'un d'eux sans se préoccuper du grincement que cela occasionnait.

En contrebas, une fenêtre s'ouvrit en grand et la lueur d'une bougie éclaira la cour recouverte de neige. Un homme se pencha et leva la tête.

Crispin se figea sur place avec l'espoir insensé que l'obscurité et le brouillard dissimuleraient son intrusion. Ayant à moitié enjambé la fenêtre, il regarda à l'extérieur. Lancaster le contemplait, éberlué, les lèvres écartées comme pour appeler, mais il n'en fit rien et se contenta de proférer un juron que Crispin devina sans l'entendre. Le duc secoua la tête et se retourna, songeant peut-être qu'il valait mieux feindre n'avoir rien vu, puis il rentra.

Crispin attendit, guettant le moindre bruit, le moindre mouvement. Rien. Il ne percevait que le craquement des bûches dans l'âtre et le lointain clapotis de la Tamise contre les rochers.

— Oh, Seigneur Dieu, murmura-t-il.

Il se ressaisit et se glissa à l'intérieur avant de s'empresser de refermer la fenêtre et de remettre sa dague au fourreau. La chaleur de la chambre l'étourdit un instant. Au moins se trouvait-il enfin dans la pièce intérieure ! Il avança vers la porte, y colla son oreille et guetta le moindre mouvement. Rien. Le médecin et son fils devaient se tenir auprès de la reine, même à cette heure tardive.

Crispin se sentit assez en sécurité pour prendre une mèche dans la petite boîte près de l'âtre, en enflammer l'extrémité et allumer une bougie. Il regarda autour de lui et se rendit compte qu'il ne s'agissait pas vraiment d'une chambre à coucher, plutôt d'une extension de la salle de travail du médecin. Une table à tréteaux avait été placée dans une niche, de l'autre côté du lit. Elle était couverte de parchemins et de pots en verre surmontés d'un couvercle. Son regard se posa immédiatement sur un récipient : dans un liquide clair, flottait une masse grisâtre rappelant les abats vendus par les bouchers. Il s'approcha pour mieux voir et fit la grimace. Qu'était-ce au juste ? Il eut un haut-le-cœur. Était-il possible que ce fût humain ?

Furieux, Crispin résista à l'idée de balayer le récipient d'un revers de la main et de le projeter sur le sol. Que faisait donc le médecin avec cette chose ignoble ? Il regarda les notes inscrites dans un carnet en cuir grand ouvert sur la table et pâlit. En français, il lut le détail d'expériences effectuées sur des entrailles, celles de jeunes créatures dont la nature n'était toutefois jamais mentionnée.

Il approcha la bougie du carnet pour mieux en étudier l'écriture. Il ne lui fallut pas longtemps pour comprendre qu'il n'appartenait pas à Jacob de Provençal, mais à son fils, Julien.

Fou de rage, il déchiffra des notes plus anciennes pour comprendre le projet du jeune homme, et ce qu'il découvrit lui déplut. Diverses sortes d'expériences y étaient évoquées comme palper des organes internes exposés à l'air : abdomen ouvert, la malheureuse créature attachée ne pouvait opposer aucune résistance. Sans le moindre état d'âme, on expliquait combien de temps la créature en question mettait pour mourir.

Il referma le carnet. Des meurtriers, ça, il le savait déjà, mais ces abominations !

Il fouilla le reste de la pièce à la recherche d'autres preuves, d'autres choses ignobles qu'il ne voulait pourtant pas trouver. D'autres carnets, d'autres parchemins, certains de la main du médecin et d'autres de celle de son fils. Une paillasse était posée près du lit et, en l'examinant, Crispin découvrit des haillons maculés de sang séché. Bien sûr, le médecin aurait pu s'en servir dans le cadre de son art, mais il ne pouvait imaginer qu'une seule chose.

Une porte claqua et il s'empressa de souffler la flamme de la bougie. Sa dague à la main, il était prêt.

Une clef tourna dans la serrure et la porte de la chambre s'ouvrit. Ceinte d'un halo produit par la cheminée de la pièce voisine, une silhouette franchit le seuil et chercha une bougie.

La dague de Crispin se posa sur son dos. Julien se raidit et poussa un cri de surprise.

— Maître Julien, lui susurra Crispin à l'oreille, à votre place je ne bougerais pas.

— V-vous…

Il se mit à trembler et sa voix trahissait sa colère. Il tenta de se retourner, mais Crispin lui fit vite comprendre que cela serait impossible.

— Ignoble individu ! Que faites-vous ici ? C'est notre domaine privé !

— Allumez cette bougie.

— Quoi ? Je...

— Allumez cette satanée bougie !

Le jeune homme jura en français et s'empara d'une mèche pour refaire les mêmes gestes que Crispin quelques instants plus tôt. Il alluma ainsi la bougie déjà posée sur la table à tréteaux. Crispin recula sans pour autant dissimuler sa dague. Il eut un signe de tête en direction du carnet.

— C'est quoi, cette abomination ?

Julien plissa les yeux puis le foudroya du regard.

— Vous ne pourriez pas comprendre.

— Eh bien, essayez de m'expliquer.

— Comment le pourrais-je avec quelqu'un qui n'est pas familier de l'art médical ? Cela reviendrait à expliquer la nature du Tout-Puissant à un nigaud de village.

Crispin tendit la main derrière lui et tapota le récipient de verre de sa lame.

— Et ça, qu'est-ce que c'est ?

— Ça ? dit Julien d'un air suffisant. C'est une rate. L'un des organes dont...

— À qui appartient-il, crapule ?

— À qui ? Vous devez plaisanter. C'est celle d'une chèvre.

— Prouvez-le.

Julien recula d'un pas et son visage se perdit dans l'ombre.

— Je ne le peux pas. Et je ne le ferai pas. Ce sont des expériences importantes, susceptibles de sauver bien des vies. Mais qu'est-ce que cela peut vous faire, avec vos manières brutales et votre muflerie ? Vous entrez ici comme un voleur et vous attendez des réponses de ma part en me menaçant de votre poignard. Sachez que je n'ai pas peur de vous. Je n'ai peur de personne !

Le sang de Crispin bouillonnait dans ses veines. Il avait déjà rencontré des dizaines de meurtriers et Londres en regorgeait. Le jeune cadavre qu'il avait vu de ses propres yeux allait bien au-delà du meurtre. Il chassa l'idée de l'existence d'un golem. C'était un leurre, un tour de passe-passe comme ceux dont usent les magiciens itinérants. Cette créature, à condition qu'elle existe, n'était pas responsable de ces atrocités. Le traitement réservé au jeune enfant était trop calculé, trop médical. Le crime avait été commis par un homme, c'était une chose assurée, et il commençait à être certain que le coupable se tenait devant lui.

— Vous devriez avoir peur de moi. Et aussi de la corde du bourreau. Vous êtes un meurtrier des plus ignobles. Faire ce que vous avez fait... cela me dégoûte rien que d'y penser !

— Comment osez-vous ? Je ne fais rien de tel. Je sauve des vies. Ce dont vous m'accusez est contraire aux codes de la médecine, contraire aux préceptes de ma religion.

— Vous allez me dire très exactement ce que vous faites ici, et j'examinerai par moi-même les pièces à conviction, dit Crispin en agitant sa dague sous son nez.

Julien fut à nouveau dans la lueur de la bougie. Son visage était crispé, ses longues mains tendues vers lui.

— Je n'ai assassiné personne. De quoi m'accusez-vous ?

— Fort bien. Si vous voulez jouer à ce petit jeu... Quatre jeunes garçons ont été retrouvés assassinés. Ils étaient nus et tout prouvait qu'ils avaient été ligotés. Leurs entrailles avaient été soigneusement prélevées sur leur corps. En outre, ils avaient été sodomisés.

Julien aurait pu faire un merveilleux acteur de théâtre. Ses pupilles se dilataient, ses lèvres frémissaient, livides.

— Non, murmura-t-il, Seigneur Tout-Puissant, non.

Sa main trouva le dossier d'une chaise et il s'écroula comme un tas de chiffons. Crispin remarqua la ceinture d'étoffe qui lui ceignait la taille. On pouvait facilement étrangler avec cela.

— Vous m'accusez de ces infamies ? dit-il d'une voix qui aurait pu susciter la sympathie.

Mais soudain le charme fut rompu quand il se redressa et éclata d'un rire sardonique.

— Sortez d'ici ! hurla-t-il.

C'en était trop. Crispin le saisit par l'épaule et le secoua sans ménagement. Le jeune homme fut contraint de se relever.

— Vous expliquerez tout ça au shérif.

— Quoi ? Non ! Lâchez-moi !

Il se débattit comme une anguille prise dans une nasse et finit par échapper à l'emprise de Crispin. Il se plaqua au mur.

— Je ne suis pas un meurtrier ! Mais que vous faut-il donc pour vous convaincre ?

— Est-ce que vous conspirez avec ces autres Juifs ? Est-ce là un projet délibéré pour tuer des enfants chrétiens ?

— D'autres Juifs ? Vous êtes fou. De quoi parlez-vous ?

— Ne jouez pas au plus fin avec moi, mon garçon. Je sais que des Juifs se cachent dans Londres. Je suis également au courant de leur désir de tuer de jeunes chrétiens, mais peut-être leurs ambitions ne s'arrêtent-elles pas là ?

Crispin avait mal à la main de trop serrer sa dague.

— Ce que vous dites est insensé, répliqua Julien. Il n'y a plus de Juifs en Angleterre, votre roi y a veillé.

C'en était trop, vraiment. Crispin plongea en avant et saisit le jeune homme par son habit, le tira à lui et le rudoya énergiquement.

— Cessez de jouer avec moi ! Je ne sais pas ce qui me retient de vous…

La lame de la dague se rapprocha du visage de Julien dont les yeux verts n'en virent plus que la pointe.

— Maître Guest !

L'attention de Crispin fut un instant détournée vers Jacob qui les observait, horrifié, depuis le pas de la porte. Cela suffit au jeune homme qui parvint à se dégager et à tirer son propre poignard avant de s'avancer vers la porte.

— Père ! Éloignez-vous ! Cet homme est fou, tout ce qu'il raconte est insensé et horrible !

Jacob regarda les deux protagonistes pour tenter de comprendre ce qui les opposait.

— C'est ce fils que vous devriez craindre, maître Jacob ! ricana Crispin. Ses « expériences » sont une abomination devant la face de l'Éternel. Quant à ces choses, ajouta-t-il avec un geste en direction de la table, elles devraient être détruites.

Jacob entra et posa une main ferme sur le poignet de Julien avant de le faire passer derrière lui sans toutefois lui laisser la liberté de s'enfuir.

— Ne t'avais-je pas prévenu ? lui lança-t-il. Nous ne sommes pas des bouchers. Nous n'avons pas besoin de ces organes répugnants.

— Mais père...

— Non, Julien, je t'ai trop longtemps laissé faire. Tout ceci doit disparaître.

La rhétorique du médecin n'ébranla pas Crispin.

— Fort bien, maître Jacob, mais vous avez bien conscience qu'il s'agit d'entrailles humaines.

Jacob ne relâcha pas le poignet de son fils même si toute son attention se portait maintenant sur Crispin.

— Humaines ? Non ! Elles proviennent d'animaux, maître, d'animaux ! Nous examinons ces organes pour en comprendre le fonctionnement. Vous constaterez certainement que...

— J'accuse votre fils d'avoir commis des crimes odieux, maître Jacob, et vous les attribuez à quelque golem de légende. C'est votre fils que je tiens responsable des faits de meurtre, d'éviscération... et de sodomie.

Crispin s'attendait à tout, mais pas à l'étrange expression que prirent les traits du médecin. Il se contenta de secouer la tête et de se mordre les lèvres.

— Non, non, maître Guest, vous vous trompez. Sur tous les points.

— C'est faux et j'en ai la preuve ici même ! Ces récipients répugnants ! Pouvez-vous nier leur existence ?

— Non, répondit Jacob avec fermeté. Julien a peut-être commis une erreur en conservant ces choses interdites, ces choses d'origine animale, mais il n'y avait là rien de malveillant. Tes notes sont sensées, ajouta-t-il en se tournant vers son fils, et tes conclusions n'ont rien d'erroné.

Fort de ce compliment, Julien en oublia les accusations de Crispin.

— Maudits ! leur lança ce dernier. Je vous parle de meurtres. Est-ce que vous êtes sourds ?

Jacob lâcha le poignet de son fils et croisa calmement les doigts tandis que Julien se réfugiait derrière lui.

— Je suis loin d'être sourd, maître Crispin, et vous parlez bien trop fort vu l'heure qu'il est. Je vous assure que vous vous méprenez en ce qui concerne mon fils. Ce n'est pas un meurtrier. Il n'est pas non plus capable des autres choses dont vous l'accusez.

— Pardonnez-moi, messire le médecin, mais j'ai vu ce dont étaient capables des hommes de moindre importance.

D'un air contrarié, Jacob secoua encore une fois la tête. Comme Crispin aurait voulu la voir trancher !

— Il est apprenti médecin et travaille à mes côtés pour mieux apprendre. Ces horreurs que vous lui attribuez, sachez qu'elles n'ont rien de possible. Nous ne tuons pas. Nous sauvons des vies. De plus, maître, notre religion nous interdit de toucher le sang. C'est vrai, je dois parfois pratiquer la saignée sur certains patients pour régénérer leurs humeurs, dit-il en levant la main pour rejeter les éventuelles objections de Crispin, et aussi nettoyer des blessures.

Son regard se posa sur le bras de Crispin que Julien avait entaillé.

— Mais nous sommes aussi prompts à nous purifier, poursuivit-il. Notre art exige des sacrifices. Le Seigneur entend nos prières et nos supplications. Julien a réalisé ces expériences, je ne le nie pas, mais uniquement dans le but d'apprendre. Ces choses répugnantes seront mises au rebut et nous n'en parlerons plus jamais.

— Mon père !

— Nous n'en parlerons plus jamais, répéta-t-il.

Il ferma les yeux en attendant la soumission de Julien et les rouvrit quand son fils se fut calmé.

— Julien est toujours à mes côtés, je vous l'ai dit, et il n'a tout simplement pas la possibilité matérielle de faire ce dont vous l'accusez.

— Et pourtant il s'est trouvé seul avec moi.

— Quelques instants seulement. Dites-moi, maître Crispin, vous qui êtes expert en la matière, pourrait-on faire tout ce dont vous accusez mon fils et disposer encore de temps pour effacer les multiples traces qu'une telle abomination engendrerait logiquement ? Dans cette pièce et sur lui-même ? Vous avez l'habitude des combats, vous savez quelle quantité de sang cela engendrerait ?

Crispin serra les dents. Par le Christ ! Ce maudit personnage lui parlait avec calme et le regardait sans animosité. Certes, il pouvait mentir et Julien aurait pu disparaître pendant de très longues minutes, mais où aurait-il commis ses forfaits ?

— Vos explications ne suffisent pas à écarter sa culpabilité.

Jacob releva le menton et son regard s'assombrit, mais ses lèvres ne prononcèrent pas la moindre parole.

Cette joute ne menait à rien. L'homme était imposant et son regard aigu ne vacillait jamais. L'honnêteté de ses dires n'était en rien avérée…, mais elle n'en était pas loin.

En émettant une sorte de grognement, Crispin s'éloigna du père et du fils puis remit sa dague au fourreau. Il ne put s'empêcher de regarder la table, surtout cette chose indéfinissable qui flottait dans le récipient. Il détestait avoir tort. Et il détestait plus encore devoir le reconnaître. Pourtant il y avait chez ce jeune homme un détail qui l'irritait au plus haut point, comme l'aurait fait une maladie. Il fallait trouver quelque chose à lui reprocher. Mais oui. Un sourire aux lèvres, Crispin revint vers eux.

— Il y a un autre problème. Un serviteur a été tué alors qu'il devait me faire des révélations capitales concernant vos parchemins, maître Jacob. Un serviteur qui m'avait donné rendez-vous… et que maître Julien n'a pas manqué d'entendre.

Le fils parut se détendre et Crispin comprit qu'il n'avait pas peur, ni de lui ni de son Créateur.

— Effectivement, j'ai entendu ce serviteur quand vous lui avez parlé, mais je n'étais pas seul dans le couloir. Des hommes se trouvaient non loin de moi et l'un d'eux a pu saisir vos propos. Vous auriez dû refermer la porte.

— Comme c'est facile… et impossible à prouver. Tendez-moi votre ceinture.

Julien sursauta et porta machinalement la main à sa taille.

— Quoi ? Pourquoi ?

— Je vous donne trois secondes.

Quelle que fût l'expression de Crispin, Julien parut convaincu et s'empressa de dénouer la ceinture de soie et de la lui tendre. Crispin s'en saisit et s'approcha de l'âtre puis il sortit de sa besace le fil trouvé sur le corps et le déposa sur la bande d'étoffe.

Les couleurs ne se ressemblaient en rien.

Il aurait aimé la jeter dans le feu, mais il n'en fit rien et l'examina de plus près. Ni traces de larmes ou de sueur ni plis nés de la torsion nécessaire pour confectionner un garrot. Le tissu était impeccable.

Sans se retourner, il tendit la main derrière lui et quelqu'un se saisit de la ceinture puis il rangea le fil dans sa besace. Julien eut un rire de gorge.

— Êtes-vous enfin satisfait ?

— Non. Que savez-vous de ces Juifs clandestins ?

Jacob s'approcha de lui et son ombre se dessina derrière la sienne.

— Des Juifs clandestins, maître Guest ? Que me racontez-vous là ?

— J'ai découvert le lieu de réunion secret de Juifs, des descendants de ceux qui auraient dû quitter l'Angleterre. Ils étaient censés s'être convertis, mais ils se sont parjurés et ont rejeté le baptême, dit-il en crachant ces mots, dégoûté qu'il était par tout individu reniant son serment.

— C'est intéressant, dit Jacob, mais je n'ai rien à voir avec eux, si ce que vous me racontez là est exact. Mon fils est également innocent de toute rencontre avec cette communauté.

Une partie du visage était éclairée par le feu brûlant dans la cheminée tandis que l'autre demeurait dans la pénombre. Ses rides et son air déterminé s'en trouvaient renforcés.

— Maître Guest, il est tard. Vous avez fait d'étranges rencontres aujourd'hui. Ces meurtres sont ignobles, certes, mais je n'en connaissais pas les détails auparavant. Seule leur existence m'était connue. Le reste m'était... étranger, dit-il l'air soucieux sans toutefois regarder son fils. Je prierai, voilà tout ce que je peux faire. Et je renouvelle mes affirmations à propos de mon fils. C'est un homme de science à l'esprit très développé, mais en aucun cas un assassin. Revenez au matin et nous discuterons. Peut-être pourra-t-il parler des autres personnages présents dans le couloir.

— Non, j'ignore qui ils étaient, intervint Julien.

Crispin aurait voulu l'étrangler. Il vit alors ce que de telles pensées avaient de malvenu et en éprouva une certaine honte quand il se rappela la façon dont était mort le serviteur.

Il regarda Jacob droit dans les yeux. Il aurait voulu s'excuser, expliquer, mais sa bouche se refusait à prononcer ces mots. Par tous les saints, comme il était las, épuisé dans sa chair autant que dans sa tête. Peut-être n'avait-il pas réfléchi avec autant de soin qu'il l'aurait dû. Et puis il était affamé et avait envie de vin. Il était trop tard pour boire dans la grande salle du Sanglier, mais peut-être pas assez pour frapper chez Gilbert et Eleanor.

XII

CRISPIN SORTIT DU PALAIS SANS ENCOMBRE et se jura bien d'y revenir dès le lendemain matin pour mieux interroger le jeune Julien. Son arrogance ne pouvait que masquer quelque chose.

Le brouillard était toujours aussi dense, du moins avait-il l'intérêt de ne pas le faire repérer par la garde, et il lui en était reconnaissant. Une fois à Londres, il retrouva des rues familières et se dirigea vers le marché de Newgate puis le quartier de la Boucherie. Il leva les yeux vers sa fenêtre, au-dessus de l'échoppe du rétameur, et ne vit pas briller de bougie derrière les volets clos. Peut-être Jack était-il allé se coucher, las d'attendre son retour.

Une fois dans la rue des Fossés, le brouillard était si épais que Crispin fut contraint de longer les murs pour ne pas tomber. Sans hésiter, il s'arrêta devant la taverne du Sanglier. C'était un chemin qu'il connaissait bien, qu'il fût sobre ou complètement ivre.

Le Sanglier occupait une bâtisse trapue aux fondations de pierre. Ses murs blanchis à la chaux étaient parcourus de grosses poutres de bois sombre. Quelques tuiles menaçaient de tomber, mais Crispin considérait ces défauts avec l'aveuglement d'un vieil amant devant les rides de sa bien-aimée. L'endroit était aussi pauvre que lui et tout aussi imparfait. Il se sentait proche de cette vieille maison comme de ses occupants.

La porte était fermée et sans aucun doute barrée, énorme panneau de vieux chêne aux lourdes pentures. Il tapa du poing et attendit un instant avant de recommencer.

Une voix résonna à l'intérieur.

— Oh, du calme, mon ami. La taverne est fermée pour la nuit. Revenez au matin.

— J'aimerais pourtant du vin maintenant, dit Crispin aussi fort qu'il l'osa.

— Crispin ? C'est vous ?

— Soi-même. Ouvrez-moi, Gilbert, je suis mort de froid.

L'épaisse barre fut retirée de la porte, révélant un Gilbert tout souriant.

— Crispin, vous savez l'heure ? lui reprocha-t-il tout en le faisant entrer avant de remettre la barre en place.

— Toutes mes excuses, dit-il avec un semblant de courbette, mais j'avais faim… et j'ai besoin de vin. Ça fait bien… un jour.

— Et peut-être vouliez-vous que vos amis vous prêtent une oreille compatissante, hein ?

Il posa la main sur l'épaule de Crispin et l'entraîna vers l'âtre.

L'endroit paraissait plus solennel en l'absence des buveurs braillards. Abandonné même. Les ombres s'accrochaient aux coins de la salle comme des toiles d'araignée. Même le feu où brûlaient encore quelques bûches de bonne taille semblait terne. En tout cas, il faisait chaud. Il s'assit en soupirant quand Gilbert se pencha vers lui.

— Je vous apporte du vin et un peu de poisson froid, ça ira ?

— Gilbert, on devrait vous canoniser.

Le tavernier se mit à rire puis il se rendit aux cuisines où Crispin l'entendit appeler le serveur Ned afin qu'il aille chercher du poisson.

Il se frotta l'épaule et c'est seulement quand il se fut assis qu'il se rendit compte à quel point ses muscles étaient tendus, mais il était là, devant le feu, jouissant de ce bonheur infime.

Quelques instants s'écoulèrent avant le retour de Gilbert. Il tenait un plateau chargé de deux bols en terre, d'un pichet de vin et d'une assiette de poisson et de fromage.

Crispin porta la main à sa besace, mais Gilbert l'arrêta d'un geste.

— Non, Crispin, pas question, ce soir vous êtes mon invité. Ce n'est pas souvent que vous venez nous voir en ami.

Crispin baissa la tête quand Gilbert mit la table. Il sentait la chaleur de ses joues plus encore que celle du feu. Le tavernier avait raison, il avait trop souvent négligé leur amitié, ne voyant dans le Sanglier qu'un endroit pratique où discuter au cours de ses enquêtes. Ses hôtes l'avaient accueilli comme peu de gens l'auraient fait et il leur devait bien plus qu'une simple note.

Il grommela un remerciement, trop gêné pour en dire davantage.

— Alors, Crispin..., commença Gilbert.

Il étendit ses grosses jambes et agita ses souliers pointus devant le feu. Son bol était déjà à moitié vide, posé sur son ventre rebondi.

— Racontez-moi cette journée si terrible qu'il vous faut braver le couvre-feu pour hanter les tavernes.

Que dire ? Il observa Gilbert, sachant qu'un serment lui faisait garder le silence sur tout ce qu'il aurait pu lui confier.

— Un acte criminel horrible a eu lieu en ville, Gilbert. Peut-être êtes-vous au courant ?

— Oh oui. Le gosse. J'en ai entendu parler. Vous recherchez son meurtrier ?

Crispin hocha la tête et but le reste de son vin. Gilbert s'empressa de remplir son bol. Il passa la langue sur ses lèvres rougies.

— Dieu soit loué. Je le sais depuis que vous êtes sur le coup et vous n'abandonnerez pas. Justice sera rendue à cet enfant.

Crispin but une gorgée, s'essuya la bouche du revers de la main et prit du poisson. Il était froid, mais cela n'avait aucune importance. Il ôta les arêtes et mâcha.

— Quatre enfants, dit-il calmement.

— Quatre ?

Gilbert ne put s'empêcher de murmurer une prière et de se signer. Pendant un instant il ne bougea ni ne parla. Crispin mangea deux autres petits poissons et but encore deux bolées de vin. Il avait chaud, il se sentait bien.

— Et aujourd'hui, dit enfin Gilbert, que s'est-il passé ?

Crispin soupira et s'essuya la bouche.

— Un homme qui aurait pu me révéler le nom du coupable a été assassiné.

— Seigneur ! C'est incroyable, on n'a jamais vu ça dans toute l'histoire de la ville. Comment est-ce possible ?

— Vous ignorez la moitié des détails, Gilbert, mais je vous apprécie trop pour partager ces horreurs avec vous.

Gilbert frissonna. Les Langton n'avaient pas d'enfant. Peut-être était-ce pour cela qu'ils aimaient bien Crispin, perdu et plein de naïveté quand il avait dû renoncer à tout. Gilbert et Eleanor étaient à peine plus âgés que lui, mais ils le traitaient souvent comme leur rejeton. La plupart du temps il s'en moquait, mais aujourd'hui, pour la première fois, Gilbert se sentait parent et voulait protéger son petit des malheurs du monde. Non, Crispin ne lui révélerait pas l'atroce réalité.

— Je me demande ce que Londres va devenir, dit Gilbert d'une voix grave.

Ils finirent le pichet au moment même où Ned en apportait un second. Il portait un bonnet et un tablier sale.

— Ned, mon garçon, fit Gilbert. En voilà un qui ne nous connaît que trop bien.

— C'est pareil pour maîtresse Eleanor. Elle m'a prévenu qu'elle me tirerait les oreilles si je ne ramenais pas maître Crispin chez lui au plus vite.

— Disons qu'il nous reste encore un peu de temps.

Gilbert remercia d'un signe de tête Ned qui disparut puis il entreprit d'emplir à nouveau les bols de vin.

— Oui, j'ai toujours dit…

Crispin recula à temps. Gilbert versait à côté et le liquide coulait sur la table. Les deux hommes rirent.

— Je crois bien que ce sera le dernier, fit Gilbert.

— Je suis bien de votre avis.

— Bon, qu'est-ce que je disais ? Oui, reprit-il en renversant un peu de vin. Que vous êtes intelligent et que vous ne laisserez pas cet assassin s'en tirer.

— Je pensais l'avoir identifié ce soir, mais il se peut que… que j'avais tort.

La boisson n'apaisa pas la colère que lui inspirait Julien parce que c'était plus que cela. Toutes sortes d'émotions l'assaillaient et il ne se sentait pas capable de mettre de l'ordre dans ses idées. Ce jeune homme, il l'aurait volontiers étranglé, pourtant il y avait autre chose en lui.

Il rit de lui-même et but. Ce n'était pas cet étrange personnage qu'il voulait oublier, c'était cette histoire de Juifs clandestins et de serviteur assassiné, de toute évidence condamné par le même monstre qui massacrait des enfants.

Un monstre. N'y en avait-il pas un qui rôdait dans les rues ? Cette étrange créature qui était moins homme que démon, ne l'avait-il pas vue de ses propres yeux ? Et Jack, il l'avait vue, lui aussi. Oserait-il lui donner le nom de golem ?

Sa tête était de plus en plus lourde. Avec beaucoup de sérieux, il se pencha vers Gilbert.

— Mon ami, écoutez-moi. Ne sortez pas après la tombée de la nuit.

— Pourquoi le ferait-on sauf pour aller aux latrines publiques ?

— Même ça, empêchez-vous-en. Restez chez vous.

— Quoi ? Mais pourquoi ?

— Les démons sont parmi nous, Gilbert, et je ne dis pas cela à la légère. J'ignore ce qui rôde la nuit dans les rues de Londres, mais j'ai peur pour ses habitants. Ne sortez pas quand il fait noir.

Gilbert observa un instant Crispin, bouche bée, puis il hocha la tête. La peur se lisait dans ses yeux que le vin faisait déjà luire.

— Il vaut mieux ne pas en parler à Eleanor, ajouta Crispin. Je ne voudrais pas l'effrayer.

— Me faire peur de quoi ? demanda Eleanor qui venait d'entrer dans la salle de la taverne.

Gilbert sursauta et mit la main sur son cœur qui battait à tout rompre.

— Bon sang, femme, tu veux donc me faire mourir ?

Elle sourit et croisa les bras sur sa poitrine généreuse en voyant les bols et les pichets vides.

— Il se fait tard, Gilbert. Je crois bien que vous deux, vous feriez bien de vous dire adieu.

— On ne peut donc pas bavarder avec un ami ?

Gilbert posa la main sur l'épaule de Crispin, un geste qu'il ne se serait jamais permis étant sobre.

— Pas de doute, vous avez trop bu. Allez. Debout, mon mari ! Invite maître Crispin à retourner chez lui.

— Je n'ai pas sommeil, Nell, déclara Crispin en réprimant un bâillement.

— C'est ça, oui, dit-elle en relevant le gros tavernier. Et lui non plus. C'est pour ça que ses yeux se ferment et qu'il traîne des pieds. On croirait deux gamins ! Rentrez, Crispin.

— Oui, je vais rentrer…, murmura-t-il en essayant de quitter son banc.

Sa vision se troubla et il tituba. Ned arriva juste à temps pour le rattraper. Eleanor le prit par le bras et le raccompagna jusqu'à la porte.

— Peut-être que vous viendrez pour la Noël cette année. Il faut qu'on fasse notre repas à une heure qui n'a pas de nom pour que vous acceptiez ?

— La Noël…, répéta Crispin, pas assez ivre pour capituler. Je vais y réfléchir, ajouta-t-il sans avoir l'intention de le faire.

— Mais oui, mais oui.

Eleanor n'était pas dupe. Elle le plaqua contre le mur quand elle souleva la barre de la porte. Le panneau s'entrouvrit. La femme poussa alors un cri de surprise. Jack Tucker venait de passer la tête et il se bouchait les oreilles avec les mains.

— Holà, femme, on ne s'entend plus !

— Jack, fit Crispin soulagé de trouver quelqu'un susceptible de le ramener chez lui.

— Il en tient une bonne, hein ? dit l'enfant à Eleanor à qui il adressa un clin d'œil.

— Une sérieuse, oui !

L'esprit embrumé de Crispin ne tenta pas de s'offusquer.

— Jack, qu'est-ce que tu fais ?

— Je vous cherchais.

— J'allais justement rentrer.

— Je n'étais pas au logis.

Crispin se débattit pour échapper à l'enfant. Eleanor mit les mains sur ses hanches. Elle ne savait trop que faire, les flanquer à la rue ou ramener tout le monde dans la grande salle.

— Jack, je t'ai dit de rentrer, ça fait plusieurs heures déjà.

— Eh bien je ne l'ai pas fait, rétorqua l'enfant avec un sourire. Parce que j'ai eu une idée. À propos de ce golem.

Eleanor fronça les sourcils et prit sa décision. Elle replaça la barre et poussa tout le monde vers la cheminée.

— On ferait bien de s'installer si on veut discuter. Et pour commencer, c'est quoi, un « golem » ?

Jack s'assit avant de se tortiller.

— Oh, maîtresse, c'est un horrible monstre !

— Jack, le prévint Crispin.

— Un monstre qui rôde la nuit. On l'a vu, maître Crispin et moi.

— Jack…

— Il était énorme et affreux. Il assassine les enfants de ses mains nues…

— JACK !

— Oui ? fit-il d'un air innocent. Qu'est-ce qu'il y a ?

Il en avait trop dit. On ne pouvait plus garder le silence.

— Peu importe.

Jack se pourlécha en jetant des regards langoureux aux pichets. Eleanor s'empressa de les déposer à l'autre bout de la table. En soupirant, l'enfant s'agrippa à celle-ci.

— D'abord, il y a ce Juif qui a perdu des parchemins, mais c'étaient des parchemins magiques, et il y a un enfant de catin, oh pardon, maîtresse Eleanor, quelqu'un qui s'en est servi pour appeler ce démon.

— Crispin ? Est-ce que c'est vrai ?

Les yeux clos, il bougea vaguement la tête et la femme prit cela pour une réponse affirmative. Jack poursuivit.

— Ils sont faits d'argile, ces golems, et le démon se met je ne sais comment dans ce corps d'argile. Alors il peut errer dans tout Londres en pleine nuit et tuer tous les gens qu'il veut.

— Jack, tu te trompes, parvint à bredouiller Crispin.

— Non, maître, il tue des enfants, voilà ce qu'il fait. Et pire encore !

— Pire encore ? Mais qu'est-ce que tu veux dire ? s'enquit Eleanor, pétrifiée.

— Eleanor ! lui lança Crispin. Je vous en prie !

— Bon. Est-ce que toi tu l'as rencontré ? Comment t'en es-tu tiré ?

— Il était à bonne distance de nous. On a essayé de suivre cette bête, mais ça n'a pas été facile. Il s'est sauvé chaque fois que maître Crispin le poursuivait.

— Vous l'avez suivi ? demanda-t-elle à Crispin.

— Mais oui ! reprit Jack avec fierté. Il n'a peur de rien, maître Crispin !

— Seulement de tes bavardages, grommela-t-il.

— C'est comme ça que ce soir, quand maître Crispin m'a ordonné de rentrer au logis…

— Parce que c'est ta place !

— Une idée m'est venue. Ce golem, il est fait d'argile, n'est-ce pas ? Moi et maître Crispin, on l'a vue, on en a même touché, ce n'est pas vrai ? Alors je me suis dit, où un corps peut-il trouver autant d'argile ?

Crispin sursauta. Pas vraiment sobre, mais tout de même moins éméché qu'avant, il se tourna vers l'enfant.

— Jack ! Tu sais que tu es intelligent quand tu veux ?

— Mais je le veux souvent, fit le gosse avec modestie.

XIII

JACK MIT UN CERTAIN TEMPS pour convaincre Crispin de rentrer se coucher et de ne s'occuper de l'argile que le lendemain matin. Il avait failli à plusieurs reprises dévaler l'escalier menant à son logis, mais le bras robuste de Jack l'avait empêché de se briser le cou. Il fut finalement heureux de retrouver son lit et de remonter la couverture grossière jusqu'à son menton. Jack recouvrit les braises de cendres et Crispin s'imagina avoir chaud même s'il savait que cette douce sensation n'était due qu'à son état d'ébriété avancé.

Mais voici que le jour s'était levé, accompagné de vifs rayons de lumière traversant les volets et du bruit métallique de la gamelle contre le chaudron, et il ne ressentit plus aucun bien-être. Sa tête était lourde comme du plomb, martelée comme un pot sur une enclume.

— Jack, gémit-il, tu ne peux pas faire moins de bruit ?

— Pardon, maître, dit l'enfant, mais c'est le matin et vous m'avez expliqué hier soir qu'il faudrait commencer tôt. L'eau de votre rasage est presque chaude et la purée de pois sera prête quand vous la voudrez.

Il lui tendit un bol en bois rempli de bière brune. Crispin s'assit et le regarda avec étonnement.

— Où as-tu trouvé ça ?

— C'est maître Kemp qui l'a monté tout à l'heure. Il a appris dans quel état vous étiez et s'est dit que c'était un excellent remède.

— Je viens de me réveiller. Comment peut-il savoir que je ne me sentais pas très bien ?

— Eh bien, quand je l'ai rencontré ce matin, peut-être que j'ai dit quelque chose à votre propos... sur la nuit dernière.

Crispin cessa de lui poser des questions. Il engloutit sa bière et fit claquer sa langue. Ce n'était peut-être pas assez pour le remettre en forme, en tout cas c'était mieux que rien.

Jack prit la cape de Crispin pour la lui placer sur les épaules puis il lui apporta la purée de pois liquide qu'il avala comme une soupe. Il s'essuya la bouche et rendit le bol au gamin.

— Votre eau, maître.

Crispin se leva en grommelant, entoura le manche de la gamelle d'un bout de sa cape et versa l'eau fumante dans une bassine qu'il alla déposer devant une plaque de cuivre étincelante clouée à un poteau. Il passa sur son menton la mousse d'un savon et espéra que le rasoir était assez tranchant. Sa main tremblait, mais il fit de son mieux. Il se frotta ensuite les dents d'un doigt et recracha dans la bassine.

Jack l'emporta vers la fenêtre et jeta l'eau sale à l'extérieur.

— Alors quelle allure ai-je ? demanda Crispin d'une voix un peu pâteuse.

— Ça pourrait être pire, dit le gamin après l'avoir examiné de pied en cap.

— Merci pour le compliment.

— Maître, qu'est-ce que c'est ?

Ce livre posé sur la table, il en avait complètement oublié l'existence. Avait-il le temps de s'y intéresser ? Sa main courut sur la reliure de cuir et il s'assit pour dénouer le lacet qui le refermait.

Il ouvrit la couverture, évalua les dégâts causés lorsque le cousin de Gilles l'avait jeté à terre et se mit à la lecture.

Jack réanima le feu, rangea quelques menus objets et finit par s'installer dans un coin de la pièce pour brosser la cape de Crispin maculée de boue.

Crispin lut et il ne lui fallut pas longtemps pour que la colère monte en lui. Il n'avait jamais eu une grande opinion des Juifs, mais qu'ils puissent envisager de tuer un enfant innocent pour leurs étranges rituels était impensable. Pourtant tout était là, écrit sur ce parchemin. Oui, il aurait une chose ou deux à dire à ce Julien !

Il se leva avec difficulté, ne sachant trop s'il fallait mettre cela sur le compte de l'ivresse ou de la fureur.

— Jack, s'il faut y aller, autant le faire maintenant pendant que je tiens encore debout.

L'enfant murmura des paroles que Crispin choisit de ne pas entendre et attendit qu'il prenne ses propres habits. Il allait avoir beaucoup de choses à lui raconter vu la tournure qu'avaient prise les événements de la veille.

Ils avaient à peine foulé la première marche de l'escalier que Crispin entama son récit. Jack l'écouta avec attention, particulièrement quand il arriva à la partie du serviteur assassiné. Après plusieurs « Dieu me damne ! », il se tut.

Le sol était boueux, en revanche, le ciel n'était pas annonciateur de neige, plutôt d'un gris pommelé, comme l'océan après l'orage. Ils prirent la direction du sud et de la Tamise pour se rendre au quai au Sel, à Queenlithe. Une fois arrivés, ils engagèrent un batelier qui les fit traverser le fleuve. Jack se tenait à la proue comme l'aurait fait tout autre enfant de son âge excité par l'aventure. Crispin observa le trafic des petits navires de commerce dont les capitaines le foudroyaient du regard comme s'il envahissait leur domaine privilégié. Peut-être était-ce le cas d'ailleurs. Il baissa le plus possible sa capuche pour protéger son visage du vent glacé et des éclaboussures. Il ne songeait qu'à la mort, au sang et à la fourberie des Juifs.

La rive opposée jaillit soudain hors de la brume et, quand ils se rapprochèrent du quai de Bankside, la silhouette de pêcheurs ravaudant leurs filets se détacha dans la pénombre.

Il crut voir de la fumée s'élever au-dessus des fours, mais peut-être ne s'agissait-il que de nappes de brouillard ou de feux permettant de faire la cuisine dans les maisons et les échoppes alignées le long du quai. Il se rendait rarement à Southwark, uniquement par obligation, quand son corps l'exigeait. Une rencontre furtive avec une putain de Bankside était encore possible même lorsque sa bourse était vide.

Il aborda le quai et tendit un demi-penny au batelier. Aussitôt, il se sentit mal à l'aise : Southwark n'était pas fait pour lui avec son accent vulgaire, celui qui émaillait les mots de Jack. Dans son exil, il avait très tôt décidé de ne jamais vivre là, quelles que soient les circonstances. Le quartier de la Boucherie constituant déjà une épreuve, il se voyait mal végéter au milieu des voleurs et des filles de joie de Bankside.

Jack sauta sur le quai et lui adressa un grand sourire comme s'il le remerciait de l'avoir arraché à ce milieu pouilleux.

Il releva le menton et observa les quais où l'on s'affairait et les maisons situées juste derrière. Les potiers n'étaient pas loin et la fumée provenait bien de leurs fours.

Le nez en l'air tel un chien de chasse, il s'engagea dans les petites rues tandis que Jack sautillait derrière lui comme un chiot. Le gosse l'emplissait de fierté. Il était vif d'esprit, sans nul doute possible. Crispin s'étonnait même qu'une créature issue d'un milieu aussi vil puisse faire preuve d'autant d'intelligence. Il se rengorgea en se disant que la malice de Jack n'aurait pas abouti à grand-chose sans la qualité de son propre enseignement.

— Voilà les potiers, s'exclama Jack en tendant la main. C'est eux que j'ai vus hier. Je les ai longtemps regardés faire, maître. J'ai un peu bavardé avec un de leurs apprentis, un garçon du nom de Wat. Il m'a parlé de leur métier. Ils fabriquent des pichets, des bols, ce genre de choses, mais les affaires vont mal, c'est ce qu'il m'a dit du moins. Son maître se demande s'ils ne devraient pas changer de métier.

— Si mal que ça ?

— Oh oui, c'est ce qu'il raconte, mais c'est *seulement* un apprenti.

— Je les trouve de plus en plus doués de nos jours.

Jack ne comprit pas la teneur du compliment. Son attention se concentrait sur les fours, les jeunes gens au dos courbé sous les planches et leurs deux seaux pleins d'argile, les enfants portant du bois de chauffage sur la tête.

Il était difficile de croire que toute cette activité pourrait s'interrompre un jour. Dans l'ombre, Crispin les regardait s'affairer. À ses côtés, Jack était impatient de le voir passer à l'action mais lui-même n'en éprouvait pas le besoin. Par la porte ouverte des maisons, il voyait des hommes et des femmes activer de leurs pieds les tours sur lesquels se produisait leur alchimie. Les mains dégoulinantes d'eau sale, ils faisaient naître des pots et des cruches en forme de sablier ou encore des marmites trapues. De petites roulettes dentelées leur permettaient ensuite d'en décorer l'extérieur de motifs géométriques des plus simples.

— Oui, maître, dit Jack, je pourrais les regarder toute une journée. Ils sont vraiment habiles. Moi je ne sais pas faire grand-chose de mes mains, je préfère faire travailler mon esprit et devenir un Limier, tout comme vous. Tenez, voilà Wat !

Un garçon maigrelet, émacié, aux cheveux filasse titubait sous une cargaison de bois de chauffage que même un âne n'aurait pu traîner. Il n'était pas rare de voir de si jeunes enfants trimer comme des bêtes, mais Crispin éprouva une étrange sensation, comme si Wat représentait tous les gosses de Londres, autant de victimes potentielles qu'il ne savait comment protéger.

— Wat !

Jack courut vers lui et s'empressa de prendre sur ses épaules une partie du lourd fardeau. L'enfant lui adressa un regard de gratitude à fendre le cœur.

— Jack, dit-il simplement.

Un sourire éclaira son visage et lui donna un peu de couleur, mais il s'éteignit aussitôt quand ses yeux se posèrent sur Crispin.

— Wat, articula celui-ci d'une voix douce, je suis heureux de faire ta connaissance.

Wat se tourna vers Jack pour l'interroger du regard.

— Ne t'en fais pas, c'est mon maître, Crispin Guest. C'est une brave âme.

Dubitatif, l'enfant ne quitta pas son tas de bois.

— Tour ce travail, c'est fascinant, dit-il en désignant les tours. Ton maître doit être très habile.

Le garçon ne répondait toujours rien et son regard vide commençait à devenir agaçant.

— Tu vois, reprit Crispin qui cherchait tous les moyens de l'arracher à son mutisme, je m'intéresse beaucoup à ce que vous faites. Tu pourrais peut-être m'aider.

Le regard vitreux de Wat s'attarda longuement sur Crispin puis il se tourna vers les ouvriers.

— Il y a pas grand-chose à dire. On prend de l'argile, on la trempe dans l'eau et puis on la met sur le tour et ensuite... on la travaille.

— Ah, je vois.

Crispin hocha ostensiblement la tête comme si ces détails avaient une importance extrême alors qu'ils ne lui apportaient rien.

— Et cette argile, d'où provient-elle ?

L'enfant loucha, ce qui n'arrangea en rien son visage déjà ingrat. Crispin se demanda s'il n'était pas simplet. Il eut un geste vague.

— Ça vient de la Tamise, non ?

— Je vois. Peut-être pourrais-je m'entretenir avec ton maître.

Crispin avait cessé de parler avec douceur et il employait désormais le ton de voix réservé aux subalternes. L'enfant comprit tout de suite, récupéra le bois que portait Jack et le chargea sur ses épaules.

— Je vais vous emmener.

Jack marcha d'un pas alerte à côté de son nouvel ami et Crispin ferma la marche. Ils foulèrent un chemin recouvert de neige boueuse et d'argile. Des pots sortant du four étaient alignés devant les cabanes. Dans la rue, des femmes apportaient aux ouvriers du pain et du poisson en saumure.

Avec un soupir, Wat posa enfin son fardeau devant un taudis, tout au bout de la rue. Il entra, suivi de Jack. Crispin se montra plus prudent et baissa la tête pour passer sous un linteau plutôt bas. Ses yeux s'habituèrent à l'obscurité du lieu. Le sol était constitué de planches à demi pourries recouvertes de poussière à l'exception des endroits où l'on avait jeté de l'eau ou marché avec des chaussures maculées de boue.

Un homme, chauve, si l'on ne tient pas compte de la mèche de cheveux rouquins lui tombant sur la nuque, était assis devant un tour dont il actionnait la pédale à l'aide de ses orteils. Entre ses mains, l'argile montait pour prendre la forme d'un gobelet de belle contenance. Il acheva son travail et daigna lever la tête.

— Dis donc, Wat, c'est qui, ça ?

Peiné par le regard apeuré de l'enfant, Crispin s'avança et fit mine de s'incliner.

— Je m'appelle Crispin Guest, bon maître, et je suis venu examiner vos créations.

— Mes créations ? dit l'homme qui se releva puis dévisagea successivement Jack et Crispin. Mes créations ? Elles ressemblent à celles de tout le monde.

— Certes.

Crispin contempla les étagères chargées de poêlons, de cruches et d'assiettes. Ils ne paraissaient pas aussi beaux que ceux qu'il avait vus précédemment, mais il se retint bien d'exprimer son opinion.

— En vérité je désirerais savoir certaines choses. Par exemple, si un homme a besoin d'une grande quantité d'argile, où peut-il se la procurer ?

Jack cessa de bavarder avec Wat pour mieux écouter la réponse du potier. L'homme se leva et trempa les mains dans une bassine d'eau pour ôter les couches de terre déposées sur sa peau. L'eau prit aussitôt une couleur brunâtre, semblable à celle des braies de l'artisan. Le dos tourné, il répondit à Crispin.

— Je ne suis qu'un pauvre potier, messire. Je fais mon travail, je le vends, c'est tout.

— C'est vrai, mais si quelqu'un a besoin de beaucoup d'argile…

L'homme se retourna. De ses dents écartées il se mordilla la lèvre.

— C'est bizarre de demander ça. Je me suis fait la réflexion la première fois que quelqu'un a voulu le savoir.

— La première fois ?

— Oui, fit l'homme en grattant son crâne chauve d'un air pensif. Un homme, ça fait déjà longtemps, a réclamé des seaux pleins d'argile. Pas à moi, vous me comprenez bien, mais à certains d'entre nous. Je l'ai entendu. « Des seaux d'argile ? » que je leur ai demandé. Qu'est-ce qu'on pourrait bien faire de ça ? Surtout un gentilhomme.

— Un gentilhomme ? Qui ça ?

Il se fourra un doigt dans l'oreille et en sortit une boule jaunâtre qu'il essuya sur sa tunique. Crispin préféra ne rien voir.

— Il a rien dit. Bon, je suis pas du genre soupçonneux, croyez-moi, mais je me suis quand même posé la question, comme tous mes compagnons. Et on n'a pu trouver qu'une seule explication.

— Oui ?

— Ce fils de garce veut nous prendre notre commerce ! cria-t-il en se plantant devant Crispin. Et si voulez faire pareil, messire, je vous conseille de déguerpir. Nous autres, potiers, on n'est peut-être pas très riches, mais votre argent ne nous prendra pas notre argile.

— Il a payé, n'est-ce pas ?

— Oui, mais je vous dis, je voudrais même pas d'un farthing[1].

— Vous vous méprenez sur mes intentions, maître. Je ne cherche pas à acquérir votre argile, je n'en ferais pas usage.

L'homme le regarda des pieds à la tête, comme s'il venait de découvrir sa présence.

— C'est vrai ?

1. Un quart de penny.

— Je vous l'assure. Cet homme a-t-il dit qu'il voulait en faire commerce ?

— J'en sais rien au juste, c'est pas à moi qu'il a parlé, vous comprenez ?

— Tout à fait. Quand était-ce au juste ?

À nouveau, il se gratta le crâne.

— Je crois bien que c'était vers la Saint-Michel. Oui, c'est quand je m'étais foulé la cheville et que Wat actionnait le tour à ma place. Tu t'en rappelles, Wat ?

L'enfant se contenta de hocher la tête.

La Saint-Michel. C'est alors que les meurtres avaient commencé, quand le médecin juif était arrivé de France.

— Je dois savoir qui a parlé à cet homme. Me direz-vous de qui il s'agit ?

L'homme se montra soudainement réticent. Il lança un bref coup d'œil à Wat avant de s'intéresser aux pots séchant sur les étagères.

— Je m'occupe que de mes affaires, messire, je veux pas causer des problèmes à l'un des nôtres.

— Personne ne sera inquiété. Je ne suis pas un représentant de la loi. Je ne suis ici que pour m'assurer… pour être certain…

Il ne voulait pas entrer dans les détails et exprima la première chose qui lui venait en tête.

— Je veux m'assurer que cela ne portera pas atteinte aux droits de la guilde.

C'était une piètre excuse, mais elle donna à réfléchir au potier.

— La guilde, vous avez dit ?

Il observa une fois encore Crispin. Oui, cet intrus pourrait bien parler au nom de la guilde, et cela changeait tout.

— On connaissait pas l'homme qui voulait de l'argile. En tout cas on connaît nos concurrents. Ceux d'Oxford et ceux de Kingston. Je maudis ces Londoniens qui préfèrent acheter à l'extérieur alors qu'on a de bons produits ici même. C'est une honte, non ? On dirait que la loyauté, ça n'existe plus !

— C'est malheureusement exact, mais pourriez-vous me faire rencontrer l'un de ceux qui ont parlé à ce personnage ?

— Oui, venez avec moi.

Il se dirigea vers la porte, courbé à cause des années consacrées à son tour, et fit signe à Crispin de le suivre.

Le petit groupe suscitait l'intérêt de tous. Le potier passait la tête par la porte de chaque cabane et en saluait les occupants comme s'ils étaient chaque fois les meilleurs artisans de Londres. Ils arrivèrent enfin à destination. Encore une misérable cabane dont l'enduit blanc était devenu gris au fil des ans. Le brouillard ne parvenait pas à masquer la pente peu naturelle du toit dont les tuiles d'argile étaient pour la plupart cassées ou manquantes.

— C'est là, dit le potier, mais Bert a pas l'air d'être à l'intérieur. Il va falloir l'attendre, ajouta-t-il en poussant la porte.

Il disparut dans la cabane et ne repassa la tête qu'au bout d'un certain temps.

— Vous venez ?

Peu enthousiaste, Crispin entra tout de même, suivi de Jack. L'endroit était un peu plus vaste que son propre logis. Toutefois, il n'y avait là qu'un lit de fortune, un tour et des étagères grossières. La pièce était enfumée à cause d'un feu mal éteint au centre d'un cercle de pierres. Ce potier ne semblait pas avoir d'apprenti pour entretenir le foyer et garder le lieu propre.

— Il y en a que pour un instant, je suis sûr, dit l'homme en versant dans un gobelet en céramique un liquide ressemblant à de la bière.

Il but d'une traite. Enfin, une femme arriva.

— Bert !

Le potier s'essuya la bouche et reposa le pichet. La femme entra et posa un regard soupçonneux sur Crispin.

— Dickon, c'est quoi tout ce monde ?

Elle portait un lourd panier qu'elle déposa près du feu puis elle se releva et rejeta en arrière une mèche de cheveux bruns. Elle avait le visage rond, un petit nez et des lèvres crevassées. Ses yeux, du moins ce que Crispin pouvait en voir, étaient de couleur claire.

— Ce visiteur nous vient de la guilde, Berthilde, et il aimerait parler du coquin qui t'a acheté de l'argile.

Elle releva la tête sans toutefois perdre son air méfiant. Quand elle croisa les bras sur sa poitrine, Crispin put voir ses ongles noircis par la terre. C'était donc Bert, la potière.

— Demoiselle, dit-il en hochant la tête, j'enquête sur certains individus qui contourneraient les règles de la guilde pour fabriquer et vendre leurs propres produits. Pouvez-vous me dire à quoi il ressemblait ?

Sans se hâter, elle sortit de son sac toutes sortes de vivres, poulet rachitique, œufs et oignons attachés par une paille, puis elle les rangea sous son grabat. Ensuite elle s'essuya les mains sur sa jupe et regarda successivement Dickon et Crispin. Il y avait de la ruse dans ses yeux, plus que chez le crédule Dickon.

— Pour une fois que notre contribution sert à quelque chose... Oui, je m'en rappelle bien. C'était un petit homme, il ressemblait à un oiseau. Très jeune. Un gentilhomme, tout doré. Un étranger.

Crispin retint son souffle. Il connaissait certainement ce personnage.

— Donc, il voulait une certaine quantité d'argile ?

— Plutôt, oui. Six seaux. Et il a bien payé pour ça.

— A-t-il dit l'usage qu'il voulait en faire ?

— Pour ça, non. Ça m'a paru bizarre, mais qu'est-ce qu'aurait pu faire une pauvre veuve comme moi ?

— Je comprends. Et combien vous a-t-il offert pour ce trésor ?

— Deux shillings. Je voudrais bien encore les avoir. Les affaires vont si mal.

— Auriez-vous, par hasard, retenu son nom ?

— Il me l'a pas donné et je le lui ai pas demandé. C'est plutôt rare qu'un gentilhomme vienne chez les potiers pour acheter quelque chose. Quand j'ai vu qu'il voulait de l'argile et pas des pots, j'ai trouvé ça bizarre, mais de l'argent, ça se refuse pas, hein ?

Combien de fois ne s'était-il pas fait cette même réflexion ?

— Et comment a-t-il emporté toute cette argile ? Il devait avoir des serviteurs.

— Non, j'ai envoyé mon garçon lui donner un coup de main.

— Et où a-t-il livré ces seaux ?

— Au palais de Westminster. C'était lourd et il lui a fallu faire trois voyages.

— Votre garçon est par ici ? J'aimerais lui parler.

Berthilde afficha un sourire de fierté et son visage se fit moins dur.

— Hugh, c'est mon garçon, on lui a promis quelque chose. Un gentilhomme de la cour qui le prend avec lui comme page, qui va lui apprendre à lire et à écrire, vous vous rendez compte ? J'avais du mal à y croire. J'ai tout de suite dit que j'étais d'accord. Vous auriez vu mon Hugh, il sautait de joie.

Les mots de la femme lui glacèrent le sang. Seigneur Dieu, était-ce donc aussi facile que cela ? Au lieu d'être enlevés, les enfants étaient bernés par la promesse d'une vie meilleure, sous le nez de leurs parents de surcroît ! Par tous les saints ! C'était diabolique. Leur disparition ne serait jamais signalée. Ces gens simples ne pouvaient pas espérer recevoir une lettre, d'ailleurs ils n'auraient pas pu la déchiffrer. Pas plus qu'aucun autre message. Les gosses étaient partis et leurs parents ne les reverraient plus jamais. Tout ce qu'ils savaient, c'est qu'ils vivaient dans un plus bel endroit. S'ils avaient imaginé qu'il n'y en avait pas de plus beau que le Ciel…

Crispin se tourna vers Jack pour voir s'il avait compris, mais ce n'était apparemment pas le cas. Il ne savait que faire. Devait-il révéler la vérité à cette malheureuse, anéantir ses espoirs ? Pouvait-on faire cela à n'importe quel parent ?

— Maître ? dit Jack en le tirant par la manche. Qu'avez-vous ? Vous êtes tout pâle.

— Rien, répondit-il avant de relever la tête et de regarder la femme droit dans les yeux. La vie de page est difficile. Il aura beaucoup à apprendre, mais ce sera gratifiant, et il… il aura peu de temps pour communiquer avec vous. Il se peut même que vous ne le voyiez plus jamais…

— Oui, dit-elle en s'essuyant les yeux, mais s'il peut avoir une vie meilleure…

Crispin grinça des dents et ne put lui offrir qu'une salutation. Il avait bien songé lui tendre une pièce, mais il se dit que ce serait le prix du sang, en quelque sorte. Il ne pouvait toutefois pas partir sans rien donner et il offrit deux farthings, un pour chaque potier.

— Pour votre temps.

Il s'empressa de sortir de la cabane, suivi de près de Jack. L'enfant semblait deviner son humeur et il ne dit rien jusqu'à ce qu'ils atteignent le bord de la Tamise. Le batelier venait de partir et il leur faudrait attendre son retour.

— Maître, commença Jack avec sobriété, vous savez quelque chose, n'est-ce pas ?

— Oui, Jack, reconnut-il en s'adossant à la jetée de pierre. N'as-tu pas entendu ce qu'elle a raconté ? Elle a laissé partir son fils en pensant que c'était pour son bien.

— Oh mon Dieu !

Jack se mit à trembler et Crispin faillit le prendre par les épaules, mais ce n'était plus vraiment un enfant : ce qu'il vivait depuis des années faisait de lui un homme, même s'il était encore bien jeune.

— Vous ne croyez quand même pas… Maître, pourquoi vous ne lui avez rien dit ?

— À quoi cela aurait-il servi ? Son enfant est parti. Il est mort. Pis que cela même. Cela ne l'aiderait en rien de connaître la vérité, elle pourrait devenir folle de chagrin.

— Foutre ! C'est une sale affaire…

Il se mordilla les doigts en contemplant l'eau sale du fleuve. Peut-être pensait-il la même chose que Crispin : s'il était tombé sur quelqu'un d'autre, peut-être flotterait-il à cette heure-ci sur la Tamise ?

— Vous savez qui a fait le coup ? demanda enfin l'enfant d'une voix pleine de colère.

— Oui. C'est Julien.

La satisfaction de ne pas s'être trompé semblait plus forte que tout.

— Sûrement, ça correspondait bien à sa description. Qu'est-ce que vous allez faire maintenant ?

— Le traîner à Newgate avant que je ne lui règle moi-même son compte.

Jack hocha la tête. Et ce fut en silence qu'ils attendirent le retour du batelier.

Crispin n'autorisa pas Jack à l'accompagner. Il ne voulait pas qu'il approche Julien. L'heure était proche de l'office de sexte quand il arriva devant les portes de Westminster. Il portait toujours sa livrée indiquant son appartenance aux Gand, mais sa capuche dissimulait presque entièrement son visage, comme toujours. Une fine couche de neige complétait son déguisement. Il rejoignit un groupe de pages regroupés dans la Grande Salle comme un troupeau de moutons.

Cette salle était effectivement vaste comme une cathédrale et aussi large qu'une ligne d'infanterie où les hommes marcheraient épaule contre épaule. De hautes colonnes s'élevaient vers un plafond orné de poutres entrecroisées. Un espace admirable où Crispin avait participé à de nombreux festins à l'époque où il était encore dans les bonnes grâces du vieux roi, Édouard de Windsor.

Crispin baissa la tête. Il ne connaissait que trop ces tentures et ces armoiries et se rappelait avec amertume la dernière fois où il s'était trouvé dans cette salle, face au jeune roi Richard, la parodie de pardon, l'humiliation qu'il avait subie.

Il avait traversé la moitié de la Grande Salle quand il entendit la voix de Gilles qui interpellait Lancaster. Tout autour d'eux ce n'étaient que seigneurs, pages, serviteurs ou clercs demandant audience. Un serviteur en livrée de plus passerait inaperçu aux yeux de Gilles et, il l'espérait, de Lancaster.

Le duc se retourna.

— Risley.

Gilles était en compagnie de ce blondin frêle d'apparence et de cet autre individu, Radulfus, qui avait menacé Crispin de son épée.

— Votre Grâce, dit Gilles en s'inclinant, bientôt imité de ses compagnons. Je me demandais… Avez-vous eu l'occasion de vous intéresser aux sommes issues des propriétés de mon oncle que le roi m'avait promises ?

Crispin ne le voyait que de dos, mais il reconnaissait parfaitement sa façon de se redresser ainsi que le grondement sourd de sa voix.

— Je n'avais pas conscience, monseigneur, d'être votre banquier personnel.

— Certes non, Votre Grâce, mais puisque vous avez l'oreille du roi et que ces fonds m'ont été promis…

— Vous employez ce mot avec légèreté, monseigneur. « Promis » ? Je n'ai nulle connaissance d'une telle promesse de la part de Sa Majesté. Les membres de votre famille ont plus de droits que vous sur les terres et les demeures de votre oncle, et je pense que vous devriez vous adresser à eux.

— Votre Grâce ! C'est impossible, comme vous le savez certainement ! Ils m'ont rejeté et ont par la même occasion rejeté leur serment de…

— Ah, que voilà de fâcheuses nouvelles ! dit Lancaster en bâillant. Vous me voyez chagriné, Risley.

— Cependant Votre Grâce…

Gilles prit Lancaster par le bras, mais celui-ci lui adressa un regard particulièrement méprisant et résolut de ne plus rien dire. Il ne salua même pas Gilles avant de se retirer.

Gilles fit la grimace dans son dos. Ses compagnons se rapprochèrent et crachèrent un juron puis il leur parla à mots couverts.

— Vous constatez mon dilemme.

— Le salezart, grogna Radulfus en direction de Lancaster.

Crispin était en proie à une telle fureur qu'il l'aurait volontiers assommé de la poignée de sa dague. Il s'en retint toutefois.

— Notre petit jeu se poursuit donc, reprit Radulfus.

— Il est peut-être distrayant, concéda Gilles d'un air soucieux, mais cela ne donne rien.

— Je vous l'avais dit, monseigneur, intervint le personnage blond à tête d'oiseau. Ces choses exigent du temps.

— J'ai dépensé tout ce que j'avais pour le manoir Guest.

Crispin ne put s'empêcher de se rapprocher d'un pas.

— Ainsi que de l'argent qui ne m'appartenait pas. Je pensais que ce serait provisoire. J'étais censé rembourser sans qu'on m'en prie. Vous m'avez *promis*...

— Je vous l'ai expliqué, monseigneur, les planètes n'étaient pas encore alignées. Nous aurions dû attendre la prochaine nouvelle lune et...

— Vous et vos cartes célestes !

Gilles regarda autour de lui et Crispin se tourna discrètement comme s'il cherchait quelqu'un parmi la foule. Gilles prit l'homme par le bras. Il s'agissait donc de son astrologue. Risley avait toujours eu un faible pour ce genre de sottise. Mais quel était donc ce fameux remboursement ? Gilles se serait-il mis sur la paille en achetant les propriétés de Crispin ? Cela lui faisait chaud au cœur d'apprendre qu'il empêchait ainsi ses terres de tomber dans des mains étrangères ; cependant, Gilles n'aurait pas dû se laisser aller à la banqueroute.

Il observa le cousin, Radulfus, occupé à ajuster le liripipe de son chapeau rond. Peut-être avait-il poussé Gilles à s'endetter. Risley s'était toujours montré assez crédule, principalement quand il s'agissait d'argent, et il avait l'habitude de faire des choix erronés.

Crispin recula lentement pour mieux les entendre.

— ... pourtant m'y résoudre. Il convient de rendre visite à notre seigneur ; lui seul peut m'aider. Mes finances fondent à vue d'œil.

Gilles avait donc un protecteur ? Cela expliquerait l'origine des sommes dévolues aux terres, mais n'avait-il pas trop emprunté ? Il avait de toute évidence compté sur l'argent de son oncle, des sommes que celui-ci ne lui avait pas accordées. C'était absurde. À quoi Radulfus pouvait-il bien l'inciter ?

Crispin s'approcha davantage.

— Je pense que vous êtes un sot, Cornelius, dit Radulfus à l'astrologue. Qu'ont à faire les étoiles avec tout ça ? Vous êtes un menteur. Vous avez toujours été un menteur !

Le jeune astrologue prit un air froissé.

— Allons, mon cher cousin, allons, dit Gilles. Baissez le ton. Vous savez que Sa Majesté nous tolère à peine. C'est d'ailleurs à vous que je le dois !

— Blâmez-moi tant que vous voudrez, répliqua Radulfus, mais cela ne change rien au fait que nous n'avons pas été invités à Sheen pour la Noël.

— Ne vous inquiétez pas, cousin, nous serons alors au manoir Guest.

— Quand cesserez-vous de lui donner ce nom ? cracha Radulfus. « Le manoir Guest » ! N'est-ce pas le manoir de Risley désormais ?

Gilles émit une sorte de bruit qui tira un sourire à Crispin. *Ce sera toujours le manoir Guest !*

— Oui, bien sûr, parvint à dire Gilles. Le manoir *de Risley*, c'est évident. Nous serons à un jet de pierre de la demeure de Sa Majesté, assez près quand les festivités commenceront. Il ne remarquera pas la présence d'un seigneur de plus à son festin.

— Deux, voulez-vous dire, mon cousin.

— Trois, ajouta Cornelius.

— C'est évident, mon cher Cornelius, dit Radulfus en lui posant la main sur la nuque. Que ferions-nous sans vous ?

Le jeune homme ne semblait pas apprécier le geste ni le ton de la voix de Radulfus. Il tira sur son col de fourrure.

— De toute façon, dit-il avec un certain énervement qui faisait ressortir son accent flamand, la fête de la Saint-Nicolas sera le jour idéal. J'en suis absolument certain.

— Vous l'étiez aussi la dernière fois, ironisa Gilles.

— Et la fois d'avant, surenchérit Radulfus.

— De plus il n'y aura pas de nouvelle lune pour la Saint-Nicolas, ajouta Gilles.

— Non, fit l'astrologue, nous n'en aurons pas besoin. Les étoiles seront parfaitement aspectées. Tout ira bien.

— Il vaudrait mieux. J'ai trop misé là-dessus.

— Et consacré trop d'énergie, ajouta le cousin en riant.

Avec un rictus, Gilles quitta ses compagnons pour se diriger vers la porte principale. Crispin observa les deux hommes. Quel sale tour lui jouaient-ils ? Il semblait contrarié de voir Radulfus entraîner Gilles dans ses projets douteux. Que pouvait-il faire pour le prévenir ? Ce cousin ne lui plaisait décidément pas.

Il allait devoir réfléchir à la question, mais il ne pouvait rien faire pour l'instant. De plus d'autres affaires l'attendaient.

Il parcourut le long couloir, baissant la tête chaque fois qu'il approchait de pages portant, comme lui, la livrée du duc. Ils étaient, Dieu merci, trop jeunes pour le connaître et se contentaient de le regarder avec une certaine curiosité.

La porte du Juif se trouvait au fond du couloir, mal éclairée par les torchères. Crispin tira sa dague de sa gaine et frappa à l'aide du manche.

Julien répondit. Il semblait seul.

La porte s'entrouvrit et, avant même que Julien puisse dire quoi que ce soit, Crispin l'empoigna par le col de son habit et plaça sous ses yeux la lame de sa dague.

— Vous êtes en état d'arrestation au nom du roi. Je vous suggère de ne pas résister parce que cela ne me gênerait nullement de vous enfoncer ceci dans la gorge.

Julien bredouilla quelques mots en français. Crispin voulut l'éloigner de la porte, mais il se raidit et en saisit le montant. Ses doigts glissèrent cependant et elle se referma violemment. Il échappa alors à Crispin et courut se réfugier derrière un siège.

— Vous aimez jouer, n'est-ce pas ? dit Crispin d'un ton méprisant. Vous ne m'échapperez pas.

— Pourquoi tenez-vous tant à m'accuser ? Je n'ai rien fait. Mon père…

— Ne vous connaît pas aussi bien que moi. Il ignore ainsi que vous êtes un menteur, un sodomite et un assassin !

Il secoua la tête avec vigueur et ses cheveux bruns balayèrent ses joues anguleuses.

— Je ne suis rien de tout cela ! Pourquoi ne voulez-vous pas me croire ?

— Vous êtes allé chez les potiers pour acheter de l'argile et fabriquer votre propre golem. Vous avez volé les parchemins de votre père.

— Non, je ne sais pas de quoi vous parlez.

— Encore un mensonge. Cela ne vous mènera à rien. Le shérif ne supporte pas plus que moi les menteurs.

Le jeune homme baissa les yeux et se mordit les lèvres à les en faire rougir.

— C'est vous qui mentez pour faire de moi un coupable. Pourquoi ? Parce que vous détestez les Juifs ? Vous avez accepté l'argent de mon père, un argent chèrement gagné ! Il vous a fait confiance. Il ne craignait que vos compatriotes, des hommes qui auraient préféré lui cracher dessus que l'aider.

— Est-ce pour cela que vous tuez de jeunes garçons ? Parce que vous haïssez les chrétiens ? Ou est-ce pour mener à bien vos monstrueuses expériences ? Oh, je suis au courant de vos méfaits, vous, les Juifs, et des sacrifices que vous pratiquez pour la Pâque. On tire au sort pour savoir quelle ville aura l'honneur du massacre. Le sang que vous buvez, la chair humaine dont vous vous repaissez !

— La vérité ! Je ne ferais jamais…

Il ouvrit tout grand les yeux et sa bouche se mit à trembler. Crispin crut un instant déceler un soupçon d'honnêteté sur ce visage, mais cela ne dura pas. Julien releva le menton.

— Qui vous a raconté ces mensonges ?

— Ce n'en sont pas. Des témoignages émanent de personnes dignes de confiance.

— Dignes de confiance... Et quelles sont-elles, je vous prie ? Vous parlez de chrétiens ?

— Bien sûr que oui, qui pourrait-ce être d'autre ?

Julien observa longuement Crispin. Ses yeux étaient pareils à des fentes et sa poitrine se soulevait au rythme de sa respiration.

— Quelle absurdité ! J'ignore quels textes vous ont enseigné de telles stupidités, mais ce ne peuvent être les Saintes Écritures. Connaissez-vous même la parole du Tout-Puissant ? Bah, peu importe. Je pense que oui. Un homme qui cite Aristote à tout bout de champ n'a pu que lire les textes sacrés.

— Vous me faites perdre mon temps.

Il s'avança vers le jeune homme, surpris par son calme alors qu'il semblait sur le point de céder à la fureur. Julien leva la main et, pour quelque raison inconnue de Crispin, il s'immobilisa.

— Les Saintes Écritures, insista Julien d'une voix tremblante. Prenons le Lévitique. Le Seigneur y dit à Moïse : « C'est là une loi perpétuelle pour vos descendants, dans tous les lieux où vous habiterez : vous ne mangerez ni graisse ni sang. » Cela fait que la consommation de sang, n'importe quel sang, constitue l'un des plus grands interdits. « Quiconque aura mangé du sang de n'importe quel animal sera retranché de son peuple. »

Crispin aurait pris grand plaisir à refermer les mains sur le cou du jeune homme, mais il hésita. Et il l'écouta malgré lui.

— Vous en faut-il encore ? dit Julien se rapprochant. Dans le Livre d'Osée, il est écrit : « Ces gens, qui immolent des êtres humains, rendent hommage à des veaux ! », mais nous ne pouvons oublier la dernière fois où un Juif tenta de sacrifier un autre homme vivant. C'est dans la Genèse, quand Abraham se prépare à trancher la gorge de son fils, Isaac. « Alors l'ange de l'Éternel appela des cieux, en disant : "Abraham, Abraham !" Il répondit : "Me voici !" L'ange lui dit : "Ne porte pas la main sur l'enfant, et ne lui fais aucun mal. Je sais maintenant que tu crains Dieu, puisque tu ne m'as pas refusé ton fils, ton fils unique."[1] »

Julien secoua la tête et son regard se détourna de Crispin qui se tenait devant lui, interdit.

— Alors, nous tirons au sort, c'est bien cela ? Quelle organisation fascinante ! Par-delà les mers ? Par-delà les frontières ? Comment y parvenons-nous alors que nous sommes surveillés où que nous allions ? Il est décidé que cette année un jeune garçon… à Londres, c'est bien cela ?... doit être sacrifié, non ? Pour cette fête que nous appelons Pessah ? Plusieurs mois la séparent de votre Saint-Michel, me semble-t-il.

— Fort bien, mais un jeune homme en colère peut tuer de la manière la plus abjecte pour assurer sa vengeance. Le meurtre offense le Seigneur de même que la consommation de sang contre laquelle vous vous élevez tant.

— Vous ne m'écoutez même pas. Vous, un homme qui s'en tient aux faits. Un homme de logique. Alors je vous demande, est-il logique de tuer quatre enfants, de les sacrifier si loin de notre Pâque, si sacrifice il y a ? Ils ont été crucifiés, je suppose, comme le disent vos écrits diffamatoires. Vous n'avez pas cité ce détail, mais j'ai déjà entendu cette ignominie.

Il s'approcha du feu.

— Je suis las des mensonges des Gentils. Vous vous prétendez saints alors que vous massacrez injustement les miens pour satisfaire vos propres superstitions. Vous n'avez aucune compréhension. Ces faits se trouvent dans les Écritures hébraïques que même les vôtres considèrent comme sacrées. Pourtant, vous ne les comprenez pas.

Julien regarda les flammes. Le feu jouait sur ses joues. Un tressaillement. Une ombre. Sa peau semblait irradier. Crispin

1. Respectivement Lévitique 3:17 et 7:27, Osée 13:22 et Genèse 22:11. Citations empruntées à la version synodale de la Société biblique française (1910).

l'observa et sentit son cœur palpiter. Il n'aimait pas ces sentiments mêlés que Julien réussissait à faire naître en lui.

Le jeune homme se retourna.

— Vous faites tout cela pour nuire à mon père. Vous lui volez son argent avant de lui en extorquer davantage. C'est cela, votre intention. Je savais qu'il était insensé d'engager un hors-la-loi !

— Ne m'accusez pas, mon garçon, se rebiffa Crispin. Vous ne me connaissez pas, je ne suis pas là pour vous soutirer une quelconque somme.

— Et moi je ne suis pas un meurtrier !

— J'en ai assez de discuter avec vous. J'ai des témoins à qui vous avez donné de l'argent pour acheter de l'argile. Golem ou pas – sachez que je ne crois toujours pas à vos pratiques magiques –, vous aviez de mauvaises intentions. Votre faux golem avait-il pour but d'attirer ces enfants ? De les séduire ? Vous leur avez raconté des histoires effrayantes et ils ont voulu voir ce monstre que vous aviez créé, n'est-ce pas ? Et après les avoir pris au piège, comment les avez-vous assassinés sans que votre père soit au courant ?

Julien manifesta une fois de plus de la surprise et s'approcha tout près de Crispin.

— Vous... vous êtes sérieux ? Je pensais que mon père exagérait, qu'il s'inquiétait pour quelque absurde parchemin, mais... c'est horrible ! dit-il en posant la main sur l'habit de Crispin. Vous devez faire cesser ces crimes ! Je jure que je vous aiderai à démontrer que les Juifs n'ont rien à voir là-dedans.

Il saisit le jeune homme au poignet.

— Vous ne jouez pas très bien les innocents, ricana-t-il.

— Je ne joue à rien, rétorqua Julien avec une sincérité évidente.

Ses yeux avaient pris une couleur verte des plus lumineuses puis son expression passa à la résignation. Il poussa un profond soupir.

— Votre cœur est celui d'un lion, je le vois bien, pour protéger les faibles, les sans-défense. Même ces enfants massacrés.

Je… je suppose, après tout ce qui a été dit et fait, que mon père a été sage de vous faire confiance.

Crispin desserra les doigts.

— Quoi ?

— Vous vous accrochez à la vérité comme un chien à son os. Rares sont les hommes aussi tenaces ou intelligents que vous, car il faut l'être pour avoir tout découvert tout seul.

— Oui, dit Crispin un peu confus, je vous ai découvert.

— Non. Ces choses. Ces choses secrètes. Vous les avez découvertes. C'est là ce que vous faites pour gagner votre vie, n'est-ce pas ? C'est très inhabituel, vous vous en rendez sûrement compte. Oui, vous me semblez très intelligent. Pour un Gentil.

— Que de flatterie ! Maintenant vous allez venir avec moi.

Julien ne résista pas. Crispin le tenait toujours par le poignet, mais Julien ne manifestait plus de peur ni de colère. Il affichait au contraire un respect mêlé d'admiration et observait Crispin avec un calme surprenant.

— Je n'ai jamais rencontré quelqu'un comme vous.

— Ah, vous voulez dire quelqu'un qui va vous arrêter ?

— Non, je parle de quelqu'un dont la seule vocation est de recourir à son esprit. Vous devez savoir que je ne suis pas coupable, dit-il doucement. Votre logique vous le dicte.

— Les témoins…, commença-t-il, fasciné par son regard.

— Les témoins se trompent. Vous pensiez que ma ceinture avait servi à quelque vile action, mais quand vous l'avez examinée j'ai su que vous n'y croyiez plus. Alors pourquoi croire à ce mensonge à présent ?

— À cause des témoins, ils ont décrit quelqu'un qui vous ressemble.

— Quelqu'un de juif ?

— Mais non, pauvre fou ! Comment auraient-ils su que vous étiez juif si vous ne leur avez rien dit ? La femme a parlé d'un homme de petite taille, étranger, tout doré…

Crispin s'interrompit. Doré ? Qu'entendait-elle par là ? Qu'il était riche ? À cause de la rouelle sur sa poitrine et de son collier précieux ? Oui, bien entendu, de quoi aurait-il bien pu s'agir d'autre ?

Julien avait sursauté à ces mots. Il se dégagea facilement de l'emprise de Crispin et passa la main dans ses cheveux.

— Doré ?

Il secoua ses boucles brunes, des boucles que l'on n'aurait en aucun cas pu qualifier de dorées. Et il rit, mais pour une fois il n'y avait aucun sarcasme.

— Vous vous méprenez.

Crispin éprouvait une émotion incontrôlable, inexplicable, et le jeune homme hocha la tête avec bienveillance.

— Je vois où vous vous êtes fourvoyé. Quelle plaisanterie ! Mes notes, les récipients, l'étrange nature de ces parchemins... la requête inhabituelle de mon père. Et puis la description de cet acheteur d'argile. En pure logique, tout correspond, pourtant ce n'est pas le cas.

Le comportement de Julien n'était en rien celui d'un accusé et il avait tout d'un homme qui sait qu'il s'est justifié. Crispin était perdu. Il s'était montré si certain de sa culpabilité, mais un examen logique des faits prouvait le contraire. Il avait voulu le voir coupable. Pourquoi ? Parce que c'était un Juif ? En dépit de l'attitude agressive qu'il avait commencé par manifester, il avait vu l'intelligence dans son regard, sa détermination... Il y avait même vu un peu de soi-même.

Crispin cligna les yeux et regarda à nouveau le jeune homme. Il avait pris place sur le coin de la table et passait la main sur son menton glabre.

— C'est une étrange dénomination que la vôtre, dit-il. « Le Limier », c'est ainsi que l'on vous surnomme, n'est-ce pas ? Rechercher des choses et des gens... Je comprends pourquoi un homme intelligent peut se livrer à une telle activité. Êtes-vous réellement bon dans ce que vous faites ?

— Je commence à me demander...

Soit Julien était un tueur extrêmement brillant, soit... Bon sang ! Il ne servait à rien de nier. Il pouvait être innocent. Sa ceinture, arme du crime idéale, n'avait pas été utilisée. L'étoffe ne présentait aucun indice. Quant aux manières de Julien… Crispin n'avait jamais rien vu de tel. Il exsudait la confiance et, en toute franchise, l'absence de culpabilité. Ce n'était toutefois pas une preuve d'innocence. Crispin n'exerçait pas pour rien ce métier depuis quatre ans, il le reconnaissait quand il se fourvoyait.

Il regardait fixement les flammes, à en être aveuglé.

— Non, je sais que vous faites du bon travail, reprit Julien. Mon père m'a dit l'avoir appris de nombreuses sources. Vous semblez inspirer le respect. Je… je vous prie de m'excuser de vous avoir traité avec tant de mépris. Je ne voyais en vous qu'un autre Gentil désireux de nous faire du mal. J'en ai tant rencontré, vous savez, ajouta-t-il d'une voix lasse.

Julien sauta à bas de la table et s'avança. Crispin se retourna. Il ne pouvait ni parler, ni s'excuser, ni l'accuser. Rien de tout cela ne semblait approprié.

— Vous savez, dit le jeune homme d'un air pensif, je me souviens maintenant des courtisans qui se trouvaient derrière moi dans le couloir et qui vous ont entendu parler, ce serviteur et vous-même. L'un d'eux pourrait fort bien correspondre à la description de votre témoin. Lui aussi est mince, comme moi, et étranger. Et il a des cheveux… blonds.

Était-ce encore une ruse ? Ce garçon en était bien capable. Échec et mat, Crispin. La partie est terminée.

— Prouvez-le, ne put-il s'empêcher de dire.

— J'ignore son nom, mais il est l'un des trois hommes qui se rendent indésirables à la cour. On chuchote plus sur leur compte que sur mon père et moi-même. Je doute qu'on les apprécie beaucoup.

Crispin sentit son cœur battre plus fort.

— Qui est-ce ?

— Je vous l'ai dit, j'ignore son nom, mais quant à celui qui l'accompagne toujours… cela ressemble à… « izzly ».

— Risley ! lâcha Crispin sans réfléchir.

— Oui, je crois que c'est cela, mais je ne puis en être certain. Je m'efforce de ne pas trop écouter ceux qui m'entourent. Il n'est pas avisé de se mêler outre mesure de la politique de cour. Nous faisons notre travail et demeurons dans nos appartements.

Comment était-ce possible ? Radulfus serait un meurtrier et un sodomite ? Par le sang du Christ ! Faire ça sous le nez de Gilles ! Un instant. Celui-ci avait parlé de « notre seigneur ». Peut-être faisait-il allusion à un noble personnage, une personne supérieure en rang, à même de lui apporter la richesse en échange de flatteries. Un seigneur voyageant en carrosse, par exemple. Un seigneur qui voudrait ces parchemins volés.

Comment Gilles pourrait-il être impliqué dans cette histoire sinon en tant que dupe ? Crispin se sentait triste que l'une de ses connaissances puisse être ainsi utilisée.

Bah, c'était avant. Et il pouvait maintenant aider Gilles. Après tout, cet homme vivait sur ses terres ancestrales. Malgré sa jalousie, il était satisfait que ce fût Gilles.

Quant à Radulfus, c'était tout autre chose. Crispin aurait aimé le voir pendu, pire encore, pour ce qu'il avait fait. Si c'était lui. Il s'était certes montré cruel à son égard, mais était-il capable d'actes aussi odieux, enlever des enfants contre de l'argent ? L'astrologue correspondait à la description de Berthilde la potière, mais même s'ils prenaient des enfants, quel rapport cela avait-il avec l'argile et le golem ?

Julien parla à nouveau et Crispin sursauta en constatant qu'il s'était encore rapproché de lui.

— Avez-vous réellement vu ce golem, maître ?

Il venait soudain d'employer un titre respectueux. La tonalité de leurs échanges n'était plus la même, de toute évidence.

— Je ne sais pas vraiment ce que j'ai vu, mais il y avait de l'argile…

C'était indéniable, il en avait observé sur les doigts de Jack, mais cette argile aurait pu… Non, c'était impossible. Il baissa la tête.

— Je ne sais pas.

— C'est une réponse intelligente de la part d'un homme qui ne croit pas. Car dites-moi, maître, croyez-vous en ce genre de choses ?

Ce fut son tour de s'adosser à la table. Il passa les doigts dans son épaisse chevelure et laissa retomber sa main sur sa cuisse.

— J'ai vu… bien des choses étranges, mais j'ignore si je dois y croire ou non. Il y a presque toujours une explication claire et simple, mais dans cette situation, il semble qu'il n'y ait rien de tel.

Julien ne dit rien pendant un long laps de temps. Le silence en devint gênant et Crispin se demandait s'il allait partir ou pas quand le jeune homme le regarda dans les yeux.

— Pourquoi ne m'aimez-vous pas ?

Cette question posée à brûle-pourpoint surprit Crispin.

— Vos manières ne laissaient pas entendre que vous souhaitiez être aimé, par moi ou quelqu'un d'autre.

Cette réflexion plongea Julien dans la perplexité. Il se tourna vers un coin de la pièce et Crispin en profita pour observer son nez anguleux, son menton pointu.

— Je n'aspire pas à être mal aimé, dit-il en se retournant. Je… j'ai dû me battre tout au long de ma vie. Parce que je suis juif, même en Avignon, mes opinions ont moins de valeur que celles de quiconque. Ne suis-je pas intelligent ? Vous êtes, je crois, du genre à apprécier l'intelligence.

— Un esprit ouvert peut fasciner, se surprit à répondre Crispin, mais j'ignore si je trouve le vôtre ouvert ou pas.

— Parce que je suis juif.

— Je m'en…

Je m'en moque ? Non, il savait que ce n'était pas vrai. Et il savait aussi que Julien y accordait de l'importance.

— Vous vous méfiez parce que je suis un Gentil.

— C'est vrai, mais une discussion intelligente peut faire oublier de telles réalités.

Crispin ne put s'empêcher de rire. Le jeune homme parut blessé et Crispin s'étonna de regretter son attitude.

— Vous préférez discuter avec moi.

— Et vous, vous préférez, semble-t-il, me malmener et m'accuser de meurtre.

Bien joué.

— Dans ce cas, dites-moi ce que vous pensez de ces meurtres.

— Il serait difficile de faire un commentaire vu que l'on sait peu de chose des faits, commença-t-il.

Cette réflexion impressionna Crispin au plus haut point. Seigneur Dieu, courrait-il le danger d'apprécier ce jeune homme ?

— Me croyez-vous innocent ? lâcha Julien.

Crispin sursauta. Le jeune homme le regardait avec intensité. Comme il aurait aimé le voir coupable ! Mais ce n'était pas aussi simple que ça, n'en déplaise à Guillaume d'Ockham.

Julien s'approcha. Le visage de Crispin semblait connaître la réponse avant même qu'il ne l'exprime.

— Je... je le suppose, oui.

Les yeux verts resplendirent.

— Un homme d'honneur ! dit-il dans un souffle. Je le savais !

Crispin s'apprêta à prononcer des mots vagues qui ne l'engageraient pas, peut-être même à manifester son mépris, mais il n'en eut pas l'occasion. Julien le saisit par son habit, l'attira à lui et posa un baiser appuyé sur ses lèvres.

Crispin le repoussa comme si c'était le Diable en personne. Julien tituba et porta la main à sa bouche, horrifié.

— Vous m'avez embrassé ! cria Crispin.

— Pardonnez-moi, murmura Julien, caché derrière ses doigts. N'en dites rien, je vous en prie.

— Vous êtes un... un sodomite !

— Non, vous ne comprenez pas...

Pareil à un boulet de canon, le poing de Crispin jaillit pour s'abattre sur le menton de Julien. Le jeune homme tomba à la renverse et courut à quatre pattes se réfugier sous la table. Du sang coulait de ses lèvres et sa mâchoire bleuissait.

Crispin s'élança vers lui, enclin à davantage de violence, mais ses yeux apeurés le firent hésiter. Il fallait qu'il sorte. Il ne pouvait plus respirer. Il tituba jusqu'à la porte, l'ouvrit en grand et se retrouva dans le couloir, puis il marcha sans s'arrêter jusqu'au moment où il déboucha dans la cour. Adossé à un mur, il chercha à reprendre son souffle.

— Vierge Marie !

Julien l'avait embrassé. Embrassé !

Dieu lui vienne en aide ! Mais pendant un infime instant, pas même le battement d'une paupière… Crispin avait apprécié ce baiser.

XIV

ADOSSÉ À UN MUR DE PIERRE GLACÉ, mais insensible au froid qui traversait ses pauvres vêtements, Crispin reprenait son souffle. Il regardait droit devant lui. Pourtant, il ne voyait rien, il n'entendait rien. Malgré toute sa bonne volonté, c'était impossible. Il avait éprouvé quelque chose. Quelque chose de... mal. De si mal !

Il demeura longtemps ainsi puis il se pencha et ramassa une pleine poignée de neige sale qu'il frotta sans ménagement sur son visage, comme pour se réveiller enfin de ce cauchemar. Il lui fallait oublier Westminster et les émotions honteuses associées au palais.

Le portail était ouvert et il prit à la hâte la direction de Londres. Il s'efforçait de ne pas penser, seulement de se concentrer sur cet astrologue qui avait acheté de l'argile aux potiers, l'étrange affaire qui semblait impliquer Gilles de Risley, le mystérieux étranger enfin. Mais, surtout, il refusait d'évoquer la chaleur des lèvres de Julien.

Toute cette histoire allait trop loin pour lui. Ces Juifs clandestins, ces meurtres d'enfants, cet étrange golem. C'était étonnant qu'il ne soit pas devenu fou !

Et puis il n'avait pas connu depuis longtemps les bras d'une femme. Il soupesa sa bourse et jugea qu'elle contenait assez de pièces. Oui, il irait voir les filles de joie. Sur-le-champ !

Il se rendit au bord du fleuve et longea le quai en quête d'un batelier. Quand il l'eut trouvé, il jeta un farthing à l'homme en le priant de se hâter.

L'homme souhaita cependant que son embarcation soit pleine avant de s'éloigner de la rive. Un paysan et son cheval montèrent à bord. Le flanc de l'animal s'écrasait contre Crispin, mais cela ne le dérangeait pas. Sa tiédeur le protégeait du vent.

Il attendit à peine que le bateau soit arrivé pour sauter sur le quai et partir d'un bon pas vers les ruelles obscures où les bordels se serraient les uns aux autres comme de vieilles putains.

Il ralentit au détour d'une venelle encore plus lugubre et distingua la silhouette d'une femme faisant face à un mur, les mains tendues comme si elle s'y accrochait, les cottes retroussées jusqu'à la taille. Derrière un homme s'affairait telle une bête en rut et elle poussait de petits soupirs à chaque coup de boutoir. Crispin ne détourna pas le regard et les observa un instant, nullement embarrassé. Il lui fallut tout de même quelque temps pour comprendre.

— John Rykener ! cria-t-il horrifié.

L'homme se retourna. À la hâte, il remonta ses braies et, avant même d'avoir noué sa ceinture, s'enfuit dans la pénombre, bientôt englouti par le brouillard.

Toujours tournée vers le mur, la femme remit ses cottes en place puis elle se retourna.

— Crispin, bon sang !

Elle avait le visage rond, un menton effacé et une petite bouche que tordait la colère.

— Tu l'as fait fuir avant même qu'il paye !

— John, dit mollement Crispin.

C'était bien la dernière personne qu'il avait envie de voir. Surtout aujourd'hui.

— C'est Aliénor quand je suis habillée ainsi. Combien de fois je te l'ai déjà dit ?

— Pour l'amour du Ciel, John. Il faut vraiment que tu continues à faire… ça ?

— Toi, tu fais ce que tu veux, et moi, ce que je veux. C'est une question d'argent, tu comprends ?

John s'adossa au mur et s'emmitoufla dans sa cape.

— Ça m'a coûté mon souper, sache-le. C'est toi qui me le dois maintenant.

Crispin ne répliqua pas. Les manières par trop familières de l'individu l'avaient toujours dérangé. Il sentit son regard posé sur lui et ne put que baisser la tête. L'idée qu'un homme puisse s'habiller en femme le dépassait complètement. C'était indécent. Ridicule.

Mais ce qui le troublait encore plus était d'ignorer pourquoi il se sentait coupable de l'avoir privé de l'argent de son repas.

John remit en place les tresses bouclées qui lui retombaient sur les oreilles.

— Qu'est-ce que tu fais par ici, Crispin ? Comme si je ne le savais pas. Ça fait des siècles que je ne t'ai pas vu à Southwark. Tu n'as jamais caché que tu détestais cet endroit.

— Rien, murmura Crispin, je ne fais rien.

Et c'était vrai. Toute cette aventure ressemblait à une véritable plaisanterie de la part du Créateur. Il avait eu envie de la première putain venue pour se prouver sa virilité. Pour se prouver que le baiser fou d'un jeune homme efféminé ne lui ôtait pas ses qualités d'homme.

Et l'ironie du sort voulait que la première fille rencontrée soit John Rykener, ce triste personnage. Encore un sodomite ! Une plaisanterie divine, effectivement, mais du plus mauvais goût.

Il rejoignit tout de même sa connaissance et s'appuya comme lui au mur humide. La venelle sentait l'urine et les ordures. Combien de fois y avait-il dépensé un demi-penny en compagnie d'une misérable créature ?

Il posa un regard dégoûté sur les habits de femme de Rykener.

— Ils vont encore t'arrêter.

— Je m'en doute.

— Il y a quand même de meilleures façons de gagner sa vie. Crois-moi, je le sais.

— Mais aucune n'est aussi satisfaisante.

Crispin eut une grimace.

— Ne fais pas le délicat, Crispin Guest, dit Rykener en inclinant la tête comme l'aurait fait une vraie femme. Nous avons tous un rôle à jouer. On fait de notre mieux.

— John...

Il ne savait pas quoi lui dire. Il était d'étrange humeur. Cette rencontre avec John Rykener, c'était plus qu'un sale tour du Destin ! Il cacha son visage. Une main se posa sur son épaule, mais il ne releva pas la tête.

— Crispin, qu'est-ce qui te tracasse ? Je ne t'ai jamais vu comme ça.

— C'est parce que je n'ai jamais été comme ça.

Il releva enfin la tête et l'appuya contre le torchis humide. John dégageait une sorte d'odeur fleurie bien différente des senteurs âcres de la venelle.

— John, qu'est-ce qui pousse... Qu'est-ce qui pousse un homme à en désirer... un autre ?

John observa longuement Crispin avant de détourner les yeux et de feindre s'intéresser au mur d'une maison voisine.

— J'aimerais bien connaître la réponse, soupira-t-il.

Il se ressaisit et donna une tape amicale sur l'épaule de Crispin.

— Allez, viens, j'ai froid. J'ai du vin chez moi.

Crispin hésita.

— Allez, je te dis, je ne mords pas. Pour ça, faut payer un supplément !

— Tu es un porc.

— Une cochonne, oui !

À regret, Crispin le suivit dans la ruelle boueuse, à quelque distance toutefois pour que l'on ne s'imagine pas qu'il avait recours à ses services.

Encore une venelle dégoûtante puis un escalier étroit menant à la porte du logis de John.

Il y faisait froid. Le feu se mourait dans l'âtre et John se hâta de le raviver en jetant dessus un petit fagot et un bloc de tourbe. Puis il se frotta les cuisses pour les réchauffer.

— Le cul à l'air, c'est pas ce que je préfère !

Crispin le rejoignit près du feu.

— Tu as parlé de vin, rappela-t-il pour changer de sujet.

— Oh, j'oubliais les bonnes manières, dit John avec un semblant de courbette.

Il prit une cruche posée sur une étagère, ôta le morceau d'étoffe qui la recouvrait et remplit un gobelet qu'il tendit à Crispin. Il se sentait le ventre vide et but avec plaisir. Il aurait dû avoir faim également – depuis combien de temps n'avait-il pas mangé ? Mais il n'avait nulle envie d'absorber quelque nourriture. Il but encore et regarda son compagnon en faire de même.

— La journée a été rude, dit John, et la nuit s'annonce plutôt fraîche. J'aimerais bien trouver un homme qui me tienne chaud.

— Pourquoi es-tu si grossier ? Tu sais que je déteste ce genre de langage.

— Pourtant, on est devenu camarades. On peut se demander pourquoi.

— Moi aussi, je me le suis demandé. Dieu seul le sait.

— En tout cas, Il ne me l'a pas dit jusqu'à présent.

— Tu veux donc ajouter le blasphème à tes nombreux péchés ?

— Pourquoi pas ? Si je dois aller en Enfer, autant que ce soit le plus vite possible.

Il s'assit sur un tabouret et fit signe à Crispin d'en faire de même. La pièce était petite et chichement meublée, pas très différente de celle de Crispin, seulement un peu plus délabrée. Un trou dans le plafond laissait entrevoir le toit et pénétrer quelques flocons de neige. Crispin se décala pour les éviter et se rapprocha du feu afin de réchauffer ses orteils.

Il ne pouvait s'empêcher de lancer des regards furtifs à son compagnon.

— Tu es obligé d'être toujours habillé ainsi ?

— Tu préférerais que je me dévête ?

— Euh…

Avec un sourire en coin, John se releva et défit quelques lacets jusqu'à ce que ses cottes tombent à terre. Il se gratta longuement le ventre.

— C'est mieux ?

Crispin eut un geste en direction de ses tresses et l'homme poussa un long soupir un peu forcé.

— Pour quelqu'un qui ne paye pas, tu es vraiment exigeant.

Il s'assit et dénoua ses tresses jusqu'à ce que ses cheveux descendent plus bas que sa mâchoire puis il interrogea Crispin du regard.

Celui-ci hocha la tête et but une gorgée de vin.

— Enfin tu ressembles à un homme.

— Mais je suis un homme.

— Dans ce cas-là, pourquoi ne veux-tu pas en avoir l'air ? Pourquoi t'obstines-tu ?

— Je ne fais pas tout le temps la putain, tu sais. Parfois je travaille comme brodeuse, toujours sous le nom d'Aliénor, mais j'ai aussi couché avec des femmes. Des religieuses principalement.

Crispin faillit en recracher son vin.

— Holà, maître Guest, doucement, je n'en ai pas d'autre.

— Tu me racontes encore des histoires, dit-il en essuyant le liquide répandu sur sa poitrine.

— Non. Des femmes de toutes sortes me paient. Je ne fais pas le difficile. Tous les orifices se ressemblent.

— Assez, par le Christ !

— Non, toi, assez !

Il arracha son gobelet à Crispin, s'essuya la bouche et le regarda droit dans les yeux.

— Tu m'as provoqué avec ta question, « Qu'est-ce qui pousse un homme à en désirer un autre ? ». C'est bien ça, maître Guest ? Je me demande bien pourquoi ma réponse t'intéresse tant.

Crispin ne se défendit pas. Il ne pouvait oublier le geste de Julien, il lui faudrait une bonne dose de vin pour cela.

— Réponds-moi !

John coinça la cruche entre ses jambes et posa ses longs doigts sur ses genoux.

— J'aimerais bien le savoir, murmura-t-il en hochant la tête.

Crispin connaissait John depuis des années et ç'avait toujours été un bon camarade. L'homme l'avait aidé quand il s'était installé dans le quartier de la Boucherie, il lui avait montré comment rester en vie dans la rue, il lui avait indiqué les meilleurs endroits où quémander un peu d'argent. Il n'avait jamais essayé de le séduire sauf en plaisanterie, bien sûr. Crispin se sentait gêné de ne jamais l'avoir remercié pour toutes ses gentillesses, et voici qu'il ne lui offrait que son mépris. C'était ingrat de sa part, mais il lui était difficile d'associer la bonté de John à sa prédilection pour les hommes et les vêtements féminins.

John avait oublié son allure goguenarde et semblait perdu dans ses pensées.

— Quand j'étais enfant, dit-il doucement, j'adorais les tenues de ma mère, ses robes, ses voiles. J'avais follement envie de les porter. Je savais que c'était mal de penser ça, mais j'oubliais quelques instants mes tâches pour seulement les effleurer. Ça a duré comme ça jusqu'à l'âge de treize ans. Je travaillais comme homme de peine dans le bordel de dame Elizabeth Bronderer quand elle a eu l'idée de m'habiller en femme. C'était une lubie de sa part, mais ensuite…

Son visage s'illumina.

— Ah, Crispin, c'était merveilleux. Je n'ai plus fait le valet après ça.

— Porter une robe de femme est une chose, jouer à la pouliche en est une autre.

— J'ai essayé, Crispin, répliqua-t-il avec lassitude. Oui, j'ai essayé. Dame Bronderer m'avait aussi fait coucher avec des femmes. Ah, ajouta-t-il en secouant la tête, une épouse et des enfants à mes côtés… Quel homme n'en voudrait pas ? Pourtant… Est-ce que je n'ai pas assez prié, fait pénitence ? Quand j'étais gamin, je me privais de manger et de boire pour expier mes pensées mauvaises. Même dame Bronderer demandait à ses

« filles », c'est comme ça qu'elle nous appelait, de prier. Je n'ai jamais pris de plaisir avec les femmes, seulement avec les hommes. Pourquoi ? Je n'en sais rien. Et je continue de pécher. De prier aussi. Je ne sais pas ce qui est le plus dur.

— Moi non plus, John. Nous avons tous un fardeau à porter.

— Oui… bon, dit-il en reniflant avant de se donner une tape sur les cuisses. Est-ce que j'ai répondu à ta question ?

— Heu… je suppose.

— Je voudrais te ressembler, Crispin. Tu es si brave.

Gêné, il commençait à se demander si c'était encore vrai.

— Je t'ai raconté mon histoire. Tu vas maintenant me dire pourquoi tu me poses ces questions. Allons, Crispin !

— Il y a eu des meurtres. Des meurtres ignobles de petits garçons. Et ils ont été… sodomisés.

— Ah ! fit John en se levant, je vois.

Il se leva, s'enveloppa dans sa cape et s'approcha du feu. Ses traits s'étaient subitement durcis.

— C'est pour ça que tu es venu me trouver. Tu m'accuses, hein ? Je m'adonne au plaisir avec d'autres hommes, je suis donc aussi un séducteur de jeunes garçons ? Un meurtrier, pourquoi pas ?

Crispin n'aurait jamais pensé pareille chose, mais il était si troublé qu'il ne savait plus ce qu'il disait. Il n'avait jamais vu Rykener dans une telle fureur.

— Je ne t'accuse pas, John. Ce n'était pas mon intention. Pardonne-moi si je t'ai offensé.

— Cette façon de me traiter… Je m'attendais à autre chose de ta part, Crispin. J'ai partagé avec toi le peu de vin qu'il me restait. Peut-être… peut-être que tu ferais mieux de t'en aller.

Qu'ajouter à cela ? Crispin s'avança vers la porte.

John soupira et tapa du pied nerveusement puis il désigna la pièce d'un geste de la main.

— Ne sois pas ridicule.

Il lui adressa un clin d'œil pour lui faire part de sa blessure et Crispin en éprouva un réel remords.

Une fois assis, tous deux se tournèrent vers le feu.

— Je ne couche pas avec des garçons, dit John d'une voix grave. Je couche avec des hommes. Surtout des prêtres. Ils rapportent plus.

— John ! Par le sang de Notre Seigneur ! Tu ne peux donc pas être sérieux ?

— Mais je suis sérieux ! répondit John en retrouvant la gaieté qui le caractérisait. Ce sont eux qui me disent que je suis un horrible pécheur… avant de tomber à genoux devant moi. Les hypocrites !

Crispin grinça des dents. John adorait raconter ce genre de choses, mais pouvaient-elles être vraies ? Le Limier dut admettre que c'était bien possible.

— Malgré tes réactions plutôt brutales, je vois que tu es troublé. Alors je te parlerai franchement.

John s'éclaircit la voix et prit l'attitude des prédicateurs que Crispin avait vus près de certains lieux de pèlerinage.

— Certains hommes recherchent de jeunes garçons, mais je ne suis pas l'un d'eux. Ce qu'ils font est vil… malsain. Oh, je sais ce que tu penses, Crispin Guest, mais je ne suis ni l'un ni l'autre. Je suis une brave âme, tu le sais, et je ne cherche pas à nuire. Ma faiblesse, ce sont les hommes mûrs, pas les jouvenceaux. Cela me condamne déjà assez. Tu crois que le shérif ne m'a pas menacé d'horribles tortures ? Je suis déjà assez châtié quand il me prend avec des habits féminins. La dernière fois, j'ai passé un mois à Newgate.

Crispin se retint de lui dire qu'il l'avait prévenu.

— Peu importe. La vérité, c'est que je ne m'intéresse pas aux enfants. Peut-être que tu ne vois pas la différence, moi si. Je me jetterais du haut de la plus haute tour si j'étais du genre à faire violence à des enfants.

Crispin émit un grognement en guise de réponse. Peut-être y avait-il une différence, effectivement. Mais peut-être pas. Difficile de juger de ce genre de choses. Surtout quand on est confronté à une situation aussi étrange.

— On m'a dit qu'il existait des bordels clandestins de garçons, avança Crispin.

— C'est ignoble... j'en ai entendu parler. Utiliser des enfants...

Il secoua la tête, sincèrement horrifié. Crispin se sentit soulagé. Il avait toujours bien aimé Rykener. Certes, il n'approuvait pas ses tenues vestimentaires ni le choix de ses partenaires, mais il avait su voir au-delà des oripeaux. Les traits du visage de John n'étaient pas ceux d'un homme, mais il n'était pas du genre mauvais, même s'il insistait pour se faire appeler Aliénor.

Après un long moment de silence, Rykener se tourna vers Crispin.

— Tu as parlé de meurtres.

— Oui, des crimes ignobles, tous perpétrés de la même façon. Quatre garçons, toujours la même chose.

— Pourquoi assassinés ?

— Je l'ignore. Pour dissimuler leur vice, peut-être, mais ce n'est pas tout. Je..., hésita-t-il en se rappelant que John n'était pas homme à aimer le sang. Je n'ai pas très envie de partager les détails avec toi. Ce n'est pas... agréable.

— Dans ce cas, ne dis rien, je préfère ne pas savoir, assura-t-il en remplissant le gobelet de Crispin. Mais si ces détails sont de nature encore plus violente...

Crispin acquiesça de la tête.

— Eh bien, j'oublierais la sodomie pour me concentrer sur le meurtre. En mettant le doigt sur le pourquoi des choses, tu connaîtras peut-être le coupable.

— Oui, c'est très astucieux de ta part, maître Rykener. Je croyais le connaître, justement, et puis...

Il sentit ses joues s'empourprer et but du vin pour dissimuler son trouble, mais John était plus rusé qu'il ne l'aurait souhaité.

— Ce n'était pas le meurtrier ?

— Non. Du moins je ne le pense pas. Je veux dire... flûte !

Il ferma la bouche pour ne pas en révéler trop.

— Ah, Crispin, dit John avec un petit rire, je ne t'ai jamais vu aussi décontenancé. Je te jure, tu es l'homme le moins impressionnable que je connaisse. Pourtant il semble que quelque chose t'a mis, euh, dans tous tes états. Ces meurtres sont horribles, j'en conviens, mais je ne crois pas que ce soit ça.

— N'y pense plus, John !

— Allons, tu sais bien que c'est impossible, dit-il en se rapprochant de Crispin au point que leurs genoux se touchèrent. Tu vas me dire ce qu'il y a, maître Guest, pour que tu te mettes à rougir comme une pucelle. Allez, parle !

— Non, je…

Il voulut prendre son gobelet, mais John le lui arracha des mains.

— C'en est assez, maître Guest. Raconte-moi tout et je verrai si tu le mérites.

Crispin lui adressa son regard le plus noir, mais cela ne servit à rien face à l'expression d'empathie de son camarade. Toute rancœur était oubliée.

Bien. Il fallait se lancer. Gratter la plaie.

— Un jeune homme m'a embrassé. Et j'ai aimé.

John en lâcha le gobelet et il lui fallut plusieurs secondes pour se rendre compte de ce qu'il avait fait. Il se mit à genoux pour ramasser les éclats.

— Oh, Seigneur Dieu, répéta-t-il en épongeant le vin à l'aide d'une serpillière. Je n'aurais pas pensé t'entendre un jour me dire pareille chose ! J'aurais bien aimé être là pour voir ça, ajouta-t-il avec un clin d'œil. J'aurais même préféré que ce soit avec moi.

— Ne sois pas ridicule !

Ses joues étaient encore plus rouges et il se leva pour déambuler dans la pièce.

John s'affairait, toujours à genoux. Il soupira.

— Hélas, il est plus beau que moi, n'est-ce pas ?

— Non, il n'est… Je ne veux plus en discuter !

— Il est jeune, c'est bien cela ? C'est pour ça que tu me parles de garçons ? Tu crains avoir envie de…

— Par le Christ, John, non ! Mille fois non !

— Qu'y a-t-il eu ? Un baiser. Rien qu'un petit baiser. Il t'a pris par surprise. Tu étais peut-être perdu dans tes pensées. Il t'a peut-être rappelé une femme. Tu as perdu la tête. Ce n'est rien, vraiment.

John aurait-il raison ? Il ne savait plus quoi penser.

John jeta la serpillière dans un coin et Crispin repensa brièvement aux haillons ensanglantés aperçus dans l'appartement de Julien. Il y avait tant de choses à expliquer. Était-il entièrement innocent ? Ses expériences, ses annotations. Il était intelligent. Fallait-il vraiment croire à cette histoire d'astrologue ? Répondre lui était impossible.

John alla chercher une autre cruche.

— C'est de la bière, dit-il. J'ai le sentiment qu'on n'a pas assez bu, toi et moi.

Il leva le menton et avala une bonne rasade de liquide. Crispin le regarda faire et puis…

— Mon Dieu ! John !

Son compagnon faillit s'étrangler.

— Qu'est-ce qu'il y a encore ?

— Julien… Que je sois damné. Merci pour ton hospitalité, John, dit-il en lui posant la main sur l'épaule, mais je dois m'en aller.

— Quoi ? Tu n'as pas fini ton histoire ! Je veux que tu me parles de ce baiser et…

— Plus tard. Il faut que je retourne à Westminster. J'ai des choses à y faire.

— Ah là là, tu es bien l'homme le plus énervant que je connaisse, Crispin Guest !

Crispin sourit. Pour la première fois il se sentait mieux.

— Et toi tu es un bon ami, John. Dieu te vienne en aide.

— Mais c'est ce qu'il fait toujours, répondit-il en laissant partir Crispin à regret.

Crispin se hâta, désireux de mettre à l'épreuve sa théorie, mais il avait à peine quitté le misérable logis de Rykener qu'un personnage familier apparaissait de l'autre côté de la venelle. Comme toujours, le brouillard rendait hommes et choses difficiles à discerner, mais dans le cas présent il était impossible de se tromper. C'était Matthew Middleton, l'orfèvre.

Le Juif.

Crispin le regarda marcher en longeant les murs pour éviter la neige qui tombait des toits. Ses mouvements fugitifs et les regards qu'il lançait par-dessus son épaule poussèrent Crispin à mettre de côté son projet. Westminster attendrait et son instinct lui dictait de le suivre.

Si Middleton cherchait à être discret, c'était plutôt raté. Il semblait trop préoccupé pour maîtriser ses gestes et bousculait les putains et les voleurs regroupés devant les portes des taudis. Quelle que fût sa mission, il savait parfaitement où il allait et empruntait sans hésiter toutes sortes de ruelles tortueuses.

Le Juif longea la Tamise pour bientôt se diriger vers le territoire des potiers.

Quelques individus prenaient le même chemin que lui et Crispin réussit à se dissimuler derrière une charrette sans se faire voir de l'orfèvre. La main sur sa dague, il se précipita dans la pénombre d'une ruelle et regarda Middleton disparaître dans l'amas de fours et de cabanes qui constituait le village des potiers. Il le suivit à distance et dépassa ainsi l'atelier de Dickon pour atteindre une cabane qu'il connaissait bien.

Crispin s'adossa à un pilier de bois soutenant un dais en toile branlant gonflé par la neige. Middleton frappa à la porte de Berthilde, la potière, et attendit qu'on lui réponde. La porte s'entrouvrit et elle parut très surprise de le voir. Elle regarda de part et d'autre dans la ruelle avant de le faire entrer.

Crispin avança à pas de loup jusqu'à se trouver sous sa fenêtre.

— … tu es venu ici ? l'entendit-il dire. C'est de la folie, surtout en plein jour.

— Personne ne nous soupçonne, ne sois pas ridicule, rétorqua-t-il avec une certaine exaspération.

— Ça vaut mieux ! Qu'est-ce que je ferais si on m'obligeait à aller au Domus ? On vivrait de la pitance que le roi distribue à ces pauvres bougres ?

— On se demande si le souverain veut vraiment les aider ou les affamer.

— Oui, en tout cas je n'ai pas envie de le voir par moi-même.

— Je ne suis pas venu te parler de ça.

Crispin entendit l'homme se rapprocher de la potière et s'exprimer d'une voix chuchotée.

— Je suis là pour te parler… d'Odon.

— Ah non, pas encore lui ! Pourquoi c'est toujours moi ?

— Je te l'ai déjà dit, Berthilde, il n'y a plus un seul des nôtres ici. Il faut que ce soit toi.

— Je n'ai pas plus d'autorité sur lui que toi.

— Il le faut pourtant. Le Limier a flairé quelque chose.

— Le Limier ? Je n'ai rien vu de tel.

— Il a posé des questions. Il faut que tu surveilles Odon.

— Il est son propre maître.

— Oui, mais il est allé sur la rive nord. À Westminster.

— Quoi ? Comment tu le sais ?

— Il s'est passé certaines choses. Dis-lui d'arrêter ce qu'il est en train de faire ou ce sera la catastrophe pour nous tous.

Il y eut un instant de silence. Crispin tendit l'oreille. La porte s'entrouvrit et il alla se plaquer au mur de l'autre côté de la cabane.

— Je compte sur toi, Berthilde. Nous comptons tous sur toi. Je sais que le départ d'Hugh a été difficile.

Des pièces de monnaie changèrent de main en tintant.

— Dieu m'accorde qu'il revienne bientôt, dit-il.

— Oui. Qu'Il te garde.

Ses pas s'éloignèrent dans la neige sale et Crispin se demanda s'il ne devrait pas questionner Berthilde. Peut-être en tirerait-il quelque chose. De toute évidence, il avait touché un point sensible en mentionnant les Juifs de Londres. Mais qui était cet Odon et pourquoi tous deux semblaient-ils le redouter ? Un déclic se fit dans sa tête et il se demanda s'il ne le connaissait pas déjà.

— Maître Guest.

Il se retourna et découvrit le visage de l'étranger du carrosse.

— J'espérais vous revoir, dit l'homme.

Avant même qu'il puisse répondre, Crispin reçut un solide coup de poing dans la figure. Des étoiles explosèrent devant ses yeux et il tomba à genoux. Du sang coulait de son nez et sur ses lèvres, son goût cuivré lui emplit la bouche.

Une ombre se profila au-dessus de lui. Il redressa la tête et vit le cocher lever le bras pour terminer le travail commencé par son maître.

XV

CRISPIN SAVAIT QU'ON L'AVAIT TRAÎNÉ à terre, mais il n'aurait pu dire qui avait fait cela et où on l'avait emmené. Le coup de poing ne l'avait pas complètement assommé. Il avait une vague conscience des ruelles, des fossés et des gens, mais résister lui avait été impossible. Il n'était qu'une loque humaine dans des bras étrangers.

Il sentit quelque chose de froid sous son dos. Sa mâchoire lui faisait mal et du sang coagulé rendait sa bouche poisseuse.

Il entendit bouger dans la pièce sombre. Quelqu'un foulait le sol. Il tournait la tête pour voir de qui il s'agissait quand une botte le frappa dans les côtes, pas assez pour lui rompre les os, mais assez fort pour réveiller son attention.

Respirer devint sa priorité.

Au-dessus de lui, une voix épaisse émit un rire sans enthousiasme.

— Ça, c'est pour m'avoir blessé de votre dague. Il convient de tenir son rang, non ?

Crispin s'efforça de ne pas tousser pour ne pas ranimer la douleur ; il ouvrit les yeux et aperçut la silhouette dressée devant lui.

— Vous me voyez ici en position de faiblesse, Votre Excellence, répondit-il d'un ton acide.

L'homme parut satisfait et il recula, assez pour montrer à Crispin qu'il ne le frapperait plus de sa botte. Pour le moment, tout au moins.

Crispin roula sur le flanc puis s'obligea à se redresser, craignant à tout instant un nouveau coup de pied. Une fois debout, il prit très vite la mesure du lieu où il se trouvait. Des écuries, abandonnées de toute évidence. Il y avait de la paille sous ses pieds et l'air sentait le moisi. En un tel lieu, les murs pourraient bien étouffer ses cris. Sa main effleura machinalement la gaine de sa dague et il constata avec surprise qu'il était encore armé.

— Vous avez toute mon attention, dit-il en s'essuyant la bouche du revers de la main.

Où était donc ce satané cocher ?

— Qu'attendez-vous de moi ?

— Notre dernière rencontre m'a beaucoup déçu, maître Guest. Beaucoup, oui. Quand je vous ai encouragé dans vos investigations, c'était sans l'intention de vous voir me suivre. Ce fut très… discourtois.

Crispin fit mine de s'incliner sans toutefois prononcer un mot d'excuse.

— Je n'y puis rien, Votre Excellence, si mon enquête m'a mené jusqu'à vous.

— Ridicule. C'est votre insatiable curiosité qui vous a incité à me suivre. Je ne doute pas qu'elle vous sera un jour fatale.

— Monseigneur, puis-je vous rappeler comment je vis à Londres aujourd'hui ? Cette « fatalité » que vous évoquez, elle m'est échue, il y a une éternité. Et je suis arrivé… intact. Plus ou moins.

— Moins, je dirais.

L'homme pencha la tête. Crispin vit un bref instant frémir ses boucles blondes. Dorées, pourrait-on même dire.

— Quelles étaient vos intentions avec cet enfant ?

Enfin habitué à la pénombre, il vit l'homme ébaucher un sourire.

— Ce sont les miennes.

— Vous comprendrez alors pourquoi j'étais peu enthousiaste à l'idée de le voir partir avec vous.

L'homme hocha la tête et contempla un instant le sol.

— Je suppose que vous aviez de nobles projets et qu'ils pourraient être pardonnés. Avec le temps.

L'homme boitillait et il s'installa sur un tabouret. Le visage dans l'ombre, il regarda fixement Crispin.

— Vous faites un personnage bien inhabituel. Je vous ai peut-être sous-estimé. Cette erreur peut être irréparable.

Crispin haussa les épaules.

— Bien. Je me suis excusé. Puis-je repartir ?

— On se demande ce que vous pouvez bien faire ici, à Southwark.

Il se trouvait donc toujours sur la rive sud.

— Allons, Votre Excellence, une visite aux bordels n'a pas besoin de tout ce raffut.

Il crut voir l'homme ébaucher une grimace de dégoût.

— Béni soit Jésus. Un autre péché à votre actif, Crispin ? Puis-je vous appeler ainsi ? Nos rapports semblent plus intimes, non ?

— En tout cas j'ignore toujours votre nom, Excellence.

— Vous semblez n'avoir fait que peu de progrès. Pourquoi n'avez-vous pas retrouvé mes parchemins ?

Il repensa soudain à Julien. Il lui fallait retourner à Westminster, mais pourrait-il s'échapper de ces écuries ? Une fois encore, il regarda autour de lui. Les contours des murs étaient flous. Cela sentait la pisse de rat. Un endroit plutôt déplaisant pour vivre ses dernières heures.

— Il est difficile de retrouver un meurtrier, dit Crispin. Un meurtrier et des parchemins. Mais je suis plus près du but que vous ne l'imaginez.

— Ne prenez pas des airs énigmatiques avec moi. Je suis maître en ce domaine, dit-il en se frottant la cuisse, celle que Crispin avait blessée. Nul doute que vous me jugez trop jeune pour disposer d'une telle autorité…

— J'étais seigneur de mon manoir à un âge très précoce. Et le roi est monté sur le trône alors qu'il n'avait que dix ans. Comment pourrais-je vous reprocher cette autorité ? Quelle qu'elle soit... Vous souhaitez me voir poursuivre mon enquête ? Ou cherchez-vous à l'entraver ? À quelle fin ? Ces questions me tiennent éveillé la nuit.

— Vraiment ? dit l'homme en posant les mains sur ses genoux. Je conclus de vos propos que vous me soupçonnez du crime atroce de meurtre.

— Et de sodomie.

L'homme se redressa, l'air soucieux, et écarta les mains.

— Une grave accusation, je le conçois.

— Convainquez-moi. Pourquoi avoir cherché à enlever cet enfant ?

— Cela ne vous regarde en rien. Oh, oui, je vois comment ce geste peut être mal interprété, mais cela ne vous concerne pas. Ni votre affaire.

— Ce jugement, je le réserve pour moi seul. Parlez.

— Vous avez été touché par la main de Dieu ; pourtant vous ne voyez pas ce qui s'expose devant vous.

— Là encore, je crois peu à ce genre de choses, Excellence.

— Allons, mon cher Crispin, vous ne croyez pas aux objets sacrés qui embellissent votre chemin ?

— J'ai eu peu de raisons de le faire.

L'homme secoua la tête et ses cheveux blonds retombèrent dans son dos.

— Il le faudrait. Vous devriez être reconnaissant à Dieu de vous protéger du Malin car il est présent parmi nous à chaque instant de notre existence.

L'accent de cet homme était celui du Yorkshire, Crispin en était sûr maintenant que sa voix se faisait plus forte.

— Nous devons recourir à tout instrument dont nous disposons pour vaincre le démon, Crispin. Écarter les dons de Dieu est chose impardonnable.

— Je ne les écarte pas, Il m'a en effet accordé celui de perspicacité et de discernement. Et que vous a-t-Il donné, à vous ?

— L'autorité.

— Êtes-vous un religieux ? Vous ne vous vêtez pas comme l'un d'eux. Et vous êtes si jeune !

— Un religieux ? Peut-être. Quant à ma jeunesse... cela ne regarde personne. Je suis très doué dans ce que je fais.

— C'est-à-dire ?

— Extirper le démon, bien entendu, dit-il en riant devant l'expression de Crispin. Cela vous étonne-t-il ?

— Peu de choses me surprennent ces jours-ci.

— Alors, parlons de notre enquête.

— Comme il vous plaira, monseigneur Odon, tenta-t-il.

L'homme se contenta de sourire.

— Votre enquête. Vous devez savoir qu'elle est plus en rapport avec le démon qu'avec le crime.

— Vraiment ? Est-ce là-dessus que vous aussi enquêtez ? Dois-je poursuivre ?

— Si cela peut vous faire du bien.

— Pardonnez-moi, mais peut-être cherchez-vous à connaître le nombre de Juifs vivant secrètement en Angleterre.

L'homme se leva pour s'avancer sur lui. Touché.

— Que savez-vous à ce propos, maître Guest ?

— Moi ? Vous voulez que je parle alors que vous ne dites rien ? Il n'en est pas question.

— J'espérais ne pas avoir recours à ce genre de méthode, soupira-t-il.

Une porte s'ouvrit, accompagnée d'un éclat de lumière qui aveugla Crispin. Des pas se précipitèrent puis un poing s'enfonça dans son estomac. Il tomba à genoux et heurta lourdement le sol. D'instinct, ses bras se replièrent sur son ventre pour se protéger, mais l'homme, Stephen, ne chercha pas à le frapper à nouveau. Crispin regarda en grimaçant les deux personnages dressés devant lui.

— Eh bien, fit Odon avec calme, n'avez-vous rien à me dire ?

— Vous ne m'avez encore rien demandé d'intéressant.

Il s'accroupit pour être à sa hauteur et Crispin recula quelque peu en sachant à quoi il pouvait s'attendre.

— Que savez-vous des Juifs vivant à Londres, Crispin ?

— Il y en a deux à Westminster, est-ce d'eux que vous parlez ?

— Non. Que savez-vous du Domus Conversorum ?

— Rien. Les convertis y vivent. Ils sont protégés par le roi. Les gens ne cherchent pas à en apprendre davantage.

— Peut-être, mais pas vous. Pas le grand Limier. Vous en savez bien plus, n'est-ce pas ? Dites-le-moi, cela facilitera les choses.

— Cela facilitera, oui, répéta-t-il en riant.

Il se rappelait les tortures qui lui avaient été infligées, sept années auparavant. Là aussi, on lui avait posé des questions dont ils connaissaient déjà la réponse. Et comme en ce temps qu'il valait mieux oublier, Crispin choisit de garder le silence.

Odon dessina des cercles sur le sol puis il se redressa et frotta sa cuisse douloureuse.

— Quel dommage ! Vous auriez pu m'aider. De même que j'aurais pu vous aider.

— Que voulez-vous dire ? Vous savez quelque chose de ces morts ?

Il se pencha vers lui au risque d'être à nouveau frappé.

— Ce n'est pas un jeu, voyez-vous ? Il s'agit de meurtres. Ces jeunes garçons, ces enfants, ont enduré des souffrances abominables. Ne comprenez-vous pas qu'il y aura d'autres victimes ? Qu'il soit homme ou démon, je me moque de savoir qui est responsable, je veux simplement qu'il soit empêché de nuire !

L'homme se rassit et son cocher se planta derrière lui, stoïque.

— Il se peut très bien qu'il y ait d'autres morts.

— Ce ne sont pas les Juifs. C'est impossible. Leur religion leur interdit de boire du sang. Ce ne peut être eux.

— Oh, je me demande qui vous a bien appris tout ça. Tout de même pas l'abbé Nicolas ?

L'idée d'avoir été espionné fit à Crispin l'effet d'un nouveau coup de poing dans l'estomac.

— Comment savez-vous que…

— J'ai observé tant de personnes dans tant d'endroits différents... Vous affirmez que peu de choses vous surprennent, maître Guest, mais je parie que ce que j'ai vu vous étonnerait.

— Si vous savez quelque chose à propos de ces meurtres, la morale vous contraint à...

— La morale ? Quel mot étrange dans votre bouche !

— Là n'est pas la question. Des enfants meurent. Des innocents !

— L'innocence. Encore un terme vague, n'est-ce pas ? Un homme peut être à la fois innocent et coupable, cela dépend du point de vue où l'on se place. Où est la culpabilité dans ce cas ? Et l'innocence ? Mais vous avez raison. Les enfants sont innocents, pour la plupart. Même ceux que vous voulez protéger. Ils sont entre les mains de Dieu, quels que soient leurs péchés.

— Vous ne laissez tout de même pas entendre qu'ils ont participé de quelque façon que ce soit aux péchés commis à leur encontre ?

— Je ne suggère rien, insinua-t-il sur un ton qui laissait croire tout le contraire.

— C'est une supposition ignoble. Et vous prétendez accomplir l'œuvre de Dieu !

— C'est bien ce que j'ai dit, répondit l'homme avec gravité. Vous n'avez pas vu ce que j'ai vu. Vous ne pouvez imaginer ce que j'ai côtoyé. Cela va même au-delà de ce que je crois. Qui aurait pu s'attendre à tant de péché et de blasphème ?

Il se détourna. Son visage était impassible, mais son corps frémissait d'indignation.

— Les Juifs, par exemple. Ils vivent en un endroit qui n'est pas le leur et prennent ce qui revient aux bons chrétiens. Il conviendrait de les effacer de la surface de la terre...

Un bruit terrible le fit se retourner. La porte s'ouvrit d'un coup et un homme apparut. Aveuglé par la lumière, Crispin dut se cacher les yeux. Qu'y avait-il encore ?

— Qui êtes-vous ? demanda le seigneur.

— Éloignez-vous de lui !

Crispin ne percevait que la silhouette de trois individus. L'un d'eux portait un gros bâton. Derrière, se dessinait la masse floue d'autres personnages. Cette voix lui paraissait pourtant on ne peut plus familière.

— Rykener ?

Stephen, le cocher, tira son épée dans un bruit métallique et chacun se figea.

John Rykener fut le premier à entrer et à désigner Crispin.

— Relâchez-le, ordonna-t-il d'un ton plus assuré.

— Tu as dit qu'on allait se battre, fit une voix bourrue derrière lui.

— Dans ce cas…

John se tourna vers ses compagnons dont le regard trahissait la détermination.

— Allez, battez-vous, battez-vous ! fit la voix bourrue.

Ses paroles furent reprises par le reste du groupe qui, Crispin le voyait à présent, était assez considérable.

Que voulait donc John ? Le sauver ? Crispin écarquilla les yeux en le voyant armé. Il avait un poignard à la main.

Odon se plaça derrière son cocher, lequel brandissait son épée vers Crispin.

— Vous ne savez pas dans quelle sale affaire vous vous mettez, mes amis, dit Odon à Rykener et ses compagnons.

— Vous non plus.

John adressa un signe de tête à ceux qui l'entouraient. Leurs traits étaient aussi délicats que les siens. Crispin se sentit soudain mal à l'aise. Étaient-ce là les fameux « amis » de Rykener ?

— Vous tenez captif un homme très important, reprit John. Le Limier n'est pas quelqu'un qu'on traite à la légère.

— Moi non plus, affirma Odon en faisant un pas en avant.

— L'affrontement sera peut-être plus équitable, dit Crispin en se pelotonnant sur lui-même.

— Le croyez-vous vraiment ? Dispersez-vous ! lança-t-il à la foule. Vous interrompez un interrogatoire capital et je…

Il ne put terminer sa phrase. La foule l'accueillit avec des éclats de rire et des sarcasmes. On lui jeta même quelques croûtes de pain. Il était évident que le petit peuple de Southwark n'était en rien intimidé par les beaux habits et les belles manières d'Odon. Il adressa un regard noir à Crispin.

— Un combat à la loyale, dit celui-ci en souriant.

Odon fit signe à son cocher. Stephen se planta devant Crispin : son épée était bien trop longue par rapport à sa modeste dague, mais il pouvait sortir vainqueur. Il l'avait déjà fait. Seulement sa tête lui tournait encore. Il serra les dents et se prépara à affronter le cocher.

Stephen leva son épée, prêt à l'abattre sur Crispin, quand John Rykener poussa un cri de bête et s'élança vers lui. Avant même que le cocher ait pu se retourner, Rykener lui avait enserré le cou de ses deux bras et lui avait sauté sur le dos. L'homme tourna sur lui-même, désemparé. Il s'agrippa aux bras qui cherchaient à l'étouffer puis essaya de se servir de son épée pour déloger son agresseur, mais Rykener ne cessait de se balancer d'arrière en avant pour le déséquilibrer. Du plat de l'épée, Stephen tenta de le frapper, mais John se pencha pour lui mordre l'oreille jusqu'au sang.

Le cocher poussa un hurlement et recula pour se heurter avec force à une poutre. John fut précipité à terre.

Étourdi, l'oreille ensanglantée, le cocher se tourna vers la foule, épée à la main.

— Battez-vous, battez-vous ! répéta la foule.

— Vierge Marie, murmura Odon complètement démonté.

— Ils veulent du sang, dit Crispin avec légèreté. Leur en donnerons-nous ?

Il brandit sa dague. Les compagnons de John s'avancèrent. L'un d'eux portait une massue, un autre une grosse cruche qu'il faisait tournoyer d'un air menaçant.

Odon fit signe à Stephen et plongea dans la partie la plus obscure des écuries. Le cocher ne tarda pas à le suivre.

C'en était trop. La foule se lança derrière eux, se bousculant pour franchir la porte étroite, écartant Crispin et Rykener sans ménagement.

Un grognement de déception s'éleva. Il y avait là une porte dérobée que les deux hommes avaient empruntée pour s'enfuir.

Crispin se montra déçu, lui aussi, et rangea sa dague dans sa gaine. La foule se tourna alors vers Rykener et ses deux compagnons.

— On est venu pour voir de la bagarre, protesta un colosse à la barbe grisonnante. Tu nous l'avais promis. Et de la bagarre, on en aura, ajouta-t-il en frappant du poing la paume de sa main.

— Tu as raison, dit Crispin.

Il s'avança vers la foule et s'arrêta devant l'homme. Il le regarda dans les yeux et lui envoya soudain son pied dans le bas-ventre. Il s'écroula sans le moindre cri. La foule stupéfaite l'observa se tordre à terre.

— Quelqu'un d'autre ?

La foule semblait calmée. Après un échange de regards, tous se retirèrent vers la porte des écuries tandis que deux de ses camarades relevaient le colosse.

Quand ils se furent dispersés, Crispin émit un soupir de soulagement.

— Allez, viens, maître Crispin, dit John surpris d'une aussi prompte victoire. Sortons d'ici pendant qu'on le peut encore.

Les compagnons de John jetèrent à terre leurs armes improvisées.

Une fois dehors, Crispin constata qu'ils se trouvaient devant une taverne. La foule avide de sang en était sortie, mais les buveurs avaient maintenant retrouvé leur bière.

Crispin se pourlécha. Un court répit lui aurait été nécessaire, mais John le poussait déjà hors de la cour de la taverne, suivi de ses deux compagnons.

— Crispin, voici mes amis, dit John. Nous partageons tous trois la même vocation.

Crispin regarda les hommes avec un certain dégoût, mais il lui parut malvenu de se plaindre alors qu'ils l'avaient sauvé. Et puis, ils portaient des vêtements masculins.

— Pour votre aide, merci beaucoup.

Un blondin maigrelet lui adressa un sourire édenté.

— Les amis de John sont nos amis.

— Holà, je ne suis pas ce genre d'ami !

— Du calme, Crispin, ils savent qui tu es.

— Comment m'as-tu trouvé ?

— Eh bien, fit John, après que tu m'as dit… ce que tu m'as dit, je n'ai pas pu m'en empêcher. Je me suis vêtu en trois coups de cuillères à pot et je t'ai suivi jusque chez les artisans, c'est là que j'ai vu quelqu'un te frapper.

Il tendit la main vers le nez de Crispin, mais celui-ci se recula.

— Il n'est pas cassé, Dieu soit loué. Tu as un très beau nez, permets-moi de te le dire. Ce serait dommage de l'abîmer.

— John, je t'en prie !

— J'ai donc continué de te filer quand ils t'ont amené ici.

Crispin regarda les écuries délabrées.

— Ensuite je suis allé demander à mes amis de me donner un coup de main. J'ai aussi promis à ces gueux de la taverne qu'ils auraient droit à une belle bagarre en espérant qu'ils nous aideraient, mais on t'a sauvé et c'est ce qui importe !

— Merci, mon Dieu, murmura Crispin.

Il laissa John le ramener chez lui. Les deux compagnons leur dirent adieu et les laissèrent monter seuls le pauvre escalier. Une fois dans son logis, Rykener tendit à Crispin une bassine et un broc d'eau froide. Il lava le sang de son visage et évalua les dégâts.

— Tu as reçu une belle trempe, constata-t-il en l'examinant de près. Tu auras les yeux au beurre noir pendant quelque temps, mais au moins tu es entier.

— Tu diras merci à tes amis. J'espère que je ne me suis pas montré trop grossier avec eux.

— Ils te pardonneront beaucoup car tu te prétends mon ami.

Il épousseta de la main la livrée de Crispin et ne fit aucune remarque.

— Qui étaient ces infâmes qui t'ont capturé ?

— Je ne pourrais te l'affirmer avec précision, mais j'ai des soupçons.

Telles des feuilles mortes, des pensées multiples s'entassaient dans son esprit. Odon, les Juifs, le golem, l'assassin. Et surtout, qu'il le veuille ou non, Julien.

— Bien, dit-il en s'éclaircissant la gorge, je n'ai pas terminé ce que je voulais faire. Je dois retourner à Westminster.

— C'est là que réside le nœud du problème ? demanda John avec un clin d'œil appuyé.

Il ne put s'empêcher de sourire.

— Oui, et aussi me hâter de le retrouver pour parler de choses importantes.

— Seigneur, j'espère bien que tu me raconteras tout ! dit John en l'accompagnant vers la porte.

— Tu seras le premier au courant, je te le promets.

Il savait qu'il aurait dû se trouver sur la piste du meurtrier et, mieux encore, de l'homme du carrosse, même si ladite piste était pour l'heure froide comme de la glace. C'était la confusion la plus totale. Était-ce cet Odon qui avait acheté de l'argile ? Cela semblait invraisemblable. Et s'il ne créait pas de golem, pourquoi désirait-il tant ces parchemins ?

Il y avait en réalité bien des faits à assimiler, de cette Berthilde qui n'était qu'une autre Juive clandestine à cet Odon que les potiers redoutaient tant. C'était peut-être le personnage mystérieux apparemment accepté à Westminster, mais il ignorait que Berthilde et Middleton vivaient dans la clandestinité. Ou peut-être le savait-il. Les pièces du puzzle ne parvenaient pas à se mettre en place, comme si elles n'appartenaient pas au même jeu. Le démon était derrière tout ça, avait insisté l'étranger, et il ne pouvait en être autrement : qui mieux que le Grand Tentateur en personne pourrait réunir des personnes aussi opposées ?

Cet Odon travaillait-il avec l'Église ou n'était-ce qu'un dément que les Juifs tentaient de maîtriser, comme l'avait dit Middleton ? Il était reçu à Westminster. C'est là qu'il avait suivi Crispin. Il n'était pas improbable qu'ils se rencontrent à nouveau : Crispin l'espionnerait alors au lieu d'être espionné et il découvrirait son rôle réel à la cour.

Allons, à qui allait-il faire croire ça ? Crispin était à Westminster pour revoir Julien. Il ne pouvait le nier.

Il franchit la Grande Porte du palais de Westminster, bien décidé à trouver le jeune homme. Il avait beaucoup à dire avant de reprendre son enquête. Beaucoup, oui.

Dans la Grande Salle, coffres et meubles attendaient de partir pour Sheen à l'occasion de la Noël. Toute la cour serait présente à l'exception de Radulfus. Cela fit chaud au cœur à Crispin. L'individu avait l'intention de s'inviter au festin du roi, eh bien bonne chance à lui. Bonne chance à tous les deux !

Il parcourut les couloirs sans réellement se préoccuper de dissimuler son visage. Il passa à côté de Bill Wodecock et s'attendit qu'il lui lance un regard désapprobateur, mais il n'en fut rien. C'était mieux ainsi. Il continua jusqu'aux appartements de la reine puis ce furent ceux occupés par les Juifs. Avec un peu de chance, le fils du médecin serait seul.

Il n'y avait personne alentour. Il frappa à la porte et le jeune homme répondit aussitôt. À peine avait-il entrouvert la porte qu'il chercha à la refermer, mais Crispin la bloqua du pied et l'ouvrit de force. Il entra dans la pièce et constata tout de suite qu'ils étaient seuls.

— Bien, fit-il simplement.

Julien tendait les mains comme pour se protéger. Le coup reçu à la mâchoire lui suffisait.

— Pardonnez-moi ! Je ne voulais pas…

Crispin sauta sur Julien et l'attrapa par les bras pour le plaquer pratiquement contre lui. Ce visage, ces pommettes saillantes, ces yeux vert sombre… Ces cheveux bruns retombant presque sur son cou.

Crispin posa la main sur son menton au point de l'en faire grimacer. Ses yeux étudièrent la forme de ses joues de ses mâchoires, pour descendre vers le cou long et gracile.

C'était donc vrai. Les sentiments qu'il avait jugés menaçants se réveillaient en lui. La confusion, les émotions contraires, la colère. Tout cela s'expliquait maintenant. Il sentit son cœur battre, son souffle s'accélérer, le désir monter en lui. Comment une telle créature pouvait-elle l'émouvoir à ce point ?

Par tous les saints, il espérait ne pas se ridiculiser.

Il baissa la tête et sentit le souffle de Julien sur son propre menton.

— Dites-moi quelque chose. Je veux la vérité.

Julien ouvrit les lèvres.

— Quoi ?

Ce fut moins un mot qu'un souffle. Ses yeux ne pouvaient se détacher de ceux de Crispin.

Crispin se pencha un peu plus. Leurs nez se touchaient presque.

— Dites-moi… êtes-vous… une femme ?

Est-ce du soulagement qu'il lut dans son regard ? Elle ne dit rien et un infime sourire se dessina sur ses lèvres. Elle hocha la tête.

— Dieu soit loué, soupira-t-il.

Il se pencha vers elle et sa bouche se referma goulûment sur la sienne.

XVI

ELLE AVAIT LE GOÛT D'UN VIN EXOTIQUE. La langue de Crispin suivit le contour de ses lèvres et sa main quitta son bras pour le soulever et trouver la rondeur d'un sein. Elle émit un petit gémissement.

À nouveau il l'embrassa puis recula le visage et agaça ses lèvres des siennes.

— Dites-moi votre nom.

— C'est… Julienne.

Il sourit, l'embrassa encore une fois et attira le corps de la jeune femme contre le sien. Il sentit une chaleur dans son bas-ventre et se plaqua à celui de Julienne comme pour être bien sûr que… rien. Il n'avait pas vraiment besoin de preuve supplémentaire, mais c'était tout de même mieux d'être rassuré.

Il frotta sa joue contre la sienne et retrouva sa bouche. Sa langue chercha timidement à écarter ses lèvres et il sentit un torrent d'émotions l'envahir. Ses mains descendirent vers ses reins. C'était étrange, mais il avait toujours su… Le soulagement se mêlait désormais au désir.

— Était-ce l'idée de votre père ? demanda-t-il essoufflé.

Elle paraissait novice dans l'art d'embrasser, mais c'était une élève très douée. Il n'aurait pas refusé de se consacrer à son éducation.

— Nous… nous avons imaginé cela ensemble.

Crispin trouva sa gorge et la lécha. Elle gémit encore une fois avant de poursuivre d'une voix saccadée.

— Je voulais apprendre l'art de la médecine, et lui souhaitait me protéger des Gentils que nous rencontrerions en chemin. Ça nous a paru une bonne solution.

Sa bouche découvrit l'oreille de la jeune femme dont il mordilla le lobe. Ses genoux semblaient s'affaisser et elle se serait écroulée à terre s'il ne l'avait pas serrée par la taille.

Crispin savait qu'il lui était difficile de se retenir quand il s'agissait de femmes même si ses goûts n'étaient jamais satisfaits par les putains de Southwark ou les filles du quartier de la Boucherie.

— Êtes-vous encore… demoiselle ?

— Oui, haleta-t-elle, mais je vous ai désiré. Je n'ai jamais rencontré d'homme tel que vous, intelligent, réfléchi. Vous êtes mon… égal.

Il se recula pour mieux la regarder.

— Égal ?

— Pour un Gentil.

Il y avait une certaine malice dans son regard et sa façon de sourire.

— Bien sûr. Je suis désolé pour… ça, ajouta-t-il en posant un doigt sur sa joue meurtrie.

— Vous étiez dans votre droit, je suppose. Vous croyiez que j'étais un homme. Mais vous-même avez eu quelque problème, rappela-t-elle en effleurant son nez.

— Les ennuis sont toujours pour moi.

Il la débarrassa de sa calotte et passa les doigts dans ses boucles coupées court.

— Vos cheveux…, dit-il comme à regret.

— Ce ne sont que des cheveux, murmura-t-elle, mais pour le reste je suis femme.

Il faillit éclater d'un rire nerveux. Quelle ironie ! Elle en habits d'homme et John Rykener en vêtements féminins. On ne pouvait plus se fier à rien.

Il posa délicatement les mains sur ses épaules et elle pencha la tête.

— Julienne…

Il paraissait apprécier la manière nouvelle de prononcer son nom. Il la baisa au front et sentit son ventre s'enflammer. Et soudain, quand son désir fut au plus fort, la vérité lui apparut. La situation s'imposa à lui comme les personnages d'une tapisserie. Ce n'était pas n'importe quelle femme. Elle se travestissait en garçon – cela suffisait à l'envoyer à Newgate ! – et surtout c'était une Juive ! Et Juifs et Gentils ne se mélangent pas. Allait-il profiter de son affection rien que pour satisfaire une pulsion ? Il savait que la ligne était bien ténue entre la colère et le désir. Il l'avait franchie à de nombreuses reprises avec elle, mais il lui était impossible de prendre ce qu'il voulait s'approprier. Il devait à son père davantage de respect, sinon en tant que père, du moins en tant que client.

Elle en était venue à la même conclusion.

— Que peut-on faire ? soupira-t-elle.

Elle lui prit la main et le regarda de ses yeux tristes et il se demanda comment il avait pu se laisser abuser.

— C'est absurde. Vous êtes un Gentil. Cela n'ira pas plus loin.

Crispin acquiesça. Elle avait raison. Il n'aurait pas dû la toucher, mais cela faisait si longtemps qu'il n'avait pas connu la chaleur d'une femme, fût-elle habillée en homme. Fût-elle juive. Il devait en rester là, pourtant ses bras se refermèrent sur son corps.

— Nous sommes deux fous. Vous retournerez en France et moi… je demeurerai ici. L'histoire s'arrête là.

— Mais pourquoi ? Le roi vous a chassé de la cour. Rien ne vous retient dans ce pays.

Il se raidit et la repoussa avant qu'une force irrésistible ne le ramène à elle. Oui, son visage n'avait pas toutes les caractéristiques féminines qu'on aurait pu attendre, mais son regard timide était celui d'une jeune fille.

— À la cour, j'ai posé des questions à votre sujet. J'ai appris des choses… intéressantes.

Il posa un doigt sur le col de son habit d'homme.

— S'il est vrai que je n'ai plus aucun lien avec la cour, je me sens dans l'obligation de demeurer à Londres. Disons que c'est une forme de pénitence.

— Vous n'avez plus à faire allégeance à Sa Majesté, dit-elle avec gravité. Vous n'êtes plus son chevalier.

Ces mots lui firent l'effet d'une gifle.

— Je dois allégeance à la Couronne. Et à la population londonienne.

— Pfut…

Ce fut son tour de s'écarter et elle traversa la pièce d'un pas très masculin. Ses moindres manières étaient celles d'un homme et il se demanda depuis combien de temps elle se travestissait. Depuis l'enfance ?

— De l'allégeance à l'égard de gens qui vous méprisent ? reprit-elle. C'est une entreprise bien absurde.

— Je pourrais en dire autant de vous. Vous servez des monarques chrétiens qui ne vous autorisent même pas à vous asseoir à leur table…

— Nous ne voudrions pas partager la table d'un Gentil ! C'est contraire à la loi divine.

— Pourtant…

Il la rejoignit et la prit par la taille tandis que son autre main se posait sous son menton.

— Vous m'embrasseriez. Vous… coucheriez avec moi.

Il baisa sa bouche tremblante et elle appuya la tête sur sa poitrine. Il regarda ses cheveux courts, sentit son parfum, mélange d'herbes et de baume. Oui, il voulait l'embrasser et plus encore. Ses doigts effleuraient son cou quand la porte s'ouvrit brusquement.

Ils n'eurent pas le temps de se séparer.

Jacob les observa pendant un très long moment. Son visage révélait qu'il avait tout compris. Il referma la porte derrière lui et mit la barre en place.

— Julienne ! Éloigne-toi de lui !

— Mon père !

— Et vous ! dit-il à Crispin en le menaçant du doigt. Qu'avez-vous fait ?

— Je… je…

— Ce n'est pas sa faute, père, déclara-t-elle. C'est moi qui l'ai… embrassé.

— Tu as quoi ?

Au lieu d'enfler, sa voix se fit toute faible et il s'affaissa sur une chaise.

— Il a alors compris… que j'étais une femme.

— Nous sommes perdus. Ils vont t'arrêter et te jeter en prison.

— Messire, intervint Crispin, je ne divulguerai jamais ce que j'ai appris. Vos secrets seront bien gardés. Je veillerai à ce que rien ne nuise à Julienne.

— Vous ne devez pas prononcer ce nom, dit Jacob comme s'il l'avait déjà fait à maintes reprises. Chaque seconde passée en Angleterre la met en danger.

— Dans ce cas, pourquoi l'avoir fait venir ici ? Pourquoi toute cette mascarade ? Avez-vous perdu l'esprit ?

Il ne put s'empêcher d'entrevoir l'ébauche de sourire de la jeune femme alors même qu'il s'adressait au médecin.

— Ce n'est pas à vous de me dire ce que moi je dois faire !

Il n'avait jamais vu Jacob dans un tel état. C'en était fini de l'air soumis, c'était maintenant le père qui reprenait le dessus. Il s'en étonna.

— Vous ne la toucherez pas, avez-vous compris ? C'est interdit !

Il se tourna vers Julienne qui ne semblait en aucun cas contrite. Elle le regardait même avec arrogance.

— Maître Jacob…

Il ne savait même pas ce qu'il voulait dire. Il pouvait promettre de ne plus la voir, mais ce serait un mensonge.

Avant même qu'il puisse ouvrir la bouche, un cri déchira le crépuscule.

Au-dehors.

Il courut vers la fenêtre qu'il ouvrit à deux battants. Dans le jardin, sous les appartements de Lancaster, une femme trouvait refuge auprès d'autres dames. Elle sanglotait et montrait le mur. Sans songer à sa propre sécurité, Crispin sauta par la fenêtre et retomba sur la pelouse jaunie.

— Que se passe-t-il ?

La femme terrorisée tendit vaguement la main.

Une longue traînée d'argile grisâtre parcourait toute la hauteur de la pierre. Il n'hésita pas un seul instant, s'élança et agrippa de ses mains l'arête du mur avant de se hisser.

L'étroit chemin longeant la Tamise était désert, mais la neige boueuse de la rive était ponctuée de grandes empreintes. Crispin s'y précipita.

Dans la pénombre, une impressionnante silhouette s'éloignait, titubant à chacun de ses pas. Crispin courut sur les dalles que la marée basse rendait glissantes. La forme imposante remontait la pente escarpée à toute allure. Derrière elle, Crispin faisait de son mieux, titubant et se raccrochant aux rochers acérés. Une fois en haut, il regarda autour de lui. Une ombre pénétrait dans une ruelle étroite et il la suivit.

Les maisons penchaient dangereusement les unes vers les autres et leurs toits en venaient parfois même à se toucher. Il régnait une odeur d'humidité. Crispin avança à pas comptés dans l'ombre des bâtisses. Et soudain quelque chose bougea.

Il se figea sur place. Cela bougea à nouveau. La lumière d'une torche dessina les contours vagues d'une tête et d'épaules puis la forme disparut à nouveau. Sans courir toutefois.

— Eh, vous là-bas ! lança-t-il d'une voix chevrotante.

Un grognement fit office de réponse.

Il sentit un vent glacial monter de la Tamise.

— Qu'est-ce… qui êtes-vous ?

Une voix s'éleva. La nuit la plus lugubre n'aurait pu être plus sinistre que cette voix dont la sonorité évoquait le gravier mêlé à la boue.

— Doit… proté… ger, dit-elle.

Crispin fut tenté de se signer.

— Sainte Mère de Dieu, bredouilla-t-il.

Il tira sa dague de sa gaine et se sentit réconforté au contact du manche.

Protéger ? Mais protéger quoi ? Protéger qui ?

— Proté… ger…, répéta cette voix d'un autre monde.

Puis une épaule capta la lumière quand la silhouette se retourna. Crispin entendit les pas lourds s'éloigner. Il se ressaisit et se lança à sa poursuite.

La créature courait vite malgré sa corpulence et semblait connaître les ruelles mieux que lui. Elle était infatigable et il tentait en vain de la rattraper. Ses poumons le brûlaient, ses muscles se durcissaient.

Au bout d'un moment il lui fallut faire halte. Continuer de courir ne servirait à rien. Courbé en deux, il chercha à reprendre son souffle. Au loin, le bruit de pas disparaissait.

Il releva enfin la tête et se mordit les lèvres. Il faisait de plus en plus froid.

— Je n'y crois pas, répéta-t-il comme pour essayer de se convaincre, je ne peux pas y croire…

Il n'aurait malgré tout pas pu jurer avoir eu une conversation avec un être humain. C'était certainement la créature dont Odon avait parlé. S'il avait cherché à enlever l'enfant, c'était pour lui arracher des informations. La chose était peut-être impossible, mais Crispin était fermement convaincu : il avait rencontré un golem !

XVII

CRISPIN REGAGNA LA COUR DU PALAIS, mais il était tard et il savait que tout accès serait interdit. Pourtant il y avait Julienne et il eut soudain envie d'elle, comme pour effacer les craintes et les incertitudes qui l'étreignaient depuis plusieurs jours. Le monde n'était plus comme avant. Ce soir il en avait vu le côté le plus obscur, quelque chose jailli tout droit du gouffre de l'Enfer. Et il en avait encore plus désiré la chaleur des bras d'une femme.

Une femme, une Juive aussi. Quelle que fût sa demande, il ne pouvait user de la contrainte, ni sur elle ni sur lui-même. Une furtive union lui apporterait quelque soulagement, mais après, pour elle… Non, il ne pouvait faire cela à Jacob qui lui paraissait être un homme honorable. Il se frotta la nuque avant de remettre sa capuche. Son charme venait-il de ce qu'elle était interdite ? Intelligente aussi ? « Oublie-la, Crispin », se répétait-il. Les Juifs étaient méprisés par la société, toute résidence légale en Angleterre leur était interdite. Mais qui étaient-ils ? D'où venaient-ils ? Pourquoi ne franchissaient-ils pas les limites du Domus ? Étaient-ils les créateurs de cet être monstrueux voué à la destruction des chrétiens de Londres ? Il y avait des réponses à toutes ces questions et un homme pourrait bien les connaître. Il pourrait même répondre à bien d'autres interrogations.

Au lieu de prendre la direction de Londres, il repartit vers l'abbaye de Westminster.

Crispin tira sur la corde de la cloche. Les moines étaient à n'en pas douter à l'office des vêpres, mais un frère tourier devait se trouver dans les parages.

Crispin allait sonner pour la troisième fois quand un moine arriva d'un pas pressé. La lueur de sa lampe révélait tout son mécontentement.

— Paix ! grommela-t-il.

C'était un vieil homme dont les sourcils épais formaient un bandeau blanc au-dessus des yeux. Il dévisagea Crispin. Sa bouche édentée était ridée comme une vieille figue.

— Vous savez l'heure qu'il est, jeune homme ?

— Oui, admit-il en s'inclinant, mais je dois parler à l'abbé Nicolas. Dites-lui que je...

— Je ne lui dirai rien du tout. Les jeunes gens ne devraient pas traîner dans les rues après vêpres. Allez-vous-en. Rentrez chez vous. Il est tard.

Il allait s'en aller quand Crispin se saisit de la corde et tira violemment dessus au point de faire tinter la cloche à plusieurs reprises.

Le moine se retourna et le menaça du doigt.

— Mécréant ! Vous voulez que je lâche les chiens ?

— Nicolas n'apprécierait pas qu'on les utilise ainsi. De plus, il me connaît.

Le vieil homme pencha la tête d'un air incrédule.

— Hein ? Qui êtes-vous dans ce cas-là ?

— Crispin Guest. J'allais vous le dire. Prévenez-le, il me recevra et cela vous évitera d'avoir des ennuis.

— Crispin Guest ? Pourquoi ne pas l'avoir signalé plus tôt ? Attendez.

Le moine alla chercher une escorte et frère Éric ne tarda pas à arriver. Sans un mot, il tourna la clef et ouvrit la porte. Crispin le suivit en silence jusqu'aux appartements de l'abbé et attendit seul la fin de l'office. L'âtre procurait la seule lumière et il se réchauffa aux flammes.

Nicolas entra. Il semblait heureux de voir Crispin ; en revanche, il ne souriait pas.

— Maître Guest, à une heure si tardive ?

— Pardonnez-moi, Nicolas, mais cela ne peut attendre.

Nicolas s'installa près de la cheminée et Crispin en fit de même ; il observa le visage de l'abbé et chercha par où commencer. Son vieil ami vint à son secours.

— Ce livre vous a-t-il été utile ?

— Il est très… instructif, mais je m'interroge beaucoup sur sa véracité.

— Quoi ?

Le moine se pencha vers lui et rejeta sa capuche. Les flammes creusaient davantage les rides de son visage.

— Thomas de Monmouth a toujours été loué pour son savoir.

— Certes, mais je me demande d'où il le tient. Qui lui a enseigné tous ces détails ?

— Les Juifs eux-mêmes, j'imagine.

— Sous la torture ? Je vous le concède, dit-il en se rappelant ce qu'il avait lui-même subi, on peut révéler bien des choses dans de telles circonstances.

— Crispin, je suis surpris. Vous avez toujours cru en ma parole.

— Mais pas cette fois-ci.

— Comment ? dit le moine en se levant. Qu'ai-je fait pour mériter un tel traitement ? Nous sommes amis !

— Et je ne souhaite pas mettre en danger cette amitié, mais il y a plus important dans le cas présent.

Nicolas parut blessé et Crispin s'en voulut. Allait-il lui ordonner de partir ? Il ne pourrait que se plier à son désir. Cela risquait toutefois de creuser entre eux un fossé qui ne se comblerait jamais.

Au lieu de cela, le moine se rassit.

— Très bien, dit-il d'un air grave. Ma curiosité est la plus forte. Qu'y a-t-il donc de plus grand que l'amitié ?

— La vérité. Thomas de Monmouth a porté des accusations contre les Juifs et mentionné leur devoir de tuer un enfant chrétien pour la Pâque… en recourant à un système de communication d'une complexité infinie. Pourtant, les Écritures elles-mêmes, l'Ancien Testament, prohibe de répandre le sang et encore moins de le boire. Pourquoi, s'ils se démarquent de notre société à cause de règles si rigoureuses, les violeraient-ils dans ce cas précis ? Et pourquoi n'y a-t-il pas eu davantage de signalements d'enfants disparus au cours des ans ? Un seul par an ? Dites-moi si vous vous souvenez d'une telle affaire.

Il observa longuement le visage du moine, son regard pénétrant.

— Enfin, chose plus étrange encore, pourquoi y a-t-il toujours des Juifs sur le sol anglais ?

— Il y a ceux qui vivent au Domus Conversorum, mais ils sont chrétiens désormais.

— Je ne parle pas de ceux-là.

Le moine fit silence et se tourna vers l'âtre.

— Ainsi donc vous êtes au courant.

— Vous de même, bien que vous n'ayez pas daigné me le dire.

— Pourquoi l'aurais-je fait ? Est-ce que cela a de l'importance dans la situation présente ?

— Cela pourrait bien, oui ! Depuis combien de temps le savez-vous ?

— Certains parmi nous sont prévenus depuis longtemps. Peu de choses ont été dites, cependant. Un inquisiteur s'est penché sur la question.

— Un inquisiteur ? Qui est-ce ?

— J'ignore son nom.

— L'avez-vous rencontré ?

— Oui.

— Est-il jeune, blond, originaire du nord ?

— Comment le savez-vous ? s'étonna Nicolas.

— Moi aussi, je l'ai rencontré. Que cherche-t-il au juste ? Je suis persuadé que Canterbury peut régler ses propres problèmes.

— C'est l'archevêque en personne qui a demandé sa venue. Il connaît fort bien ces affaires.

— Je vous le demande à nouveau, que cherche-t-il ?

— Je vous prie de vous rappeler à qui vous vous adressez, dit le moine avec calme et dignité.

Crispin prit son souffle. Les mains du vieil homme étaient crispées sur les bras de son siège.

— Je vous présente mes excuses, monseigneur l'abbé. Seulement, cet inquisiteur a mis ma vie en danger, de sorte que j'aimerais savoir...

— Quoi ?

Il bondit de son fauteuil et posa la main sur celle de Crispin.

— Allez-vous bien ? Est-ce qu'il... est-ce qu'il...

Il parut remarquer pour la première fois le visage quelque peu tuméfié de Crispin et se rapprocha de lui.

— Il a failli. Et je me porte bien même si j'ai un peu faim, je dois l'avouer.

— Comme je suis négligent !

Il se dirigea vers la porte, parla à voix basse à son chapelain, frère Michael, avant de regagner sa place devant l'âtre.

— Pourquoi vous voulait-il du mal ?

Crispin étendit les jambes. Il avait chaud, pour la première fois de la journée.

— Je l'ai empêché de commettre un acte ignoble. Il allait enlever un enfant. Un petit Juif.

— Pourquoi aurait-il fait cela ?

— J'ai supposé sur l'instant que c'était pour quelque ignominie, mais aujourd'hui... je crois que c'était pour l'interroger. Ce qui, quand on y réfléchit bien, aurait été aussi néfaste. Pourquoi ne m'avez-vous pas parlé de cet homme ?

— Je ne pensais pas que ç'aurait de l'importance pour vous. Ah, Crispin, il y a certaines choses qui ne peuvent vous être révélées. Je sais que votre curiosité est insatiable, mais il vous faut parfois lui imposer le silence.

— Cet homme est dangereux, Nicolas. Il veut du mal à ces gens.

— En quoi cela vous concerne-t-il ? Les Juifs sont, de par la loi, interdits sur le sol anglais. Ils doivent se convertir ou partir.

Oui, en quoi cela le concernait-il ? Seulement il y avait ces yeux verts, ces cheveux coupés court comme ceux d'un garçon. Et cela faisait beaucoup.

Le frère Michael apporta un plateau qu'il déposa entre eux sur une petite table. En silence comme pour une cérémonie, l'abbé coupa le pain et le fromage avant de servir Crispin.

Tous deux mangèrent sans échanger une seule parole et burent parfois un peu de vin. Le repas aurait été agréable, avec le craquement des bûches et le plaisir de la conversation, mais certains mots avaient été prononcés. Crispin s'était senti le besoin de parler, même si c'était à contrecœur.

Une excuse se forma sur ses lèvres. Non ! Ces idées sur les Juifs ne devaient pas souiller son enquête. Il était homme à aimer la vérité et ces mots, s'ils étaient mensongers, ne l'aideraient en rien.

Des cloches sonnèrent et Nicolas se leva, chassant de la main les miettes tombées sur sa chasuble.

— Les complies. Je dois y aller. Vous aussi.

— Nicolas, dit Crispin en effleurant la manche de l'abbé. Si mes paroles ont été trop rudes, je ne voulais pas… je ne désire pas mettre en danger notre complicité.

— Je le sais, répondit le moine en lui tapotant la main. Vous vous impliquez toujours beaucoup.

— Oui.

Et il repensa à Julienne.

Il éprouvait une grande lassitude. Revenir vers Londres lui était pénible et la nuit était glaciale. Il referma les pans de sa cape et mit sa capuche. Le quartier de la Boucherie lui paraissait à mille lieues et il ne pouvait s'empêcher de regarder de temps à autre par-dessus son épaule, craignant toujours de voir réapparaître la créature cauchemardesque qui le saisirait de ses larges mains d'argile.

D'un pas rapide, il se dirigea vers le marché de Newgate. Il lui fallait résoudre cette énigme. Au plus vite ! Exton et Froshe ne feraient pas éternellement preuve de patience. L'infâme Odon lui avait fourni quelques indices même s'il l'avait maltraité. Il disait que le démon était au cœur de l'affaire, et peut-être était-ce vrai car lui seul aurait pu inspirer des mensonges au personnage abject responsable de ces crimes. Mais si ce golem était bien réel, il n'était pas le moins du monde innocent. Pourtant, quand il lui avait parlé, songea-t-il en frissonnant à ce souvenir, il lui avait dit devoir protéger quelqu'un. Les Juifs, à n'en pas douter. Dans ce cas, pourquoi s'aventurer au palais ? Sa protection s'étendait-elle à Julienne et à son père ?

Il fit halte dans la neige. Cet homme mystérieux, cet Odon, c'était l'inquisiteur dont lui avait parlé l'abbé et il voulait du mal aux Juifs, mais il n'oserait pas s'en prendre au médecin personnel de la reine. À moins que… Il désirait ces parchemins et aurait fait n'importe quoi pour se les procurer.

Il se retrouva soudain au pied de son escalier. D'un pas lent, il gravit les marches et entra chez lui. La cheminée était éteinte et Jack n'était pas là. Maudit garçon ! En grommelant, il posa de la tourbe sur des bûchettes qu'il alluma à l'aide d'un silex. Il faisait trop froid pour que l'enfant se livre à quelque bêtise.

Il souffla sur les flammes naissantes et la pièce s'éclaircit.

Ainsi donc, Jacob et Odon voulaient les parchemins hébraïques. Le premier pour protéger Londres et le second pour… Chasser les Juifs de la ville constituait sa motivation première. C'était une idée bien étrange que détenir des parchemins permettant de protéger les Juifs grâce à des formules magiques. Peut-être son raisonnement était-il diabolique : créer un golem qui sème la terreur et accuser les Juifs afin de les exiler. Crispin secoua la tête. Non, il n'y avait pas besoin de monter contre eux la population. La moindre rumeur ferait l'affaire. Odon n'aurait même pas à intervenir.

Il se débarrassa de sa cape et ouvrit sa besace pour prendre le fil rouge et le présenter au feu. Une personne dénuée de tout sentiment avait tué le serviteur et ces malheureux enfants. Un être impie. Un esprit torturé, vif et malsain, comme l'avait dit John Rykener.

Un fil rouge. Une étoffe rouge. Il chercha à oublier la ceinture de Julienne. Cette couleur, il la connaissait. Il l'avait vue peu de temps auparavant. Un chapeau rond pourvu d'un liripipe hors du commun. Assez long pour servir de garrot et qui ne pouvait appartenir qu'à un homme assez assoiffé de sang pour commettre de telles atrocités.

Oui, il avait rencontré cet homme. C'était le cousin de Gilles de Risley. Radulfus.

Mais il lui fallait encore une preuve irréfutable.

Il jeta le fil dans la cheminée et le regarda se tordre au contact des flammes.

Le jour se leva. Il avait passé la nuit à contempler le feu. Des démons dansaient devant ses yeux et dans sa tête, qui lui racontaient d'atroces histoires d'hommes lascifs et d'enfants éventrés.

Radulfus. Oui, il en était bien capable, mais son statut de seigneur le rendait pratiquement intouchable. Crispin devrait être sûr de son fait quand il porterait son accusation devant le shérif. Un membre de la cour contre un personnage comme Crispin ? Le jeu était inégal. Il perdrait la partie et personne n'y pourrait rien. De plus, les shérifs seraient ennuyés de s'impliquer dans une telle affaire et de risquer leur poste.

Comment leur en vouloir ?

Non, il lui fallait trouver une preuve irréfutable que le shérif accepterait sans même lui poser de questions avant d'en prévenir le roi. Gilles de Risley pourrait peut-être l'aider, lui qui ne savait probablement rien de ces agissements coupables. En lui parlant,

Crispin s'en ferait peut-être un allié. Il le lui devait bien après tout.

Une fois encore, il devrait se rendre à Westminster. Sans hésiter, il s'enveloppa dans sa cape et quitta son logis. Jack n'était toujours pas revenu.

Il arriva devant la Grande Porte. Des pages et des serviteurs s'affairaient à charger les innombrables charrettes et chariots qui transporteraient vivres et mobilier à la campagne. Des bateaux étaient amarrés. Le roi remonterait la Tamise tandis que les nobliaux emprunteraient la route. La cour était prête à partir, cet après-midi même peut-être. Il lui faudrait agir vite et pour cela commencer par savoir où se trouvaient les appartements de Gilles.

Autour de lui, personne ne pourrait l'aider. Il entra, protégé par sa livrée ou l'affluence inhabituelle, et se dirigea vers la Grande Salle, encore plus fréquentée que d'ordinaire. En tournant la tête, il aperçut deux personnes qu'il n'aurait jamais pu imaginer ensemble.

Adossé à une colonne, Radulfus avait la main sur l'épaule de Julienne. Elle n'appréciait pas cette familiarité et semblait chercher du secours alentour.

Les doigts refermés sur le manche de sa dague, Crispin s'avança vers eux d'un pas décidé. Il s'arrêta à temps pour ne pas tout gâcher et se dissimula derrière un pilier. Radulfus ne devait en aucun cas le voir.

L'homme posait un regard lascif sur celle qu'il prenait pour un garçon. On ne pouvait se méprendre sur son attitude. Il le convoitait ! Son sourire était celui d'un crocodile. Oui, Crispin avait eu raison à son sujet !

Il portait son chapeau rond pourvu de son long liripipe.

— Pourquoi m'évitez-vous ? dit Radulfus dont les yeux s'attardaient sur chaque détail du corps de Julienne. Je n'ai jamais eu l'occasion de converser avec vous, mon jeune ami.

— Cela me semble inutile. À moins que vous n'ayez besoin d'un médecin.

— Je souffre beaucoup, voyez-vous.

— Dans ce cas je vais vous adresser à mon père.

— Je doute qu'il soit capable de me soigner aussi bien que vous.

— Je ne suis pas encore médecin, messire. Mon père est plus qualifié...

— Et moi je vous dis que c'est vous que je veux, insista Radulfus en pressant si fort l'épaule de Julienne que Crispin la vit grimacer.

— Monseigneur, je vous en prie.

Radulfus éclata de rire et la repoussa. Elle faillit tomber.

Crispin était à un doigt de sortir de sa cachette. Il se reprit et se contenta de serrer plus fort le manche de sa dague.

Julienne se redressa et remit de l'ordre dans ses habits. Sa rouelle était parfaitement visible.

— J'ai changé d'avis, dit Radulfus en la regardant. Éloigne-toi de moi, chien de Juif. Retourne en France avec ton joli visage. Dieu sait qu'ils acceptent les gens comme toi.

Plusieurs personnes avaient entendu leur échange et Radulfus profita de leur présence pour déverser sa bile.

— Les Juifs, ah ! Pourquoi le roi devrait-il leur confier la santé de sa reine ? Comme s'il n'y avait pas assez de bons médecins anglais !

Il y eut des murmures. À la différence de Radulfus, Crispin en comprit le sens : même pour un problème aussi délicat, ils ne pouvaient désavouer leur souverain.

— On devrait tous les exterminer, poursuivit Radulfus, très sûr de lui. J'ai bien envie de réunir des hommes de caractère et d'aller préserver le trésor royal en mettant le feu à leur Domus. Des convertis, mais oui ! Comment peut-on leur faire confiance ? Qui peut croire à leurs déclarations, surtout en cette époque de l'année qui nous est plus que sacrée ?

Les murmures se firent plus précis. S'ils ne voulaient pas de mal au médecin de la reine, il était évident que des Juifs, même convertis, n'avaient rien à faire à la cour.

Une émeute se préparait-elle sous ses yeux ? Crispin chercha de l'aide. Il avait promis aux Juifs clandestins de les protéger, mais comment s'interposer entre eux et une foule déchaînée venue assiéger le Domus ?

Un serviteur ventru marcha alors sur eux. Porteur de la livrée royale, il enjoignit à la foule de se disperser et elle obtempéra. Bill Wodecock s'approcha de Radulfus et s'inclina respectueusement.

— Monseigneur, maître Cornelius souhaite vous voir. Il m'a envoyé vous chercher.

Radulfus semblait mécontent de voir ainsi interrompre sa diatribe, mais cela avait suffi à échauffer les esprits. Chacun retournait s'occuper de ses affaires et de ses bagages.

Wodecock fit signe à un page de conduire Radulfus chez Cornelius, l'astrologue, puis il les regarda partir et se frotta les mains. Crispin s'approcha de lui.

— Bien joué, Wodecock.

Le serviteur se raidit sans toutefois se retourner.

— Il faut parfois savoir se distraire.

— Maître Cornelius souhaitait-il vraiment converser avec Radulfus ?

— C'est bien possible, dit-il en le regardant enfin de ses petits yeux.

— Votre serviteur, fit Crispin en s'inclinant, un sourire aux lèvres.

Wodecock allait partir quand Crispin le retint.

— Maître Wodecock, je me demandais si vous ne voudriez pas servir encore mieux le roi en me menant aux appartements de Radulfus.

— En quoi cela le servirait-il mieux, je vous prie ?

— Je ne peux rien dire.

— Vous allez faire des sottises, maître Guest. Je ne puis le permettre.

— Non, ne craignez rien. C'est là encore dans l'intérêt du roi. Ne pouvez-vous donc me faire confiance, maître Wodecock ?

Les yeux du serviteur étaient pareils à des charbons ardents qui consumaient les vêtements de Crispin.

— Cela m'est très difficile, et vous savez pourquoi.

Crispin n'ajouta rien. Il laissa son interlocuteur juger de son caractère à sa seule apparence. Il était bien conscient que ses habits troués ne l'aidaient nullement, mais il ne pouvait rien y faire.

Wodecock finit par s'en aller. Il parcourut une bonne partie de la Grande Salle avant de s'arrêter et de se retourner. D'un hochement de tête, il fit signe à Crispin de le suivre.

Sans un mot, ils parcoururent les couloirs du palais. Partout, c'était l'effervescence et il ne resterait plus que des fantômes quand le roi serait parti à Sheen. Dans vingt jours, ce serait la Noël, songea Crispin. Il avait si souvent participé aux festins et aux réjouissances marquant cet événement. Des guirlandes de verdure ornaient les murs et l'odeur des tourtes demeurait pendant des jours incrustée dans les tapisseries. Les cheminées ronflaient, le vin coulait à flots, la camaraderie était palpable alors que, dehors, c'était l'hiver et ses tracas.

Il chassa ces souvenirs et imita Wodecock quand il s'arrêta. Le serviteur lui indiqua une porte étroite à l'extrémité du couloir, non loin des écuries.

— C'est là, maître Guest, mais la porte est fermée comme il se doit. Ne me demandez pas d'aller la déverrouiller car je ne ferai rien de tel. Si vous désirez parler à monseigneur Radulfus, il vous faudra attendre son retour.

— Cela sera-t-il long ?

Combien de temps lui faudrait-il pour visiter ces pièces ? Le couloir était désert.

Wodecock parut comprendre ce qu'envisageait Crispin et il agita le doigt sous son nez.

— Prenez garde, maître Guest, si quelqu'un me pose la question, je ne vous ai pas vu.

— Bien sûr. Merci, maître… Wodecock.

L'homme n'avait pas entendu la fin de la phrase. Déjà, il disparaissait au bout du couloir.

Crispin se précipita aussitôt vers la porte. Elle était fermée à clef, comme Wodecock venait de le lui dire. Il sortit sa dague de sa gaine et arracha l'embout métallique du lacet de sa chemise. Il introduisit ensuite la pointe de l'arme et le ferret dans la serrure et manipula la garniture jusqu'à ce qu'elle s'ouvre. Il s'empressa de ranger le poignard et le ferret puis ouvrit la porte.

Il entra dans une pièce où seul le rougeoiement des cendres dans l'âtre procurait quelque lumière. Il referma derrière lui puis, quand ses yeux se furent accoutumés à la pénombre, il alluma une chandelle. C'était une pièce modeste, à peine plus grande que celle des Juifs, mais bien plus petite que celle de Lancaster. Il y avait là plusieurs coffres. Crispin se souvint que Gilles et Radulfus n'avaient pas été invités aux festivités de la Noël, mais qu'ils se rendraient tout de même à Sheen, dans cette demeure qui avait été son manoir.

Le couvercle du premier coffre n'était pas fermé. Il posa la chandelle sur la table et fouilla à l'intérieur sans trouver quoi que ce soit d'intéressant.

Il en alla de même pour le deuxième coffre. Le troisième était fermé à clef et il en manipula la serrure à l'aide de ses deux ferrets, cette fois-ci. Il y eut un déclic et le couvercle se souleva.

L'odeur du sang l'agressa aussitôt. Il écarta divers objets et ses doigts se posèrent sur l'étoffe grossière d'une petite tunique. Il la sortit du coffre et la déplia. C'était un vêtement d'enfant. De jeune garçon. Couvert de sang séché. Il serra les poings. Auquel de ces malheureux gamins avait-il appartenu ?

Il jeta la tunique à terre et continua de fouiller pour bientôt trouver une chausse déchirée, une chemise, une autre tunique. Bien plus de pauvres habits que n'auraient pu en porter les quatre victimes.

Tout au fond du coffre, il y avait les parchemins dérobés. Avec précaution il les déroula. L'écriture hébraïque était accompagnée d'étranges dessins.

Une preuve, enfin ! Mais était-ce suffisant ? Des chemises déchirées, du sang séché, des rouleaux indéchiffrables ? Les shérifs lui riraient au visage.

Une clef tourna dans la serrure. Sans réfléchir, il souffla la chandelle.

Un personnage entra et referma derrière lui. Crispin l'entendit marcher vers la cheminée, prendre une mèche et allumer une chandelle. L'homme découvrit le coffre ouvert, les guenilles jetées à terre. Il n'eut pas le temps de réagir. La main de Crispin s'était plaquée sur sa bouche et la pointe de sa dague était prête à s'enfoncer dans sa gorge.

— Pas un geste !

L'homme blond tenta brièvement de se dégager puis se tint tranquille.

— Vous êtes l'astrologue. Répondez-moi d'un signe de tête.

L'autre acquiesça.

Crispin avait du mal à se retenir. Comme il aurait aimé enfoncer sa lame dans cette gorge et verser le sang de cette canaille ! Pourtant, il n'en fit rien.

— Je vais ôter ma main et vous ne crierez pas. M'avez-vous compris ? Hochez la tête.

Il fit signe que oui.

— Parfait. Vous allez m'apprendre des choses. À propos de ces parchemins et de ces habits. J'enlève ma main.

Ses doigts s'écartèrent des lèvres de l'astrologue et il le poussa vers un siège sans cesser de le menacer de son arme.

— Votre nom ?

— Cor… Cornelius van der Brooghes. Je vous en prie, que me voulez-vous ?

— Des réponses. Vous êtes l'astrologue de Risley. Dans quel but vous emploie-t-il ?

De la sueur coulait sur le visage de Cornelius et il se pourlécha, les yeux écarquillés.

— Il veut connaître son… son destin. Il se fie aux… étoiles.

— Je vois, dit Crispin en brandissant sous son nez les parchemins. Et ça ?

— Ils ont une grande… importance. La configuration du ciel…

— Quoi, la configuration du ciel ?

— Elle lui permet de… de déterminer les meilleurs jours pour…

Le poing de Crispin s'abattit sur la mâchoire de l'homme qui faillit tomber à bas de son siège. Il gémit.

— Dites-moi à quoi servent ces parchemins. Les avez-vous volés aux médecins ?

— Ce ne sont que des Juifs, ils n'ont pas idée de la valeur qu'ils revêtent.

— Permettent-ils de créer un golem ?

Cornelius porta un regard étonné sur Crispin.

— Un go… un golem ? Qu'est-ce que c'est ? murmura-t-il.

Crispin mourait d'envie de le frapper à nouveau. L'homme leva le bras pour se protéger.

— Je ne sais pas de quoi vous parlez. Je vous en prie, croyez-moi, je ne sais rien !

— Et là, dit Crispin en se penchant pour ramasser les vêtements souillés, me direz-vous que vous ne savez rien ?

L'astrologue secoua la tête et ferma les yeux.

— Non, il me tuera !

— S'il s'en abstient, c'est moi qui m'en chargerai ! Parlez !

— Oh Seigneur Jésus, qu'avons-nous fait ?

Crispin le frappa de toutes ses forces et sentit le sang et la salive couler sur ses doigts. L'homme parut se ressaisir.

— Par la Sainte Mère, dit-il d'une voix rauque, il m'a obligé à faire ça.

— À faire QUOI ?

Cornelius se signa et bredouilla quelques mots dans une langue étrangère que Crispin ne connaissait pas.

— En anglais, crapule !

Pour la troisième fois, il le frappa.

L'astrologue réagit à peine au coup, mais se mit à parler en anglais.

— J'ai attiré ces garçons. Je les lui ai amenés. Que la Sainte Mère de Dieu me pardonne, mais je promettais à leurs parents qu'ils apprendraient à lire et à écrire, qu'ils deviendraient des gentilshommes, mais au lieu de cela je les ai conduits jusqu'à lui. Oh Seigneur ! Ce sang !

Il cacha sa tête dans ses mains et éclata en sanglots. Crispin le saisit par les cheveux et le contraignit à le regarder. Une tache rouge se dessinait sur sa joue.

— Que leur a-t-il fait ?

— Mon Dieu, protégez-moi.

— Il les a sodomisés. Il les a massacrés.

— Comment le savez-vous ?

Crispin l'aurait volontiers tué sur place, mais il ne pouvait laisser ses émotions prendre le dessus. Il tenait là la preuve qu'il recherchait avec tant d'ardeur.

— Vous allez témoigner devant le shérif que Radulfus vous a contraint à lui amener ces enfants.

— Ra... Radulfus ? bredouilla Cornelius.

C'est alors que la porte s'ouvrit et que Crispin se rendit compte dans quelle situation délicate il s'était mis.

XVIII

RADULFUS ET GILLES ENTRÈRENT pour s'arrêter sur place en découvrant la situation.

Crispin fit un bond en arrière, son poignard à la main.

Risley regarda successivement l'astrologue en larmes et Crispin puis il fit signe à son cousin de refermer la porte et de mettre la barre.

— Que se passe-t-il ici ?

Il aperçut les haillons et les parchemins épars à terre.

— Bien des choses, répondit simplement Crispin.

— Qu'avez-vous fait, fils de catin ? dit Gilles en aidant Cornelius à se relever.

Cornelius sanglotait et ne parvenait pas à dire quoi que ce soit de cohérent.

— Gilles, reprit Crispin. Votre cousin. Il fait des choses ignobles, sous votre nez.

— Vraiment ? fit Gilles en se tournant vers Radulfus.

— Le témoignage de cet astrologue va faire condamner votre parent. J'en suis désolé, mais vous devez connaître la vérité.

— Un témoignage ? Mais je ne vois pas de quoi vous voulez parler.

— Les meurtres de ces jeunes garçons. Meurtres accompagnés de sodomie, je suis navré de le dire. Je m'assurerai que votre nom ne soit pas cité, Gilles.

L'attitude de ce dernier aurait pu agacer Crispin, mais il voyait bien que l'esprit de son interlocuteur tournait comme un moulin à vent.

— Radulfus ? Meurtre et sodomie ? Il doit y avoir erreur.

Radulfus lui lança un regard furieux.

— C'est incroyable. Ce ne peut être vrai. Cornelius, vous étiez au courant ?

L'astrologue se détourna et pleura de plus belle.

Gilles ramassa un des vêtements ensanglantés qu'il contempla longuement.

— C'est immonde. Vous témoigneriez contre mon cousin ici présent ? Oui, vous le ferez, je n'en doute pas, dit-il en prenant Cornelius par le bras, mais vous oubliez un détail.

Cornelius se courba avant de se tortiller comme une anguille au bout d'une pique. Il s'écroula à terre tandis qu'un flot de sang et de bile s'écoulait de son ventre. D'un air détaché, Gilles regarda sa propre manche et son propre poignard couverts de sang.

Cornelius hoquetait, le visage baigné de larmes. Il tendit vers Crispin une main livide. L'horreur se lisait dans ses yeux. Tout était allé si vite que Crispin n'aurait rien pu faire. L'homme fut pris de spasmes, ses yeux se révulsèrent. Il était mort.

Gilles essuya son poignard sur la tunique de l'enfant avant de la jeter à terre.

— Voilà, c'était votre témoin.

— Gilles ! s'écria Crispin.

L'horreur de la chose s'imposa à lui. Cornelius avait été surpris que Crispin puisse désigner Radulfus comme coupable. Il n'était pour rien dans tout cela.

Gilles rangea le poignard dans sa gaine et se tourna vers Crispin.

— Ah, pourquoi vous êtes-vous mêlé de cette affaire ?

— Gilles…

C'était un cauchemar. Non, ce ne pouvait être vrai. Ils avaient été rivaux, en toute amitié toutefois. Gilles avait séduit la fiancée de Crispin et les hommes avaient échangé des mots et des coups, mais ils étaient jeunes à l'époque et chacun avait compris la position de l'autre. Gilles était incapable d'une telle ignominie. Il ne pouvait être ce criminel pervers qui…

Était-ce si certain ?

Gilles saisit Crispin par son habit dont il tordit le tissu dans son poing. Sa main y laissa une traînée de sang. Son souffle balayait son visage.

— Oui, pourquoi vous êtes-vous mêlé de ce qui ne vous regarde pas ? Il n'y aura pas de témoin, maître Guest, et ainsi nulle arrestation ne sera effectuée.

— Mais Gilles… pour l'amour de Dieu, pourquoi ?

— Pourquoi ? Oh Crispin, tant de choses se sont passées au cours de ces dernières années, tant de choses, oui. Quand Margaret est morte en couches, j'ai beaucoup réfléchi. Elle avait apporté une belle dot en mariage comme vous savez, mais l'or semblait me filer entre les doigts. Mes coffres se vidaient. La ruine se profilait à l'horizon à moins que…

— Cousin, le prévint Radulfus.

— Gilles ! s'écria Crispin en s'élançant vers lui. Je vous en conjure. Vous devez mettre un terme à ces crimes affreux. Tuer des enfants innocents ! Pour faire… pour faire ces choses que vous leur faites…

— Mais j'aime faire ce dont vous m'accusez tous ! répliqua-t-il d'une voix frisant l'hystérie.

C'en était fini du masque de l'innocence qu'il arborait en tout lieu. Crispin le voyait enfin tel qu'il était. Quelque chose l'avait changé. Quelque chose l'avait pourri de l'intérieur. Il n'était plus celui qu'il avait connu et cette révélation lui donnait la nausée.

Gilles recula et éclata de rire, bientôt suivi de son cousin.

— La chair frissonnante de ces petits innocents. On a l'impression de prendre une vierge, Crispin. C'est même mieux. Je suis certain que cela vous plairait.

— Vous me dégoûtez !

— Et le sang… Non, je n'aurais jamais cru y trouver une telle jouissance. De jeunes garçons, oui. J'avais cette tendance avant même d'épouser Margaret. Elle fut pour moi une belle récompense, un prix de choix. Enfin, je vous battais sur un point précis. Vous ne pouvez imaginer à quel point cela me coûtait de vous voir toujours l'emporter. Margaret s'est donnée librement à moi. Je savais à quel point elle comptait pour vous, mais est-elle vraiment morte en couches ? ajouta-t-il en souriant.

Crispin sentait la bile remonter dans sa gorge, mais il ne pouvait se laisser aller à vomir. Il devait rester en alerte.

— Je suppose que vous ne le saurez jamais. Il y avait beaucoup de sang dans le lit cette nuit-là. Le sang. J'ai trouvé l'idée… plaisante. Un champ de bataille ne l'a jamais été autant, dit-il, déambulant devant le corps inerte de l'astrologue. Savez-vous pourquoi je tranche leurs entrailles ?

— Gilles ! lui lança son compagnon.

— Ne vous inquiétez pas, Radulfus, je pense que maître Guest a le droit de tout savoir. Du moins presque tout. Il s'est donné tant de peine pour arriver jusqu'ici.

Il s'avança vers Crispin qui, horrifié, fit un pas en arrière.

— Avez-vous jamais tenu dans vos mains les entrailles frissonnantes de votre ennemi ? Non ? Je sais que vous avez tué bien des hommes. Vous les avez vues, oui, mais les avez-vous tenues ? Non ? Quel dommage. Savez-vous que les viscères ne sont pas seulement chauds, mais brûlants ? Cette chaleur est telle qu'on croirait voir de la vapeur s'échapper d'entre vos doigts. C'est parce que l'enfant est encore vivant. C'est vraiment fascinant. Ils sont drogués, vous vous en doutez, pour ne pas mettre à mal mon projet.

Crispin ne pouvait détourner le regard. Il ne prenait plus garde à l'odeur métallique du sang de l'astrologue et regardait Gilles dans les yeux pour y voir danser des démons.

— Être témoin de cet instant, cet instant suprême, où la vie les abandonne, poursuivit Gilles d'une voix rêveuse. Les yeux, Crispin. Ils perdent de leur éclat, comme si un brouillard les enveloppait soudain. C'est là que j'aime tout particulièrement tenir leurs entrailles. Ensuite je les tranche pour les conserver dans de grands pots en verre. Je les contemple parfois, pour ma propre satisfaction.

Crispin s'efforçait de réfléchir. Que pouvait-il faire ? Un tel monstre ne pouvait être arrêté ! Si ces enfants avaient été ceux de riches marchands, peut-être aurait-on pu intervenir, mais pas pour des gosses de gueux ! Risley était intouchable. Crispin regarda Radulfus. Son cousin et lui ne pouvaient détacher leur regard du cadavre de l'astrologue.

— Je suppose que nous allons devoir appeler quelqu'un, dit Radulfus en s'efforçant de ne pas marcher dans le sang. Nous pourrions expliquer sa culpabilité.

— Non, lui répondit Gilles, je ne pourrais faire ça à un vieil ami. Même si nous ne l'étions pas vraiment, ajouta-t-il avec un sourire à l'adresse de Crispin. Nous dirons que nous avons surpris Cornelius en train de nous voler. L'affaire en restera là. À moins que je ne change d'avis…

La gorge sèche, Crispin chercha une dernière fois à rétorquer, mais il en était bien incapable. Radulfus s'avança vers lui.

— Maintenant, sortez, maître Crispin, dit-il en posant la main sur la poignée de son épée.

Crispin lança un regard plein de regret à son témoin défunt et, dégoûté par sa propre personne, ne put rien faire de plus que se retirer. Il déambula comme un fantôme dans les couloirs où chacun semblait courir en tout sens. Une fois arrivé à la Grande Porte, il regarda une dernière fois tous ces serviteurs et ces nobles qui se désintéressaient complètement de lui et se tourna vers un mur pour vomir.

Il se tenait à la paroi pour ne pas tomber et, quand son ventre fut vide, il s'essuya la bouche et se redressa.

— Margaret…

À dire vrai, il n'avait pas pensé à elle depuis des années. Ils étaient amants et se donnaient mutuellement du plaisir. Il aurait toutefois pu se battre pour la garder, pour la sauver. Gilles l'avait-il vraiment tuée ou n'était-ce encore qu'une provocation de sa part ? Il ne le saurait jamais. Il ignorait tout de cet homme en vérité. Comment pouvait-il tant s'abuser ?

Le froid le saisit. Un vent glacé faisait rougir ses joues, mais quelle importance ? À quoi servait d'être ce fameux Limier s'il ne pouvait protéger les citoyens de Londres ? Il pouvait aller trouver les shérifs, leur expliquer calmement la situation, mais il savait, il savait, qu'ils ne pourraient rien faire. Il n'existait pas la moindre preuve. Certes, ils auraient pu faire arrêter Gilles et son cousin avant de les soumettre à la torture et leur extirper des aveux, mais il savait que cela ne se produirait jamais.

Quant aux victimes… Ces enfants n'avaient aucune importance et personne ne porterait d'accusations susceptibles de faire pencher la balance.

Avec un cri de frustration, Crispin arracha sa livrée et la jeta dans la neige sans se préoccuper des regards curieux des badauds. Quel gâchis ! Et en quoi l'aiderait le réconfort du duc ? S'il avait été encore chevalier, il aurait pu accuser Gilles, l'affronter en combat singulier. L'assassin avait hélas raison : il n'était plus rien. Et s'il ne pouvait traîner les criminels devant la justice, à quoi servait-il encore ?

Il laissa la livrée dans la neige et ne vit même pas le gamin maigrelet qui l'endossait. Mieux valait la donner aux mendiants. Elle leur serait bien plus utile.

Il reprit la direction de Londres, passa devant son logis sans s'arrêter et tourna dans la rue des Fossés. Une fois qu'il eut poussé la porte du Sanglier et se fut attablé près du feu, un bol de vin à la main, il put s'abandonner complètement à son désespoir.

Son visage s'écrasait contre la table et de la salive collait à sa joue. Crispin ouvrit les yeux. Quelque chose l'avait réveillé, mais les vapeurs de l'alcool l'empêchaient de dire quoi.

Une voix. Non, deux voix. Des phrases étaient échangées, son nom prononcé. Il porta un doigt à ses lèvres pour émettre une sorte de « chut ».

La discussion cessa et il sentit des regards posés sur lui.

— Il est comme ça depuis quatre heures, dit une voix masculine plutôt grave. Il n'a rien dit en arrivant. Il était pâle comme la mort et a seulement demandé du vin.

— Seigneur…

Ce coup-ci, c'était une voix jeune avec un accent des rues. Jack. Ce devait être lui. Et l'autre, c'était Gilbert. Peu importe, il ne voulait pas ouvrir les yeux ni bouger, cela lui aurait trop rappelé pourquoi il se trouvait ici.

— Et vous dites qu'il est comme ça depuis tout ce temps ?

— Oui, j'aimerais bien savoir ce qui le préoccupe.

— C'est sûrement son affaire, conclut Jack.

Crispin craignait qu'il ne révèle quelque chose. Dans un effort suprême, il ouvrit la bouche pour les enjoindre de se taire.

Jack se pencha vers lui. Crispin reconnut son odeur, celle de sa transpiration et de sa paillasse.

— Maître ! Maître Crispin ! Dites-moi ce qui s'est passé. Vous êtes en difficulté ? Le shérif est en route ?

— Non ! beugla-t-il. Je ne veux pas parler de tout ça !

— Mais maître, l'assassin, on ne peut pas le laisser s'enfuir. Vous aviez dit…

Le sale gamin ! Il fallait qu'il insiste pour ouvrir les vannes et permettre aux souvenirs de se déverser. Qu'il soit maudit !

— NON !

Crispin se redressa, un long filet de salive coula de sa bouche pour retomber sur la table. Il l'essuya de sa manche.

— Bon sang, Jack, tu ne peux pas me laisser oublier ?

— Mais, maître Crispin, dit l'enfant en posant la main sur son épaule, que s'est-il passé ?

Il sentit le banc craquer sous lui et la chaude présence de Gilbert lui barrer le passage. Il ne pouvait plus rien faire. Le regard fixe, il porta la main vers la cruche de vin. Il remplit son bol, non sans avoir renversé du liquide, et but goulûment.

— Jack, dit-il en faisant des efforts pour bien articuler, Gilbert, mes amis. Ah, soupira-t-il, je crains que le mot de Justice ne soit caduc dans notre bonne ville de Londres.

L'homme et l'enfant échangèrent des regards puis Gilbert lui posa la main sur le bras.

— Crispin, que voulez-vous dire ?

— Je veux dire, répondit-il en se levant péniblement, que la Justice est condamnée, comme toute chose dans cette ville puante !

Il s'appuya sur l'épaule de Gilbert pour enjamber le banc et se dirigea vers la cheminée. Jack se précipita pour l'empêcher de tomber dans les flammes, mais il le repoussa.

— Laisse-moi tranquille !

Le feu lui brûlait les cuisses et les genoux, mais il semblait s'en moquer. Il avait froid, il se sentait engourdi. Mort. Il était déjà réduit à l'état de cadavre. Il aurait dû laisser Radulfus le tuer en pleine rue. Il ne connaîtrait pas la douleur sans nom qui lui étreignait le cœur.

— Laisse-moi tranquille, répéta-t-il plus calmement.

— Maître, qu'est-il arrivé à la cour ? demanda l'enfant en se plaçant à côté de lui.

— Tu veux vraiment savoir ce qui s'est passé ? Eh bien, je vais te le dire. J'ai été émasculé, voilà ce qui s'est passé.

Jack ne comprit pas.

— La dégradation n'est rien en comparaison, poursuivit Crispin. Elle, au moins, est physique. On m'a retiré mon épée, mon blason, mais ce long processus où j'ai été privé de ma capacité à faire quelque chose… Je ne suis plus un homme, Jack, non.

— Bien sûr que si, messire ! Vous l'êtes plus que la moitié des personnages de la cour. Ce n'est pas vrai, Gilbert ?

— Un peu que vous l'êtes, Crispin ! Vous êtes l'homme le plus honorable que je connaisse, je vous l'assure.

— Des paroles creuses que tout ça, grogna-t-il. Qu'est-ce que vous savez de ce que j'ai vu, hein ? Vous deux, qu'est-ce que vous en savez ?

Ils firent silence et les trois protagonistes se tournèrent vers les flammes. Crispin sentait ses jambes le lâcher, de sorte que Jack et Gilbert durent le prendre par le bras pour l'obliger à s'asseoir sur un tabouret.

— Je me suis rendu dans les appartements de Gilles de Risley.

Il se pencha vers Jack, le saisit par le col et l'attira à lui. Il aurait pu voir chaque tache de rousseur de l'enfant.

— C'est lui, Jack. Mon vieil ami. C'est lui l'assassin et l'ignoble sodomite. L'astrologue a avoué. Je l'ai eu, Jack, je l'ai eu ! J'avais un témoin. Il a tout confessé. Et puis Risley est arrivé. Lui aussi a tout raconté, mais pour prouver qu'il était intouchable, il a tué l'astrologue, notre unique témoin.

Il entendit Jack pousser un cri d'horreur et continua tout de même.

— Il l'a tué de sang-froid sous mes yeux en compagnie de son vil cousin. Je te le répète, Jack, il m'a tout raconté. Chaque détail de cette horrible vérité. Comment il les a tués, le plaisir qu'il y a pris, comment il a arraché leurs entrailles pour les tenir entre ses mains…

Gilbert faillit vomir.

— Et je n'ai rien pu faire, Jack, conclut Crispin dans un murmure.

Le silence. Crispin hocha la tête. Qu'ajouter à cela ? La preuve de son ultime humiliation, de son inutilité, s'exposait maintenant à eux. Depuis quatre ans, il jouait le rôle d'un homme qui servait honorablement la justice. Quatre ans sur les trente de sa misérable vie.

— C'est un chien, un ignoble bâtard ! s'écria Jack. Mais les chiens sont capturés quand ils sont dangereux. Si au moins on pouvait lui tendre un piège.

— C'est impossible. Les shérifs le perceraient à jour et je ne crois pas que cela leur plairait. Pas un seigneur comme Risley. Il n'y a rien à faire, rien !

Jack en frémissait de rage. Il serrait les poings à s'en faire mal puis, tout à coup, Crispin le vit prendre l'air pensif et se tourner vers Gilbert.

— Maître Gilbert, pourriez-vous vous assurer que mon maître rentre sain et sauf à la maison ? J'ai quelque chose à faire.

Dès que Gilbert eut acquiescé, Jack courut vers la porte et sortit de la Grande Salle.

Crispin regarda son ami et fit la grimace.

— Demain, c'est la Saint-Nicolas, et la Noël va bientôt suivre. Encore un Noël de misère dans la rue de la Boucherie.

— Ne restez pas seul, Crispin, venez avec nous. Avec Nell et moi. Nous vous le demandons depuis des années. Acceptez notre invitation, cette année tout particulièrement.

— Non, dit-il en se dégageant pour se relever. Je vais rentrer chez moi. Le seul logis que je mérite. Et peut-être que je me romprai le cou en montant l'escalier. Une belle fin, non ?

— Cela suffit, je vous raccompagne.

— Non ! cria-t-il avec obstination.

Gilbert se pencha alors vers lui pour lui murmurer quelque chose à l'oreille.

— Calmez-vous, Crispin Guest ! Si j'étais un meilleur ami, je vous giflerais à toute volée pour vous remettre les idées en place !

Crispin en fut abasourdi.

— Ne voyez-vous pas le bien que vous avez fait à cette vieille ville ? reprit Gilbert. Ne voyez-vous pas les vies innombrables que vous avez sauvées, les âmes innocentes que vous avez protégées ? Bah, vous êtes ivre, mais vous proférez ce genre d'ineptie même lorsque vous êtes sobre. Réveillez-vous ! Votre vie est peut-être ainsi, mais on doit tirer le maximum de n'importe quelle situation. Je vous ai vu sortir du ruisseau et améliorer votre état. Y a-t-il d'autre Limier en ville ? Aucun. Quelqu'un veut qu'on l'aide à retrouver un collier perdu ou un parchemin dérobé ? Il n'a personne à qui s'adresser. Le shérif ? Il faut avoir de l'argent pour l'acheter. Vous, vous acceptez. Vous dites que c'est pour gagner votre vie, moi je sais que vous êtes meilleur que ça. Vous faites ça pour l'honneur, le vôtre et celui d'autrui. Quel homme peut résoudre une énigme comme vous le faites ? Les shérifs ?

Ce ne sont que des employés. Que savent-ils du cœur des hommes et de la fourberie qui s'y cache ? Lequel peut regarder le corps d'un homme et connaître la nature de sa mort et la façon dont il a péri ? Personne, je vous le dis. Hormis vous, mais vous préférez vous complaire dans votre apitoiement. Voilà, maître Guest.

Il saisit Crispin par le bras, l'entraîna vers la porte qu'il ouvrit en grand et sortit. Aussitôt, ils furent happés par le froid.

— Cela suffit pour cette nuit. Je vais vous ramener chez vous où vous pourrez dormir. Et la prochaine fois que je vous vois, vous avez intérêt à faire preuve d'humilité et à vous excuser des inepties que vous avez proférées. Ensuite nous n'en parlerons plus.

Crispin aurait voulu répliquer, réfuter la dérision de Gilbert, mais il savait au fond de lui-même que son ami avait raison. En conséquence il ne dit pas un mot et se laissa ramener chez lui. Gilbert l'aida à monter les marches glacées pour l'empêcher de se rompre le cou comme il le désirait et le jeta sur son lit. Crispin se rappellerait vaguement l'avoir entendu remuer les braises dans la cheminée. Dans les brumes de l'ivresse et du sommeil, le souvenir de cet incident serait effacé demain matin et, peut-être, n'aurait-ce été qu'un rêve.

Le réveil le rétablit dans la réalité. Quelqu'un lui assenait des coups de massue sur la tête et des démons lui piquaient les yeux de leur fourche. Son ventre lui enjoignit de se lever au plus vite et d'aller au pot s'il ne voulait souiller sa couche. Une fois fait, il rangea sous son lit le pot malodorant et s'assit en soupirant. Sa tête lui faisait encore mal, peut-être moins qu'avant toutefois. Son visage était baigné de sueur.

Il allait se demander pourquoi il s'était mis dans un tel état quand les souvenirs lui revinrent et, avec eux, le sentiment d'impuissance. Curieusement, les propos de Gilbert avaient fait leur chemin. Oui, il pouvait céder à la futilité, mais Gilbert avait raison : s'il ne pouvait soulager Londres de tous ses maux, il pouvait tout au moins trouver le moyen d'arrêter Gilles. Il lui fallait réfléchir. Il pourrait faire entendre raison aux shérifs. Gilles ferait une erreur. Les arrogants en font toujours, mais il ne faudrait pas pour cela que d'autres vies innocentes soient mises en danger.

Il se releva, attendit un moment que sa tête cesse de tourner et se réjouit qu'elle n'en fasse rien.

Donc l'astrologue de Gilles – l'astrologue mort, pardon – avait dérobé les parchemins du Juif. En revanche, interrogé sur le golem, il ignorait tout de cette créature. Il ne mentait certainement pas. Il avait tout révélé de l'affaire. Dans ce cas, s'ils n'avaient rien à faire d'un golem, à qui pouvait-il être utile ?

Crispin entrevit la cruche de vin posée sur le rebord de la fenêtre. Oserait-il ? Au moins pour enlever le goût de vomi qu'il avait toujours dans la bouche. Il but directement au récipient. Voilà qui était mieux et qui lui éclaircirait les esprits, c'est du moins ce qu'il se dit.

Que faire à présent ? Gilles attendait l'alignement des étoiles ou quelque absurdité de cet ordre. À quelle fin ? Il préparait quelque chose. La position des astres le poussait-elle à assassiner ? Ce soir, pour la fête de la Saint-Nicolas, il était censé se passer quelque chose. Peut-être vaudrait-il mieux qu'il revienne à Westminster…

Il chercha sa livrée et se rappela soudain qu'il l'avait jetée à terre de colère et qu'un mendiant s'en était saisi. Tant mieux pour lui. Il s'en passerait. Bill Wodecock ne se montrerait peut-être pas trop regardant et peut-être l'aiderait-il à entrer au palais.

Quelque chose sur la table attira son regard. Un fragment de parchemin, recouvert de l'écriture pitoyable de Jack. L'enfant apprenait ses lettres et sa façon d'écrire n'avait rien à voir avec celle d'un scribe. Quant aux fautes d'orthographe, elles étaient plus nombreuses que les mots eux-mêmes.

Il lut, et son cœur s'arrêta.

Bon mettre Crisppin

Comme ça alait pas hier soir, je me sui di que j'allai tendre un piaige. Je me sui fai connêtre du saigneur de Rislay et il ma proposer de m'emener à Chine et il ma di quon partirais demin matain pour la sin Nicola. Ne vous inquiéter pa. Je sai se qu'il veu. Surtou faite venir les shérif pour qu'on l'atrappe !
Je sui votre dévouer sairviteur

Jack Tucker

XIX

CRISPIN REGARDA LA LETTRE. Pendant combien de temps ? Il n'aurait su le dire. Sa main se mit à trembler et le parchemin lui glissa entre les doigts. Sa bouche prononça enfin un simple mot, « non ».

Jack. L'insensé. Seigneur Dieu, Jack ! Qu'allait-il faire ?

Il ouvrit grand la porte et dévala les marches de l'escalier. Sans se préoccuper de la neige qui lui cinglait les yeux et le visage, il courut dans les rues en direction de l'édifice glacé de Newgate. Il ne se rappela pas en avoir franchi le seuil, ni avoir frappé à la porte, ni même pourquoi ce balourd de William l'avait repoussé et pourquoi il s'était retrouvé avec un œil au beurre noir.

Il ne recouvra ses sens que dans le cabinet des shérifs. Essoufflé, dépenaillé, il n'entendit pas les grosses bûches crépiter dans la cheminée, de même qu'il ne vit pas la grimace qui déformait la face de poisson de Froshe ou ses petits doigts qui tapotaient nerveusement sa ceinture.

— Vous débarquez ici après avoir malmené mes hommes, commença Exton.

Crispin l'interrompit en abattant ses poings sur la table.

— Je veux un cheval !

— Pourquoi, par la Sainte Vierge Marie, venez-vous me quémander quelque chose ?

Froshe montrait soudain une certaine autorité sauf que le moment était malvenu. Crispin le foudroya du regard et le shérif fit un pas en arrière.

Le poissonnier plissa les yeux.

— Vous feriez mieux d'avoir des informations sur ce tueur d'enfants, maître Guest, ou votre petit éclat pourrait bien vous conduire en prison.

Exton semblait également avoir découvert une chose ou deux, seulement le temps était compté.

— Vous ne m'entendez donc pas ? Je veux un cheval. Je dois sauver mon serviteur, Jack. Il a été enlevé par cet assassin !

Exton s'empressa de faire le tour de sa table de travail.

— Et qui est-il, je vous prie ?

— Gilles de Risley. Maintenant me donnerez-vous un cheval ?

— Gilles de Risley ? Vous voulez dire lord de Risley ? Ou de Sheen ? Avez-vous perdu la tête ?

— Il a avoué. Et son sbire aussi. C'est lui. Seulement je n'ai aucune preuve, mais il va tuer mon serviteur si vous ne me procurez pas ce nom de Dieu de cheval !

— Il est inutile de blasphémer, maître Guest, dit Froshe en passant la main sur ses bajoues.

— Aidez-moi. Accompagnez-moi à Sheen et vous verrez ce misérable chien par vous-mêmes.

Exton s'assit, imité par Froshe. Ils semblaient plus intéressés par les innombrables sceaux et parchemins étalés sur la table.

— Je comprends que cela vous paraisse urgent, mais comprenez-nous : nous n'occupons ce poste que depuis deux mois, et venir accuser l'un des courtisans du roi dans sa propre demeure ? Non, non, ce serait intolérable.

— Je me souviens, maître Nicolas, dit Froshe en posant ses petits yeux sur son compagnon, que nous n'avons pas encore rétribué maître Guest pour ses services. Peut-être qu'un peu d'or apaiserait ses exigences soudaines.

— Non, pauvres idiots que vous êtes, c'est de votre aide que j'ai besoin, pas de votre or !

Exton se leva.

— Messire ! Vous rappellerai-je votre rang ? Dois-je demander à l'un de mes sergents de vous ramener à la raison ?

Crispin n'en croyait pas ses oreilles. Ils ne lui viendraient pas en aide. Ces deux crapauds laisseraient mourir un brave garçon. L'horreur de la chose lui apparut brusquement et, sans saluer les shérifs, il quitta la pièce en toute hâte et dévala les escaliers.

Une fois retrouvé le froid de la rue, il se sentit perdu, impuissant. L'équipage du roi était à mi-chemin de Sheen, peut-être était-il déjà arrivé. Le souverain avait pour sa part pris son embarcation.

Il avait grand besoin d'un cheval, mais il n'avait pas assez d'argent pour en louer un, eh bien il le volerait ! À moins que…

Une idée s'imposa à lui.

Il devait essayer.

Il courut, évitant hommes et charrettes, et pénétra dans une artère bordée d'échoppes et de maisons pimpantes. Une rue transversale le mena à une boutique accolée à une grande cour. Sans hésiter, il y entra. Il aurait peut-être dû commencer par se présenter au gardien, mais c'était trop tard. Il frappa à une porte en espérant qu'on ne le chasserait pas.

La porte s'ouvrit et il songea un instant bousculer le serviteur pour trouver directement le maître. Au lieu de ça, il prit son souffle et s'inclina.

— Maître Wynchecombe est-il ici ?

— Vous êtes Crispin Guest, n'est-ce pas ? lui demanda l'homme.

— Oui. Je vous en prie, je dois le voir.

Le serviteur, béni soit-il, était plus compréhensif que d'autres et il lui fit signe d'entrer avant de le conduire dans un salon et de le prier d'attendre. Wynchecombe le mettrait dehors ou le recevrait par curiosité.

Avant peu, une porte claqua et des pas lourds se firent entendre. Wynchecombe, l'ancien shérif de Londres, apparut.

— Crispin Guest. Que diable faites-vous chez moi ? Je ne vous ai pas vu depuis une éternité.

Crispin l'aurait remercié pour ce ton plutôt aimable. Il s'inclina.

— Maître Wynchecombe, j'ai un besoin urgent de votre aide. Vos successeurs ne veulent rien faire.

— Ah !

Wynchecombe entra et s'affala sur un siège.

— Depuis combien de temps j'attends que vous me disiez ça ? Vous êtes le problème de tierces personnes désormais et je ne vois pas pourquoi vous venez quémander…

— Simon, pour l'amour du Ciel ! Écoutez-moi, je vous en supplie !

Pour la première fois, Wynchecombe parut tenir compte du désespoir de Crispin. Il se tortilla sur son siège.

— Dites ce que vous avez à dire, Crispin, et allez-vous-en.

Crispin fit quelques pas et passa les doigts dans ses cheveux trempés de neige.

— Mon serviteur, Jack, est en danger. En grand danger. Il s'est mis en tête de piéger le meurtrier d'enfants en jouant les appâts. J'ai besoin d'un cheval et de votre aide pour arrêter cet assassin.

— Comment se fait-il qu'ils ne veulent pas vous assister ?

— L'homme que j'accuse est un courtisan.

— Bon sang, Crispin, vous voulez m'impliquer dans une de vos foutues combines ? cria l'ancien shérif. Et me faire arrêter, moi ? Non ! Sortez d'ici !

— Monseigneur ! Vous savez que je ne serais pas ici si les circonstances n'étaient aussi dramatiques. Jack Tucker est un bon garçon. On va se servir de lui de la manière la plus ignoble et ensuite on le massacrera comme un agneau au printemps. Aidez-moi, Simon. Aidez-le !

Wynchecombe le regarda avec étonnement. Il n'était pas habitué à voir Crispin manifester tant d'émotion, et Crispin n'avait pas coutume de l'exprimer ainsi. Il aurait préféré se trancher la gorge que s'humilier ainsi devant l'ancien shérif, mais il n'avait pas le choix.

Simon lissa sa barbe.

— Par les dents du Christ, murmura-t-il, où sont-ils allés ?

— Dans mon domaine… mon ancien domaine de Sheen. Gilles de Risley l'a racheté. Ce n'est pas loin de la demeure royale. Je vous ramènerai ce cheval dès que possible. Vous me connaissez, Simon, vous savez que je suis de parole.

— Je ne vous accorde pas la permission de prononcer mon nom. Vous avez des preuves ?

— J'avais un témoin. Gilles l'a tué froidement sous mes yeux. C'est un homme cruel qui ne connaît pas la pitié. Il m'a raconté à quel point il aimait mutiler des enfants, les faire souffrir tant qu'ils sont encore vivants. Je ne peux laisser Jack Tucker subir un tel sort !

— Tout ce que vous me demandez, c'est un cheval…

Le silence. Combien de minutes demeurèrent-ils ainsi à se regarder ? Le cœur de Crispin battait à tout rompre. Il perdait un temps précieux. Combien en restait-il à Jack ?

Simon se leva.

— Ah, Guest, Guest… Si vous vous méprenez, je vous ferai écorcher vif et j'accrocherai votre peau au-dessus de ma cheminée !

Il quitta la pièce et appela un serviteur.

Wynchecombe ne l'accompagnerait pas, du moins lui avait-il donné un bon cheval. Crispin aurait aimé le presser, mais il ne pouvait courir le risque de le crever. Il s'arrêta donc en fin d'après-midi pour le faire boire et se reposer.

Il déambula le long du fleuve. Le jour s'achevait et il lui fallait arriver à Sheen avant la tombée de la nuit.

Le paysage était tout blanc. Des arbres noirs et dénudés se dressaient tels des spectres vers un ciel plombé. Il crut une fois ou deux entendre quelque chose derrière les fourrés bordant la route. Un daim ou même un hors-la-loi. Il avait le sentiment désagréable d'être suivi. Pourtant chaque fois qu'il tournait la tête, il n'y avait rien que la neige et le froid.

Il se remit en selle. Deux heures plus tard, alors que le soleil commençait à disparaître, il suivit un méandre du fleuve et eut soudain le souffle coupé. Il n'avait pas vu son domaine depuis sept ans. Un beau manoir de pierre ceint de murs avec un portail ouvrant sur la route. Au loin, malgré la brume, il distingua le moulin où il avait si souvent joué étant enfant. Il abreuvait le meunier de questions et… Non, il n'avait pas le temps de faire revivre le passé.

Il y avait de la lumière derrière les fenêtres du manoir. Gilles et les siens étaient arrivés.

Et Jack.

Mais comment s'approcher ? Gilles aurait besoin d'un lieu caché où rien ne le dérangerait. Le seul endroit auquel pensait Crispin était… oui, les anciennes remises, sous les fondations. Rien n'y était entreposé, du moins à son époque. Elles pouvaient être fermées à clef, loin des regards indiscrets. Une porte donnait sur le fleuve. L'idéal pour se débarrasser d'un cadavre.

Crispin attacha son cheval dans les fourrés dominant la propriété et descendit vers la muraille. Dans le noir et le froid, il se faufila entre les roseaux desséchés et trouva la petite porte. Nul ne l'empruntait à son époque, cependant le seuil en avait été dégagé et les ferrures huilées.

Crispin posa l'oreille à la porte. Comme il n'entendait rien, il tira sur l'anneau. Le bois céda. À l'intérieur il n'y avait qu'un couloir grisâtre, pourtant une torche semblait brûler quelque part.

Sa dague à la main, il avança à pas de loup. Des tonneaux poussiéreux étaient entreposés, de vieilles poutres avaient été entassées. Il montait du fleuve une odeur de moisi et de vagues senteurs d'encens flottaient dans le sous-sol. Intrigué, il se dirigea vers la lumière.

Les ombres jouaient sur les piliers et les voûtes. Il s'adossa à un mur et attendit. Ce lieu aurait dû lui être familier, mais il n'y était pas venu depuis si longtemps que beaucoup de choses avaient changé et…

— Pas un geste !

Il ne put s'empêcher de se retourner. Radulfus pointait son épée vers sa poitrine.

— J'ignore pourquoi, fit-il en riant, mais j'avais l'étrange pressentiment que vous viendriez. Le Diable a dû me le chuchoter à l'oreille.

— Il va même vous accueillir bientôt, déclara Crispin en serrant plus fort sa dague.

Radulfus s'en aperçut.

— Lâchez ça, dit-il en posant la pointe de son épée sur son torse. J'ai dit, lâchez ça !

Crispin s'exécuta et son arme tomba sur le sol avec un bruit métallique que l'écho répercuta entre les voûtes. Il se plaqua au pilier.

— L'enfant est avec lui ?

— Comment saviez-vous… Vous me surprenez, s'étonna-t-il en hochant la tête. J'ai souvent entendu Gilles mentionner votre nom. Il m'a débité les mensonges les plus atroces. Oh, je ne l'ai jamais cru. Je sais reconnaître la jalousie. Il a toujours voulu être meilleur que vous. Je suppose que, d'une certaine façon, votre déchéance a dû le réjouir, mais c'est le genre d'homme à regretter de ne pas en avoir été la cause.

— Il a acheté mon manoir.

— Oui, mais il peine à l'entretenir. L'insensé !

— Dans ce cas pourquoi continuer à le fréquenter ? Pourquoi ne cède-t-il pas le manoir ?

Il sourit. Le sourire d'un serpent doublé de la ruse d'un scorpion. Il passa la langue sur ses lèvres. Était-elle fourchue ou n'était-ce qu'un jeu de lumière ?

— J'aime ce qu'il fait. Nous partageons ces plaisirs. Tous ces plaisirs. Le garçon qui est là, dit-il avec un signe de tête en direction de la lumière, nous jouirons tous deux de lui avant de le tuer. Ou peut-être même… après.

Crispin fit la grimace et Radulfus lui jeta un regard mauvais.

— Il ne vous a pas tout dit, n'est-ce pas ? Cela n'a plus beaucoup d'importance parce que vous serez bientôt mort, ajouta-t-il avec un soupir de satisfaction. Mais dites-moi, Guest, avez-vous souvent réfléchi à votre religion ?

— Est-ce votre pitoyable façon de m'inciter à dire mes dernières prières ?

— Non, vous m'avez mal compris. Nous sommes baptisés, catéchisés, nous recevons la communion, nous faisons repentance, mais où tout cela nous mène-t-il ? En toute franchise, Guest, vos prières ont-elles souvent été exaucées ?

Crispin s'efforça de ne pas se laisser distraire par ces paroles. En vérité, il ne priait pas beaucoup, mais le moment n'était pas venu d'y réfléchir.

— Je pense que non, poursuivit Radulfus. Gilles et moi avons trouvé un meilleur moyen. Un meilleur maître, qui ne se contente pas de répondre à nos prières, mais comble aussi nos désirs les plus profonds.

— Vous continuez de blasphémer ? Votre âme est déjà en grand danger !

— Notre âme est notre monnaie d'échange.

Ses yeux luisaient dans la pénombre. Crispin l'observait avec attention et se demandait comment ces deux tristes personnages avaient pu se rencontrer.

— Je parle de l'autre Seigneur, reprit Radulfus.

— L'autre... Seigneur... Vous voulez dire...

— Le Prince des Ténèbres, oui. Le Diable en personne. Nous avons trouvé le moyen de l'invoquer... Et de faire fructifier nos petites habitudes, par la même occasion.

— Vos... habitudes ? Vous ne voulez pas dire que... Le massacre de ces enfants, c'est une sorte de messe noire, c'est ça ?

L'odeur de l'encens s'imposa à nouveau à ses narines, plus âcre cette fois-ci.

— Oui, c'est exactement cela ! Ce pauvre fou de Cornelius fut le premier à en avoir l'idée. C'est lui qui connaissait l'hébreu et qui nous a fait des suggestions après avoir lu certains manuscrits. Je ne pense pas que sa connaissance de cette langue était aussi parfaite qu'il le disait, mais qu'importe ? Il nous a apporté ce dont nous avions besoin. Il n'avait toutefois pas assez de cran pour nous accompagner. Il était faible, il ne voulait pas entendre parler de ça.

Un bref éclat de lumière dorée jaillit par-delà les voûtes.

— Gilles se prépare. Ce pauvre garçon doit être déjà réduit à l'immobilité, mais toujours conscient, soyez-en certain. Ce soir, Gilles prononcera les paroles ultimes, celles qui nous ouvriront les Portes de l'Enfer. La richesse, le pouvoir, ils seront nôtres, enfin !

— Vous êtes fous ! s'écria Crispin, horrifié.

— Oui, c'est une possibilité, répondit Radulfus avec un clin d'œil, mais cela ne change rien. À chaque meurtre, nous nous renforçons, nous nous rapprochons de notre Seigneur !

Incapable de parler, Crispin chercha un moyen de fuir, mais il tournait le dos à la pièce où se trouvait Gilles tandis que Radulfus le menaçait toujours de son épée.

Il ne pouvait s'empêcher de regarder cette lumière qui brillait à nouveau et il essaya de gagner du temps.

— Ces vies innocentes, monseigneur… ces crimes… Vous n'échapperez pas toujours à la justice.

— Croyez-vous ? Gilles a longuement étudié ce problème. Avec l'aide de ce chien de Cornelius. Il avait besoin de moi. Et de mon argent. Je l'ai bien employé car si j'ai pris du plaisir avec des femmes, cela ne pourrait se comparer aux jouissances que j'ai connues avec ces petits corps innocents. Il faisait ça depuis des années, savez-vous. Il jetait les cadavres dans des puits abandonnés sur ses anciennes propriétés. Récemment, il s'est laissé aller. Confier les corps à la Tamise…, mais cela n'a plus d'importance.

— Il faut que ça s'arrête, gronda Crispin, les dents serrées.

— Mon cher maître Guest, qui nous l'interdira ? Vous ? dit-il en le piquant de son épée.

Une main énorme jaillit de l'obscurité. Crispin poussa un cri de surprise en la voyant se plaquer sur la bouche de Radulfus et l'entraîner dans la pénombre. Son épée tomba à terre.

Crispin fit un bond en arrière, le cœur battant. Des cris étouffés et des pas traînants se faisaient entendre non loin de lui. Puis ce fut le silence.

Sans quitter des yeux l'endroit où Radulfus avait disparu, il ramassa sa dague.

— Monseigneur ?

Un frémissement. De l'ombre sortit une imposante silhouette. Sa petite tête touchait presque la voûte du plafond.

— Proté... ger..., prononça une voix rauque comme du gravier.

— Seigneur !

— Proté... ger.

— Oui, dit Crispin le plus calmement possible. Vous êtes ici pour l'enfant ?

— Protéger enfant, répéta la créature avant de donner à Crispin un coup de bras qui le projeta contre un pilier.

Il tomba à terre dans un brouillard de douleur et de sang. La forme sombre l'enjamba sans un bruit.

Quand il releva la tête, l'être monstrueux avait disparu. Où était-il passé ? N'était-il que le fruit de son imagination ?

Derrière lui, la lumière éclata à nouveau et, golem ou pas, Crispin savait qu'il devait sauver Jack. Il se leva péniblement et s'avança en titubant.

— Radulfus ? Est-ce vous ? demanda une voix. Hâtez-vous, nous sommes presque prêts !

Crispin allait de pilier en pilier. Tout était flou autour de lui. Sa tête le faisait souffrir, du sang coulait dans ses yeux, mais savoir qu'il avait toujours sa dague l'emplissait de courage et il se retrouva bientôt devant une porte entrouverte. Il entra. Des braseros brûlaient près du mur du fond. La pierre était recouverte de signes étranges rappelant ceux vus sur les parchemins de Jacob.

Près de l'autre mur, des tables avaient été dressées et garnies de victuailles tandis que des coussins blancs et des fourrures jetés sur le sol évoquaient les tentes des Sarrasins. Et entre ces coussins gisait une petite forme pâle aux cheveux roux, le torse dénudé, les jambes écartées quoique encore cachées sous des braies.

— Jack !

Il s'avança en titubant. Derrière lui, retentit la voix de Gilles.

— C'est fini, Guest, vous ne contrecarrerez pas mes projets ! Mais je vois que Radulfus s'est occupé de vous, ajouta-t-il en découvrant son visage tuméfié. Et cet enfant, Crispin, vous le connaissez ? Je constate que vous avez bon goût.

Jack respirait, Crispin le voyait bien mais, de toute évidence, il avait été drogué.

— Que lui avez-vous fait, crapule ?

— Si j'avais su qu'il était votre jouet familier, je me serais empressé de vous le prendre plus tôt, ricana-t-il.

— Je le ramène à la maison, déclara Crispin avec calme.

— Cela nuirait à mes projets. Cette nuit va être extraordinaire.

— Vous craignez que le Diable ne vienne pas ? J'ai pour ma part le sentiment qu'il va se déplacer tout spécialement pour vous.

— Oh, ainsi Radulfus vous a parlé ? dit-il, apparemment déçu avant de se retourner. Je me demande où est passé mon cousin.

Crispin posa la main sur sa mâchoire endolorie comme si cela pouvait mettre un terme à son mal de tête.

— J'imagine qu'il est en train de fournir quelques explications.

— Des explications ? À qui ?

— À saint Pierre ! Je n'en ai peut-être pas l'air, mais je ne suis pas sorti perdant de notre petite rencontre.

Gilles fronça les sourcils et regarda à nouveau derrière lui. Crispin en profita pour se rapprocher de Jack, mais Gilles fut plus rapide et allongea la jambe pour le faire trébucher. Son menton heurta la table et des étoiles se mirent à tourner dans sa tête.

Gilles l'empoigna par les cheveux.

— Je suis heureux que vous soyez venu, Crispin. Vous allez pouvoir assister à mon triomphe. Vous m'avez toujours volé la victoire. Pas cette fois-ci.

Le regard vitreux de Crispin se posa sur la forme inconsciente de son serviteur, à demi nu, sur le point d'endurer des violences extrêmes.

Gilles rit à nouveau comme s'il lisait dans l'esprit de Crispin. Il s'approcha de Jack et le souleva. L'enfant gémissait et ses mouvements saccadés révélaient qu'il cherchait à lutter contre les potions qu'on lui avait fait boire. Gilles le déposa sur la table, devant le brasero. Puis il prit un tas de parchemins qu'il montra à Crispin.

— Vous voyez ceci ? Des incantations magiques et secrètes que je pratique depuis des années. Cette encre, vous savez ce que c'est ? Du sang, Crispin. Le sang de mes garçons. Je plonge ma plume dans le sang qui s'écoule encore chaud de leur ventre et j'écris des mots que je pourrai prononcer tout haut à l'instant de mon triomphe !

Il se détourna de Crispin pour adresser au mur des formules étranges. De part et d'autre, les braseros semblaient luire d'une flamme surnaturelle. Crispin tenta de chasser les brumes qui envahissaient encore son cerveau et il se releva en s'appuyant à une table. Il vit scintiller la lame du poignard que Gilles approchait de Jack.

Des flammes s'élevèrent pour projeter d'inquiétantes ombres dansantes. Des formes se dessinèrent. Si l'une ressemblait à un dragon, l'autre évoquait une figure effrayante.

— Oui, je triomphe ! cria Gilles, plus fort que le rugissement du feu. Vous ne pourrez jamais m'arrêter ! Je serai riche et puissant et vous, mon pauvre Crispin, regardez-vous. En sang. Meurtri. Impuissant. Vous ne pourrez rien contre moi !

Sa vision se troublait. Jack. Il fallait tenir.

Gilles éclata de rire et ce fut ce cri délirant qui redonna force à Crispin. Adossé à un pilier, il se releva. Ses jambes flageolaient, incapables de le porter, mais sa seule volonté lui permit de se redresser complètement. Alors il prit son souffle et se jeta sur Gilles qu'il fit tourner sur lui-même.

L'autre n'eut pas le temps de réagir.

— Voilà pour toi, monstre que tu es !

Et il lui enfonça sa dague dans le ventre.

Gilles émit un grognement, mais ce n'était pas assez pour Crispin. Avec lenteur, il fit remonter la lame, tranchant à la fois l'habit et la chair. Un sang noirâtre coula sur ses mains et il se rappela comment Gilles aimait tenir des viscères entre ses doigts. Avec un cri de bête, Crispin poussa la dague jusqu'au sternum. Les yeux de Gilles s'emplirent de terreur. Il cracha du sang.

Crispin crut alors entendre un hurlement. Derrière lui, les flammes dansaient furieusement. L'odeur du soufre emplissait l'air.

Il retira sa lame et regarda l'homme s'écrouler à ses genoux. Gilles tendit vers lui une main ensanglantée. Ses lèvres frémirent comme s'il voulait parler. Il n'en sortit qu'une bave souillée.

Couvert de sang lui aussi, Crispin contemplait avec froideur cet homme qui se débattait alors que la vie le quittait. Ses viscères pendaient de son ventre. Son sang brûlant recouvrait la main armée de Crispin pour ensuite s'écouler à terre.

— Voilà ton sacrifice. Tu peux aller au diable !

Les flammes se tordirent autour des bûches du brasero. Une chandelle s'éteignit. Gilles émit un long râle et son corps fut agité de spasmes. Une soudaine bouffée d'air vicié l'enveloppa et ébouriffa ses cheveux. En un mouvement ultime, sa jambe heurta un brasero. La bûche enflammée roula sur le sol et le feu prit immédiatement dans les coussins et les fourrures. Dans une épaisse fumée noire, les flammes jaillirent vers la voûte.

Jack était encerclé par le feu. Malgré la douleur qui se réveillait dans sa tête, Crispin se jeta à genoux pour ramper vers lui. Mais il ne voyait plus rien. C'est alors que quelque chose le prit par la taille et le souleva. Il se sentit ballotté, comme un sac contre la hanche d'un paysan. Des pas lourds retentirent. Il sortait de l'épaisse fumée.

— Sauvez l'enfant ! hurla-t-il avant d'être pris d'une terrible quinte de toux.

Il sentit le froid sur son visage. On le lâcha alors dans la neige et il roula sur le dos. L'air frais emplissait ses poumons, mais l'appréhension le tenaillait toujours.

— Jack..., gémit-il.

— Maî... maître...

Il se retourna. L'enfant gisait dans la neige, non loin de lui. Il serra dans ses bras son torse dénudé, débordant de gratitude pour leur sauveteur. De hautes flammes montaient dans le ciel étoilé. Il se rendait à peine compte que sa demeure ancestrale disparaissait dans le feu et la fumée. Déjà les vieilles murailles vacillaient.

Son esprit était toujours embrumé et il était incapable de mettre de l'ordre dans ses idées. Jack, sain et sauf. Gilles, mort. Comment s'en étaient-ils tirés ?

Le craquement des poutres attira enfin l'attention. Bien qu'il ne fût pas vraiment en sécurité, il ne pouvait détacher son regard de l'incendie. À chaque mur qui tombait, chaque voûte qui s'effondrait, c'était un peu de son cœur qui s'en allait. La demeure de ses ancêtres, le manoir que leur avait donné un roi plusieurs siècles auparavant, n'était plus que ruines noircies. Il avait toujours eu le fol espoir d'être réhabilité et de retrouver un jour ce foyer qui était le sien. Tout espoir était perdu désormais.

Il ne serait plus jamais le maître de Sheen. Plus jamais.

Une ombre se profila et la peur s'empara de lui. Une large silhouette se dressait devant le champ d'étoiles. Crispin posa doucement sa cape sur les épaules dénudées de Jack et se tourna vers son sauveur.

XX

— Mère de Dieu ! hurla Jack. Le golem !

Crispin posa un bras protecteur sur ses épaules.

La créature s'avança. La clarté lunaire baignait d'argent son visage et son torse. Il avait une petite tête et de colossales épaules, mais peut-être n'était-ce qu'une illusion car elles étaient d'une largeur tout à fait inhabituelle, rembourrées de peaux et de chiffons. Crispin contempla le visage de la créature et se rendit compte que… ce n'était qu'un homme.

— Mon Dieu, qui êtes-vous ?

Il piétina sur place et regarda Jack blotti dans les bras de Crispin.

— Odon, fit-il de sa voix rocailleuse.

— Odon ? C'est vous ?

Il hocha la tête et gratta maladroitement ses habits en haillons. Ses ongles étaient sales et recouverts d'une sorte de poudre blanche. De l'argile.

— Vous êtes l'un des potiers de Londres.

Il acquiesça encore une fois.

— Mais… qu'est-ce…

— Hugh était mon ami. Je l'ai suivi. Des méchants lui ont fait du mal.

Sa voix se fit plus aiguë et un sanglot lui échappa.

— Hugh ? Le fils de Berthilde, c'est bien cela ?

Hochement de tête.

— Vous... n'avez pas pu le protéger ?

Il secoua la tête d'un air contrit.

— Et vous avez décidé de protéger les autres enfants ?

Nouveau hochement de tête.

— Vous m'avez suivi jusqu'ici.

Nouvel acquiescement.

— Vous comprenez maintenant que je ne suis pas l'un de ces... méchants.

Odon s'inclina et tendit la main comme s'il voulait caresser Jack, mais l'enfant se pelotonna contre Crispin et il retira la main.

— Les méchants ne font plus de mal ?

— Non, nous les avons arrêtés une fois pour toutes. Ils ne feront plus de mal à qui que ce soit.

Odon parut réfléchir et se tourna vers la maison en feu. Crispin regarda à son tour. Les flammes léchaient les pierres et les poutres de cette demeure qui avait été la joie de sa jeune existence, mais que de telles horreurs puissent être perpétrées dans son manoir bien-aimé... Il était heureux de le voir réduit en cendres.

Odon se retourna et sourit à Crispin.

— Vous êtes mon ami.

Il allait ajouter quelque chose quand des cris retentirent tout près d'eux. Odon releva la tête et, l'air terrorisé, courut vers les bois.

— Attendez !

Crispin chercha à percer du regard la masse des broussailles et des arbres et tendit l'oreille. Il n'entendit pas le moindre bruit de pas. Malgré sa taille impressionnante, l'homme était aussi silencieux que la nuit elle-même.

— Incroyable...

— Alors ce n'est pas... le golem ?

Crispin serra l'enfant contre lui.

— Non, il n'y a pas de golem, Jack, rien qu'un pauvre homme un peu simplet.

— Il… il voulait seulement aider les autres garçons, c'est bien cela ?

— Oui, de toute évidence.

— Seigneur Jésus, dans quel monde nous vivons !

— Oui…

Les cris et les piétinements dans la neige se rapprochèrent et, soudain, en haut de la colline apparurent des silhouettes qui regardaient Jack et Crispin avec effroi. Il n'essaya même pas de se relever et se contenta d'incliner la tête avec respect.

— Si vous aviez la bonté de nous conduire au manoir du roi ? J'ai le besoin d'urgent de parler avec Sa Grâce le duc de Lancaster.

Pendant leur bref trajet, Crispin regarda souvent ce qu'il restait du manoir familial et, chaque fois, son cœur se serrait. L'odeur de fumée ne le quitterait pas de sitôt.

Ils arrivèrent au manoir royal et le roi était heureusement déjà au lit, ce qui signifiait que Crispin n'aurait pas à l'affronter. En revanche, il allait devoir rencontrer Lancaster. Après de longues palabres, Crispin et Jack furent conduits sans ménagement vers les appartements du duc. Les yeux de Lancaster se posèrent sur eux et son visage s'assombrit. Les vêtements sales et ensanglantés de Crispin, la semi-nudité de Jack…

— Que s'est-il passé ? demanda-t-il à l'un des gardes.

— Il y a eu le feu, Votre Grâce, au manoir Guest… je veux dire Risley.

— L'a-t-on maîtrisé ?

— Non, Votre Grâce, je le crois… totalement détruit, répondit-il à voix basse en se tournant vers Crispin.

— Est-ce votre fait ? lança-t-il à Crispin.

— Non, Votre Grâce, mais j'étais présent.

— Et qu'en est-il de lord de Risley ?

— Il y a eu plusieurs morts, Votre Grâce, dit le garde. Nous croyons qu'il est du nombre. Il se trouvait dans les sous-sols quand le feu a éclaté.

— Les sous-sols ?

— Personne ne sait ce qu'il y faisait. Les serviteurs ont déclaré qu'il s'y... amusait souvent.

Le regard perçant de Lancaster ne s'était jamais détaché de Crispin.

— Bien. Laissez Guest ici.

— Et son serviteur, Votre Grâce ?

L'enfant était revêtu de la cape de Crispin. Il grelottait.

— Lui aussi peut rester. Apportez-lui de quoi se vêtir, une chemise et un manteau pour le moins.

Le garde s'inclina et sortit. Lancaster ferma lui-même la porte de ses appartements et marcha vers la cheminée. Crispin se réchauffait peu à peu, mais il tenait toujours Jack serré contre lui.

Lancaster demeura muet pendant quelques instants. À son regard furibond, Crispin comprit pourquoi tous deux attendaient qu'il parle le premier.

— Ce n'est pas votre fait, mais vous étiez présent.

— C'est... c'est difficile à expliquer, Votre Grâce. Risley était bien le meurtrier que je recherchais. Maintenant il est mort. C'est lui qui a déclenché l'incendie.

— En a-t-on une preuve ?

Crispin fit signe que non.

— Maître Crispin m'a sauvé la vie ! s'écria Jack.

Lancaster le regarda sans comprendre. Ce devait bien être la première fois qu'un serviteur des plus humbles lui parlait ainsi, ou plutôt l'apostrophait, mais Jack semblait bien se moquer de la noblesse de son interlocuteur.

Gand s'approcha de l'enfant tremblant qui tirait sur ses pauvres guenilles et il posa un genou en terre pour mieux être à sa hauteur.

— Il t'a sauvé la vie ? Raconte-moi.

C'est ce que fit Jack, commençant par le petit corps retrouvé dans le fleuve pour terminer par l'idée qu'il avait lui-même eue de prendre au piège l'assassin. Avec des gestes comiques et se revêtant de la cape de Crispin comme s'il s'agissait d'un costume de théâtre, il raconta que Gilles et son maître s'étaient battus main à main. À l'entendre, on aurait pu croire à un duel de chevaliers.

Quand Jack eut terminé, Lancaster se releva et lissa sa barbe d'un air réfléchi.

— Gilles de Risley jouait avec de jeunes garçons, c'est bien cela ?

— Son cousin aussi.

— A-t-il tué l'astrologue, ce Cornelius van der Brooghes ?

— Oui, j'en ai été témoin, dit Crispin avec un sourire qui ne reflétait pas la satisfaction.

— Puisse-t-il pourrir en Enfer !

Crispin se rappela vaguement l'étrange silhouette de feu qui s'élevait au-dessus du brasier.

— J'en fais le pari.

— Qu'allez-vous faire ?

— Nous avons besoin d'un toit. Nous partirons pour Londres au lever du soleil. Jack a passé la nuit dehors et il lui faut un endroit où dormir.

— Et où comptiez-vous aller en quittant ce havre de paix, maître Guest ? Il n'y a pas d'auberge dans les environs.

— Avec votre permission, Votre Grâce, si nous pouvions rester auprès de vos… serviteurs…

Il lui avait fallu réunir tout son courage pour prononcer cette phrase. Supplier pour dormir avec les serviteurs de Lancaster ! Le duc accéderait sans aucun doute à sa requête.

— Je vois. Et ensuite ?

— J'irai trouver le médecin juif. Il m'a engagé pour que je récupère un objet désormais perdu. Je dois l'en informer.

— Avant de m'en informer moi ?

Crispin se retourna. Le mystérieux personnage du carrosse se tenait sur le pas de la porte et Crispin fut aussitôt sur ses gardes. Il aurait volontiers tiré sa dague, mais il y avait déjà eu trop de rixes pour ce soir.

— Que fait-il ici ? se contenta-t-il de dire.

— Soyez plus respectueux, lui dit Lancaster. L'évêque Edmund est mon invité.

— Allons, allons, Votre Grâce, intervint l'homme. Maître Guest et moi nous sommes déjà rencontrés. Dans des circonstances étonnantes, je le conçois, mais jamais de façon officielle. Je suis Edmund Becke, un humble évêque originaire du Yorkshire, et je suis en mission. Dois-je comprendre que vos efforts ont été couronnés de succès ? Avez-vous par hasard récupéré les objets que je désirais ?

— Les parchemins, c'est bien cela ?

L'homme fronça les sourcils en l'entendant apporter une telle précision. S'il avait voulu tenir Lancaster dans l'ignorance...

— Ils ne vous appartiennent pas et il convient de les rendre à leur propriétaire légitime.

— Légitime ? fit Becke, sincèrement étonné. Mais c'est moi leur véritable propriétaire !

— Pardonnez-moi de ne pas être d'accord. Des parchemins en hébreu, comment pourraient-ils être à vous ?

— Ils le seront si je les confisque, dit l'homme dont la mine s'assombrit. Ces parchemins que vous évoquez sont illégaux, apportés en Angleterre pour que les Juifs clandestins poursuivent leur culte impie à l'aide de leurs textes sacrés.

Crispin se sentit mal à l'aise. Il semblait y avoir encore plus de parchemins qu'il ne le croyait et avait la désagréable impression de s'être fait duper.

— Mais de quoi parlez-vous ? s'écria Lancaster.

— Maître Guest le sait, dit l'évêque en se rapprochant de Crispin pour mieux le regarder droit dans les yeux. Donnez-les-moi, ajouta-t-il en tendant la main.

— Ce n'était donc que ça ? Le droit des Juifs de pratiquer leur culte ?

— Les Juifs n'ont rien à faire sur le sol anglais. Donnez-les-moi !

— Faites ce qu'il vous demande, Crispin.

— Ils ont brûlé, dit Crispin le sourire aux lèvres. Jusqu'au dernier.

L'évêque Edmund eut l'air surpris puis lui aussi sourit.

— Cela m'épargnera la peine de les détruire moi-même. Ces créatures juives s'évanouiront de notre terre comme cendres au vent !

Des créatures... Crispin ne pouvait s'empêcher de revoir cet enfant, John, persuadé dans son innocence qu'il partagerait leur secret. Il l'avait fait jusqu'à ce jour, mais peut-être qu'à l'avenir cela ne servirait à rien.

— Puis-je me retirer ? cracha-t-il, refusant d'affronter le regard de Lancaster.

— J'en ai fini avec lui, dit Becke avec un vague geste de la main. Pour le moment tout au moins car je crois que maître Guest et moi-même nous retrouverons. Je suppose que vous regrettez de ne pas avoir accepté mon or ?

— Vous supposez mal. Puis-je me retirer, Votre Grâce ? répéta-t-il.

Lancaster les regarda l'un après l'autre.

— Oui, Crispin, je crois comprendre que vous en avez fini, mais quand vous aurez réglé votre autre affaire, votre serviteur et vous-même pourrez vous reposer dans l'alcôve qui est là-bas. Qu'il ne soit pas dit que je ne me suis pas montré charitable en cette période de l'Avent.

— Oui, qu'il ne le soit pas dit, grommela Crispin.

Il ordonna à Jack de rester même si l'enfant lui adressait des regards suppliants. Lancaster ne devait pas constater l'indulgence dont il faisait preuve envers son petit serviteur. De plus, il serait en sécurité auprès du duc.

Dans le couloir, il demanda à un serviteur endormi où il pourrait trouver le médecin juif et l'homme lui indiqua une porte très éloignée des autres appartements.

Crispin frappa et Jacob mit un certain temps avant d'ouvrir.

— Surpris ?

Le visage étonné du vieil homme ne l'empêcha pas de pénétrer dans la pièce. Il regarda autour de lui avant de s'adresser au praticien.

— J'ai retrouvé vos parchemins.

Julienne avait enfilé sa robe de chambre. D'une main, elle frottait ses yeux lourds de sommeil et tenait une bougie de l'autre. Elle sourit en voyant Crispin puis elle découvrit l'état de ses habits, déchirés, couverts de sang, noircis par le feu. Il ressemblait de moins en moins à un prétendant correct, même pour un Gentil. Et s'il aurait aimé se reposer dans ses bras, le moment n'en était pas encore venu.

— Où sont-ils ? demanda Jacob après cette bonne nouvelle, les mains tendues comme pour les recevoir.

— Ils ont été détruits, dit Crispin avec une certaine satisfaction. Même si je les avais eus en ma possession, j'aurais été contraint de les remettre à un évêque du Yorkshire. Il semble croire que ce sont des écrits passés en contrebande pour être remis aux Juifs clandestins de Londres.

Le visage de Jacob perdit toute couleur et il s'affala sur un siège.

— Père, de quoi parle-t-il ?

Une main tremblante se posa sur son bras.

— Ma chère enfant, pardonne sa folie à un vieil homme. Oui, les pages de la Création ont effectivement été volées, mais j'ai profité de ce larcin pour engager ce gentilhomme. Je connais son éducation et j'ai cherché à éveiller sa curiosité en mentionnant leur étrange provenance. Ils étaient en réalité accompagnés de parchemins qui me sont autrement importants. Il y avait là toute une partie de la Torah. Je l'avais achetée en France pour l'offrir à un petit groupe de nos coreligionnaires vivant à Londres dans le plus grand secret.

— Mais père, pourquoi ? C'est si dangereux !

— Tu n'es pas aveugle, mon enfant.

Son corps semblait épuisé, en revanche, sa voix avait pris de l'assurance.

— Tu as vu les persécutions. Notre vie en Provence est agréable, mais elle ne tient qu'à un fil. Le caprice d'un monarque peut nous vouer à la pauvreté et à l'affliction, et j'ai imaginé quelque ruse quand j'ai su que je viendrais en Angleterre.

Il adressa un clin d'œil à sa fille travestie avant de se tourner vers Crispin.

— Je vous présente mes excuses si je vous ai menti, maître, mais je ne pouvais vous parler de ma mission en ce pays sans prendre de risques. En tant que médecin, il est de mon devoir de guérir. Et si cette guérison est également spirituelle, c'est pour moi aussi un devoir. Et une bénédiction.

— Vous m'avez fait courir de grands dangers sans m'en avertir. C'est inacceptable.

— Oui, oui, pour cela aussi je vous prie de m'excuser, mais je ne suis coupable que par omission. Le parchemin permettant de créer un golem avait également disparu, mais sa perte ne m'affligeait pas autant que je le montrais.

— Vous avez attendu deux mois avant de m'engager.

— Il m'a fallu tout ce temps pour entendre parler de vous.

— Vous me semblez expert dans l'art de la falsification, maître Jacob.

Ce disant il se tourna vers Julienne qui serra la ceinture de sa robe de chambre et lui lança un regard insolent.

— Ne vous inquiétez pas. Je crois qu'ils ne tomberont pas entre de mauvaises mains. Ils ont été détruits.

— Peut-être cela vaut-il mieux. La perte de la Torah m'afflige beaucoup, quant à elle. Ce groupe désirait prier dans la langue de ses ancêtres. Qu'y a-t-il de mal à cela ?

Il haussa les épaules et regarda la petite flamme reposant entre les mains de Julienne.

— Il est évident que je vous récompenserai pour vos efforts.

Il se dirigea à pas lents vers un coffre en métal puis il prit la clef accrochée à l'anneau suspendu à sa ceinture et l'ouvrit. Il en tira une petite bourse.

— Je pense que cette somme couvrira vos dépenses.

Crispin prit l'argent sans laisser de vagues notions morales entrer en ligne de compte. C'était un salaire mérité. Il s'inclina pour remercier et se tourna vers Julienne.

— J'aimerais parler avec votre fille, messire. Seul.

— Non.

— Père, je vous en prie.

Jacob ne semblait pas vouloir céder. Puis il réfléchit quelques instants et se retira dans la pièce intérieure, tirant la porte, mais la laissant entrebâillée.

Crispin regardait la jeune femme, petite, solennelle, à la lueur de son unique bougie.

— Il fallait que je vous voie. Je... voudrais que nous continuions...

— C'est de la folie, dit-elle en faisant un pas vers lui.

Il passa la main dans ses cheveux en désordre et repensa aux dernières heures.

— Oui, je suis fou.

Elle posa la bougie sur la table et effleura le sang recouvrant son visage et ses vêtements.

— Crispin. Que vous est-il arrivé cette nuit ?

— Beaucoup de choses. Et je suis las.

— Vous n'êtes pas... blessé ?

Il fit signe que non. D'une main il souleva une boucle des cheveux de Julienne.

— J'ai beaucoup pensé à vous.

Elle secoua la tête, très doucement pour ne pas chasser sa main.

— Nous ne pouvons rien faire, vous et moi. Le mieux est de nous oublier.

Il la serra dans ses bras. La flamme de la bougie dansait dans des yeux.

— Je crains de ne pouvoir y arriver.

Il pencha la tête et prit ses lèvres. Elle fit mine de se dérober, mais sa bouche répondit avec avidité. Leur baiser dura jusqu'à ce qu'il doive reprendre son souffle.

— Julienne, murmura-t-il en baisant son front brûlant, quelque chose de bien pourrait naître de cette horreur. Peut-être...

Elle le repoussa. L'inquiétude se lisait sur son visage.

— Le golem. Il faut d'abord s'en occuper.

— Il n'y a jamais eu de golem, dit-il en plaquant sa poitrine contre le dos de la jeune femme.

Comme il aimait son contact ! Il se demanda à quoi ressemblerait sa chevelure le jour où elle retomberait sur ses reins.

— C'était un homme. Un potier. Vaguement demeuré, je crois, et...

— Non ! Il y a un golem !

Il la serra plus fort.

— Julienne, nous n'avons rien à craindre. Vous avez entendu votre père. Je vous le répète, il n'y a pas de golem. Votre imagination est seule en cause. C'était un homme. Je lui ai parlé.

— Si, il y en a un !

Elle le repoussa de toutes ses forces. La sauvagerie se lisait dans ses yeux.

— Il y en a un parce que je l'ai créé !

— Je... je ne comprends pas.

— Quand les papiers de mon père lui ont été dérobés, cela m'a donné une idée. J'ai volé les parchemins de la Création et je les ai étudiés avec attention. Ensuite, je suis allée chez les potiers pour leur acheter de l'argile.

— Mais... quand en auriez-vous eu le temps ? Votre père dit...

— J'avais mes menstrues. Pour un Juif, la femme qui a ses menstrues est impure. C'était une bonne excuse pour me tenir à l'écart de tout. J'ai créé le golem dans les vieilles écuries du palais.

Les ombres jouaient avec son visage et ses traits étaient désormais ceux d'un ange noir. Il eut l'impression qu'un poids énorme s'abattait sur ses épaules.

— Vous... C'est impossible.

— J'ai prononcé les paroles de la Création. J'ai gravé le mot sacré sur son front et je lui ai donné la vie. Il a bougé et fait ce que je lui demandais, mais quand je suis revenue le lendemain, le golem avait disparu. Et ce fut le début des meurtres.

— C'est un homme qui a tué ces enfants, dit-il d'une voix hésitante.

— Je ne voulais pas voir massacrer des innocents.

— Que cherchiez-vous, alors ?

— Des chrétiens !

Il fit un pas en arrière et sentit son estomac se tordre.

— Ma revanche ! Vous ne pouvez pas comprendre, Crispin, vous ne pouvez pas savoir ce que mon père et moi avons enduré au fil des années. Le golem allait leur donner une bonne leçon.

— Je vois.

— Ah oui ? Oh pardon, Crispin, vous n'êtes pas comme eux. Vous êtes différent.

— Je leur ressemble plus que vous ne pouvez l'imaginer.

— Crispin ?

Elle tendit la main, mais il la repoussa. Cette main dont il aurait tant aimé la caresse.

— Comment avez-vous pu imaginer un tel mal ? Et ensuite me permettre de…

— Du mal ? Comme celui qui nous a été fait ?

— Œil pour œil, c'est cela ? La loi du talion ?

— Oui !

— Vous ne savez rien de moi, dit-il tandis que la bile remontait dans sa bouche.

— Je sais que vous êtes assez fou pour aider ceux qui vous veulent du mal, mais je peux fermer les yeux.

— Vraiment ? Eh bien moi, je ne peux les fermer quand je songe à la créature maléfique que vous avez lâchée dans Londres. Où est ce golem à présent ?

— Je l'ignore. Il a disparu. Mais vous dites l'avoir rencontré.

Crispin s'efforça de réfléchir, de repenser aux circonstances dans lesquelles il l'avait vu. Était-ce vraiment Odon chaque fois ? Qu'en était-il du mur du palais souillé d'argile ? Était-ce bien

Odon qui avait tué Radulfus ? Il n'avait pas vu son visage en cette occasion.

— Mais peu importe, reprit-elle. À la première pluie, il se dissoudra. Sans les symboles gravés sur son front, il cessera d'exister. Vous n'avez pas à vous inquiéter, il redeviendra le tas d'argile qu'il était avant que je ne lui donne vie.

Elle tendit une fois de plus les mains vers lui. Il la rejeta.

— Ne me touchez pas !

— Julienne !

Jacob se tenait à l'entrée de sa chambre, livide comme s'il avait vieilli de plusieurs années.

— Est-ce bien vrai ? Tu as réellement créé un golem ?

— Père, vous ne comprenez pas...

— Laisse partir cet homme.

— Non, père, il n'est pas comme les autres ! Faites-lui comprendre...

— Julienne, non ! Va dans ta chambre !

— Mais père...

— NON !

Julienne se tordit les mains et obéit à son père. La tête baissée, elle entra dans la pièce obscure.

Jacob referma la porte en silence. Il tremblait.

— J'ai commis de nombreux péchés, semble-t-il, dit-il sans se retourner. Élever une fille comme un fils fut une grave erreur et j'en paye aujourd'hui le prix. J'en suis bien conscient. Il n'est pas besoin de regretter cet épisode, maître Guest. Nous quitterons l'Angleterre dès que possible. J'écrirai à la reine, j'espère qu'elle me pardonnera. Venir ici fut une erreur. Je voulais seulement faire une mitzvah pour mes coreligionnaires, un acte de bonté, mais je vois aujourd'hui que je n'ai réussi qu'à les maudire tous.

Crispin n'avait pas de parole de réconfort. S'il ouvrait la bouche, Dieu sait ce qui aurait pu en sortir. Il préféra quitter la pièce.

Le lendemain, Crispin et Jack regagnèrent Londres avec le cheval emprunté à Wynchecombe. Ni l'un ni l'autre n'évoquèrent l'expérience horrible qu'avait vécue l'enfant. Les jours s'écoulèrent et Crispin tenta d'oublier ces yeux verts et ces cheveux coupés court. Il songea revenir au village des potiers pour informer Berthilde du sort de son fils, mais il ne put s'y résoudre. C'est par hasard que l'astrologue avait choisi d'acheter de l'argile à Berthilde, et par un hasard encore plus malheureux qu'elle avait un fils. Non, il ne pouvait rien lui dire.

Il adressa un message anonyme à Matthew Middleton, l'orfèvre, pour le prévenir que l'Église connaissait leur existence. Une quinzaine de jours plus tard, de nombreuses propriétés furent vendues près du Domus et quelques-uns des citoyens les plus entreprenants de Londres partirent pour des cieux plus cléments.

L'Avent s'acheva pour céder la place à la Noël. Un jour comme un autre. Il exécuta des gestes quotidiens : se raser, épousseter ses habits, aider Jack à mettre du bois dans le feu. Il poussa l'enfant à aller à la messe, mais celui-ci ne voulait pas le quitter. Quand les cloches appelèrent à l'office de sexte, Crispin lui rappela qu'il était attendu à la table de Gibert et Eleanor.

L'enfant mit sa cape et posa la main sur l'anneau de la porte.

— Maître, je crois que vous devriez venir.

— Nous avons déjà eu cette discussion, me semble-t-il.

— Vous ne croyez pas que vous méritez un peu de chaleur après tout ce qui s'est passé ? Une récompense ?

— Ma récompense, c'est de ne pas être pendu pour la mort de Gilles ou de Cornelius.

— Maître Crispin…

Il plaça la main sur l'épaule de l'enfant.

— Jack, j'apprécie ta sollicitude, mais je ne puis t'accompagner. Donne-leur le bonjour de ma part.

Jack grommela un instant puis ouvrit la porte et descendit l'escalier en frappant fort chaque marche.

D'agréables odeurs de cuisine parvenaient aux narines de Crispin. Sa propriétaire, Alice Kemp, mijotait de bons petits plats pour son rétameur de mari et leur fille, Matilda. Dans toutes les maisons alentour, les familles se réunissaient, riches ou pas.

Il tombait des flocons de neige pareils à du cocon et la brume donnait l'impression qu'il était plus que midi. Il avait mis sa capuche, pourtant le froid lui mordait le visage et il s'en réjouissait. Il était heureux d'avoir survécu, même si l'image douloureuse de son manoir en flammes s'imposait de temps à autre à lui. Il n'y avait rien à faire. Gilbert avait raison : ses biens lui étaient étrangers depuis des années. Maintenant ils s'en allaient à tout jamais.

Dans la rue, des gens traînaient derrière eux de grosses bûches qu'ils décoreraient joyeusement. Un instant, il se dit qu'il n'avait pas été très raisonnable en déclinant l'invitation de ses amis du Sanglier. Pourquoi refusait-il toujours ? Ils le lui avaient si souvent demandé. En soupirant, il se rendit compte qu'il n'avait pas de vraie réponse, à part celle-ci peut-être : depuis sept ans, il ne se sentait pas digne de s'amuser en compagnie. Appelons cela de la pénitence.

L'office était terminé et chacun rentrait chez soi. Les rues se vidaient, les boutiques étaient déjà fermées et il se sentait encore plus seul. Tu le mérites bien, lui rappelait une petite voix. Un traître tel que lui n'avait pas droit aux fêtes et à la jovialité, en revanche, se complaire dans l'apitoiement n'était pas bon, comme le lui avait dit Gilbert.

Occupé à méditer de sombres pensées, il bouscula une femme arrêtée devant une des échoppes encore ouvertes.

— Oh, veuillez me pardonner.

Il s'inclina puis releva la tête.

— Dieu Tout-Puissant, John Rykener !

— Crispin ! Mais c'est mon jour de chance, ma bénédiction de Noël !

Il prit Crispin par le bras avant même qu'il puisse protester et repartit avec lui.

— Lâche-moi, dit-il à voix basse en tentant de se dégager.

— Je m'inquiétais pour toi, Crispin. J'ai entendu toutes ces rumeurs.

— Mais, que fais-tu sur cette rive de la Tamise ?

— J'avais envie de changer de décor. C'est bien mieux ici. J'imagine que je vais pouvoir vivre de ce côté désormais.

— Trop d'arrestations, c'est ça ?

— Hélas, on ne me connaît que trop bien.

Ils marchèrent un instant en silence. La neige crissait sous leurs pas. Après quelques tentatives infructueuses, Crispin ne chercha plus à le repousser. Il s'habillait peut-être en femme, mais ses bras étaient robustes.

— Tu ne devrais pas t'en faire pour moi, dit Crispin qui trouvait ce silence pesant. Je m'en sors chaque fois.

— Comme les chats. Tu retombes toujours sur tes pattes.

— Pas toujours.

Ils passèrent devant une, maison dont la cheminée laissait échapper des parfums de viande rôtie.

— Mmmm… Ça sent la Noël ! Qu'as-tu prévu, Crispin ? Un bon repas avec de vieux compagnons ? Ou quelque gueuse ?

— Non, j'ai pris l'habitude de rester seul ce jour-là.

John s'arrêta et se planta devant lui.

— Crispin Guest ! Comme je te trouve morose ! Ne me dis pas que tu portes aussi un cilice !

— Cela ne te regarde pas.

— Je sais et c'est pour ça que ça m'intrigue.

— Mais toi, qu'as-tu prévu ? Peut-être déambuler sur le trottoir avant de déguster une bonne bûche ?

John lui donna dans le ventre un coup de coude à suffoquer.

— Ne sois pas vulgaire. En fait, oui, je ne suis pas très riche ces jours-ci. Attends !

John se tourna vers une ruelle adjacente où le jour avait du mal à pénétrer.

— Qu'est-ce que c'était ?

— De quoi parles-tu ?

— J'ai cru voir quelque chose… de très large.

Le ventre de Crispin se noua.

— Un homme ?

— Non, c'était trop grand.

Il était très possible que le potier Odon se promène dans Londres. Il était également possible que… Non, il se refusait à envisager cette hypothèse.

John avait l'air sombre et les boucles retombant sur ses tempes n'y pouvaient rien.

Crispin regarda dans l'autre direction. Ils n'étaient pas très loin d'une taverne. Un bon feu et du vin ne pourraient pas leur faire de mal.

— John, je ne m'avance pas trop en te proposant de fêter la Noël devant une chope ?

Le visage de Jack s'illumina. Il avait déjà oublié l'étrange silhouette.

— Je croyais que tu aimais être seul un tel jour ?

— Oui…, mais c'est une tradition dont je peux me passer cette année.

— Ils ne me connaissent pas ici, dit John en souriant. Ils croiront que je suis une femme.

— Dans ce cas… Aliénor… qu'attendons-nous ?

Crispin s'était toujours cru un peu fou et il n'en douta pas quand il ouvrit et tint la porte de la taverne à ce compagnon peu banal.

Note historique

C'est une bien étrange idée qu'écrire sur un serial killer médiéval et plus particulièrement un individu qui assassine et profane des enfants puis utilise leur sang et leurs entrailles pour convier des démons.

C'est une source d'inspiration pour les romans d'horreur gothique cependant, dans le cas présent, il ne s'agit pas de fiction, mais bien de l'histoire « très véridique et très horrifique » d'un tueur en série du XVe siècle, Gilles de Rais.

Ce personnage a vécu en France une centaine d'années après le cadre historique de ce roman. Contemporain de Jeanne d'Arc aux côtés de qui il se battit, il ne foula malheureusement pas comme elle les sentiers de la sainteté. Ses disciples et lui excusaient leurs perversions par le fait qu'ils n'invoquaient les démons que pour obéir à des ordres, donnés par des riches la plupart du temps. Gilles de Rais rechercha la richesse et le statut par le biais d'un grimoire très spécial puisque écrit dans le sang des centaines des garçons et de filles qu'il massacra. S'il ne s'était pas attiré les foudres de l'Église, il n'aurait peut-être jamais été jugé puis condamné.

En tout cas, il mérita bien le triste sort qui fut le sien.

Parler d'un serial killer médiéval est une chose, mais imaginer un homme qui se prostitue en s'habillant en femme en est une autre. John Rykener a bel et bien existé dans le Londres de Crispin. Nous savons fort peu de chose de lui et seul un document daté de 1395 signale son arrestation. Ce qu'il explique ici est fidèlement repris dudit document : il se faisait appeler « Aliénor » quand il s'habillait en femme et il fut arrêté pour travestissement ainsi que pour racolage. Il avoua que ses clients étaient constitués d'universitaires, de clercs, de femmes, de nonnes ainsi que de prêtres : c'étaient ces derniers qu'il préférait le plus parce qu'ils le payaient mieux !

L'homosexualité était mal comprise au Moyen Âge, même si Rykener semble avoir été plus diffamé pour ses tenues équivoques que son intérêt pour les hommes. Selon l'historien John Boswell dans son ouvrage *Christianisme, tolérance sociale et homosexualité*, les peines infligées pour comportement homosexuel étaient mal définies. La plupart du temps, elles prenaient la forme de pénitences d'origine religieuse et non pas de châtiments au sens où on l'entend habituellement ; les autorités diverses n'étaient pas non plus obsédées par ce problème. C'est plus tard, aux XVIIe et XVIIIe siècles, que des peines beaucoup plus lourdes furent infligées aux « sodomites ». Selon Boswell, « l'homosexualité ne recevait pas plus d'attention que les autres péchés et, en comparaison, elle passait pour moins grave que des activités aussi banales que la chasse ». Malgré tout, entre les lois de la cour et celles de l'Église, mieux valait faire profil bas.

Pour ce qui est des Juifs d'Angleterre, Édouard Ier les a contraints à l'exil en 1290, mais ceux qui restèrent sur place, les convertis, ne furent pas vraiment accueillis à bras ouverts. Nombre d'entre eux passèrent leur vie au Domus Conversorum, une sorte de ghetto. D'autres épousèrent des Gentils et parvinrent ainsi à se fondre dans la masse. Mais combien, convertis en apparence, poursuivirent leurs activités clandestines ? Pendant les 319 années où les Juifs furent officiellement interdits en Angleterre, les documents du Domus témoignent d'arrivées régulières dans ce pays. Selon ces documents, trente-huit hommes et dix femmes furent admis au Domus après l'expulsion alors que d'autres entrèrent en Angleterre malgré le bannissement, se convertirent et vécurent au Domus. On ignore les chiffres exacts, mais il est sûr qu'un certain nombre de Juifs renoncèrent aux interdits alimentaires pour ne plus se faire remarquer. Quelques-uns vécurent dans la clandestinité, d'autres plus ouvertement : ce fut le cas de Nathanael Monda à Londres ainsi que de Johanna et Alice à Dartmouth. Ils finirent toutefois au Domus de Londres.

Le recensement des habitants du Domus prit fin en 1609, mais le Master of the Rolls (deuxième plus important juge du Royaume-Uni) reçut son traitement de Gardien du Domus jusqu'au XIXe siècle.

Il fallut attendre 1655 et Oliver Cromwell pour que les Juifs soient officiellement autorisés à revenir en Angleterre (même s'ils résidaient déjà ouvertement dans ce pays et s'étaient même comportés avec bravoure lors des conflits de l'ère jacobéenne). L'Acte de Naturalisation ne vit quant à lui le jour qu'en 1753 et, s'il fut annulé l'année suivante, cela n'empêcha pas les Juifs de retrouver l'Angleterre.

L'évêque de ce roman s'inspire de l'Inquisition espagnole de 1478 qui chassa les Juifs convertis pratiquant encore leur religion ; ce fut ensuite l'éviction générale des Juifs d'Espagne en 1492. Les pays du Nord semblent en majorité avoir été épargnés par ce genre de pratique. Le sentiment antisémite était vif pendant l'époque médiévale et il n'en fallait pas beaucoup pour que des accusations de crimes rituels viennent exciter les masses populaires. Des hommes protégèrent pourtant les Juifs de la vindicte de leurs contemporains. Tel fut le cas du shérif de Norwich à l'époque de saint Guillaume de Norwich (XIIe siècle) : il regroupa les Juifs dans le château et refusa d'organiser des procès qui, il le savait, déboucheraient sur des bains de sang. En dépit des écrits de Thomas de Monmouth, un certain nombre de personnes ne croyaient pas les Juifs responsables de la mort d'enfants. Les accusations de crimes rituels ne connaissaient pas de limites : les Juifs étaient censés tuer des enfants chrétiens, boire leur sang et manger leur chair à l'occasion de la Pâque ! De sorte que, dans la Pologne du XVIIe siècle, on ne servait plus que du vin blanc de peur d'être soupçonné de consommer du sang !

L'antisémitisme fut florissant au Moyen Âge, même chez les personnages les plus éminents. Le pape Innocent III put ainsi déclarer : « Les Juifs, comme le fratricide Caïn, sont condamnés à errer sur terre ainsi que des fugitifs et des vagabonds, et leur visage doit être couvert de honte. Ils ne doivent en aucune circonstance être protégés par des princes chrétiens, mais au contraire être réduits au servage » et saint Thomas d'Aquin : « Puisque les Juifs sont les esclaves de l'Église, elle peut disposer de leurs possessions. » Il est évident que de tels propos favorisèrent les expulsions jusqu'à ce que les Juifs demeurent en terre musulmane et se réfugient dans les contrées les plus reculées d'Europe de l'Est.

Avignon leur permit toutefois de s'épanouir. Beaucoup devinrent médecins ou prospérèrent dans les arts et le commerce ; ils purent aussi profiter des largesses des papes venus s'installer dans cette ville au XIVe siècle. Cela ne devait malheureusement pas durer et leur richesse ne leur permit pas d'acquérir des propriétés en dehors des rues juives constituant les « carrières » (de l'occitan *carriera*, « rue »). On ne parlera de ghetto qu'après leur disparition. À noter que ce mot vient du vénitien *getto*, « fonderie », parce que les Juifs étaient regroupés dans le quartier d'une ancienne fonderie.

L'attitude première de Crispin à l'égard des Juifs reflète les sentiments médiévaux : cela va de la haine et de la défiance à des approches plus réfléchies comme celles de saint Bernard et de nombreux autres contemporains.

J'invite mes lecteurs à rejoindre Crispin sur son propre blog, www.CrispinGuest.com.

Remerciements

Il y a toujours beaucoup de gens à remercier, particulièrement quand il faut effectuer des recherches. C'est un travail que l'on ne peut faire seul. Mes remerciements vont donc à Gillian Pollack et à feue Reva Brown pour leurs renseignements sur les Juifs d'après l'expulsion ; Henk T'Jong ; Ana Brazil, Bobbie Gosnell et Laura James, mon Cercle vicieux, qui m'ont aidée à mettre en forme mon intrigue ; Craig, mon mari à la patience d'ange ; Joshua Bilmes, mon agent ; et mon éditeur, Keith Kahla. Merci à tous.

Mise en page
PCA
44400 Rezé

N° d'édition : L.01EUCN000455.N001
Dépôt légal : janvier 2013